U0463460

刘醒龙地理笔记

上上长江

刘醒龙 著

长江出版传媒 ｜ 长江少年儿童出版社

权利保留　侵权必究

图书在版编目（CIP）数据

上上长江 / 刘醒龙著 . — 武汉：长江少年儿童出版社，2023.10

（刘醒龙地理笔记）

ISBN 978-7-5721-2678-9

Ⅰ . ①上⋯　Ⅱ . ①刘⋯　Ⅲ . ①散文集 – 中国 – 当代　Ⅳ . ① I267

中国国家版本馆 CIP 数据核字（2023）第 004174 号

刘 醒 龙 地 理 笔 记 ┃ 上上长江

LIU XINGLONG DILI BIJI ┃ SHANGSHANG CHANGJIANG

作　　者	刘醒龙	**出版发行**	长江少年儿童出版社	
出品人	何　龙	**网　　址**	http://www.cjcpg.com	
策　　划	姚　磊　胡同印	**承印厂**	湖北金港彩印有限公司	
责任编辑	刘　瑛	**经　　销**	新华书店湖北发行所	
营销编辑	唐　靓	**开　　本**	787 毫米 ×1092 毫米　1/32	
版权编辑	龚华静	**印　　张**	12.625	
助理编辑	赵　越	**字　　数**	192 千字	
装帧设计	刘嘉鹏	**版　　次**	2023 年 10 月第 1 版	
排版制作	方　莹	**印　　次**	2023 年 10 月第 1 次印刷	
责任校对	莫大伟	**书　　号**	ISBN 978-7-5721-2678-9	
督　　印	邱　刚　雷　恒	**定　　价**	68.00 元	

本书如有印装质量问题，可向承印厂调换。

刘醒龙地理笔记

上上长江

目录

母亲河

二〇一六年十月二十九日，那天的日记中有这样的一段话：一起往崇明岛。到岛的东头，隔着江汊可看到对岸长兴岛上隐约的造船厂和正在建造的隐约的大军舰。原计划上近岸观测站看看，不料赶上涨潮，从入海口里倒涌上来的水，将去观测站的小路淹成一条水沟，旁边全是芦苇，只好在水边站一站、走一走。午餐在一处农家乐，有一道叫鱼煮鱼的菜大受欢迎，也就是将各样小鱼配上小蟹和小虾一起煮，味道极鲜美。岛上人还有个习惯，一般的菜都会配几颗毛豆当调料。还有小鱼鲳鲏，上桌一会儿就抢光了。餐后，一行十人去瀛东公园转了一圈，以为可以看海，后来才知，崇明岛上根本看不到海，看到的都是长江。崇明岛上另有一样东西，是要惊掉一半中国人的下巴。长江源头的青藏高原上极为流行的中药藏红花，竟然有百分之九十是种植于长江入海口的崇明岛上，剩下的百分之十零星种植于广西等地，但是没有一棵是种植在青藏高原上。

这段文字是我对母亲河长江正式书写的原始写照。

之前的几个月，我接到《楚天都市报》一位副刊编辑的电话，说是有一个机会，可以将长江走透。

听明白消息时，虽然知道自己将要耗时四十天，而且还要当一回"新闻民工"，还是毫不犹豫地答应了。一边承诺相关事项，一边为接下来可能面对的困苦做简约设想。与对方探讨的时间不长，自己的设想更短。该探讨的还没有探讨完，我的设想就结束了：对于一个将长江作为母亲河的男人来说，有机会一步一步地从通达东海的吴淞口走到唐古拉山下的沱沱河，不存在什么值不值得，而是所有梦想中，可以触摸，可以拥抱，最应该尽快付诸实施的。

天下大同，万物花开，我第一喜欢水。

这些年，去到世界上的各个角落，只要有机会一定会跳进当地的江河湖海之中畅游一番。一九九五年冬天，在克罗地亚的赫瓦尔岛上小住，客房后门就开在地中海边，风略微大一点，海浪就吹到窗户上了，又恰逢大雪，景致更加动人。那天傍晚我已经将泳裤准备好，只差几步就能跳入地中海，却被同行的长者拦阻住。他们说这可不是开玩笑的事。我也觉得不能开他们的玩笑，于是就放弃了。过后一想，只要自己往那地中海中一跳，谁又能怎么地呢，无非极快地回到岸上，回到房间里冲一个热水澡。话说回来，我从来不是一个极端任性的人，只要别人捧出真理，我就不会让真理觉得为难。不过，有了这次的教训，后来的日子，我学会了不等别人拿出真理来，比如在俄罗斯的符拉迪沃斯托克（海参崴），在美国的洛杉矶，还有在自己国家的南海，我已经将自己用那当地的柔情之水泡上了。

在崇明岛上，面对万里长江最后的水面，我竟然忘了下水游泳这事。已是深秋季节，水上的男男女女，已经穿上厚厚的棉衣。很明显这不是游泳的季节，也不是游泳的地方，在脑子里丁点没有与游泳相关的念头，只能表明自己太专注于从最远处流下来的一滴水，在与无以计数的一滴水聚集成一条浩大的长江后，如何与大海相融合。

一滴水无以成江河。那最远的一滴水只是个领头者，这样的领头者最重要的职责是与第二滴水合二为一，再与第三、第四、第五直至数不胜数的水滴，融合在一起。至于长江在哪里，长江的入海口在哪里，都不是第一滴水所考虑的。水是实在的，所以水总是往低处流，而不会好高骛远，不去想如何出人头地、高人一等。离开了这种实在，不可能有所谓最远的一滴水。那样的水滴，很可能被一只鸟叼了去喂给刚刚孵出来的小鸟，或者被一头小兽用舌头舔了去做了之后排泄物的一部分，还有可能被一朵花承接下来作为自身姿色的一种滋润。许许多多的水滴汇成许许多多的小溪，许许多多的小溪汇成许许多多的大河。还是一滴水，就想着要去大海，如此一滴水是轻浮而不是浪漫，不值得信任与托付。作为一条超级大河，只有出了三峡，经过洞庭湖和鄱阳湖，绕过芜湖、镇江和扬州，才将大海作为最终目标，这样的长江才是伟大而亲切的母亲河。

我不知道自己第一次见到长江时的印象与感觉。

对于一个在长江边出生的人来说，这有点愚不可及。用我们童年的话来说，叫作蠢出大粪来了。

非常遗憾，这不能怪我。

那时，我还在襁褓当中，还在母亲的怀抱中。母亲不止一次抱着我看过长江，也许母亲并不是有意这么做，她抱着我在黄州城边的长江大堤上行走，或者在团风镇外的长江大堤上徘徊，只是有一份工作要做，又没有可以临时托付怀中婴儿的地方。我肯定对着长江恬不知耻地哇哇哭闹过，也肯定对着长江没有缘由幼稚无知地放声痴笑过。正因为如此，表面上我对长江没有任何特别表示，长江却对我有着特殊的心授，若非如此，以我后来在山区成长的几十年阅历，偏偏与其他山里人不一样，无论走到哪里，都会对水表现出一种另类的执着。因为母亲在哺乳时，让我吮吸了太多长江的味道！

母亲抱着我站在长江边时，母亲是母亲，长江是长江。

只有当自己有了独立的灵魂，长江才会成为我们的母亲河。

现在，对自己、对别人只能说说记忆中第一次见到长江。

那时，自己刚好二十岁，在一家山区小县的县办工厂当车工，因为被选入县总工会文艺宣传队，有机会参加黄冈地区职工业余文艺会演。第一次回到出生地黄州，也就有了第一份与长江明确相关的记忆。那是一九七六年，那一年的十月被称为金色的十月。会演原先准备在九月份举行，九月九日下午我们正在排演时，收音机里传来毛泽东主席逝世的消息，过半数的宣传队员哭成泪人儿，我也想哭出来，但终归只是犯傻发呆。会演因此拖后一个月，终于在十月份正式举行。排在前面的宣传队已经出演过了，正要轮到我们时，秋天里的春雷一声震响，臭名昭著的"四人帮"被打倒了。虽然是大好事，却也苦了全体业余文艺工作者，先前排演好的文艺节目，多是顺着"四人帮"的语气，一下子都要重写，都要重新排演。此后的演出，各支宣传队的唱词与说辞中，新打倒与旧打倒的，先打倒的与后打倒的，各种说习惯的名词口号与一时还不习惯的名词口号，那些久经训练变得朗朗上口的和本是急就章却也需要马上说顺口的，全部混杂在一起，没有哪个节目不说错话，也没有哪个节目不出洋相的。我们入住的招待所，与长江大堤只隔一条名叫沙街的小街，沙街背后就是万里长江。十月的长江，水势正猛。没事时，我们就去江堤，看上水和下水的船如何停在黄州江边，也看一边倒地只会向东而去的大水。江水去了，会演也结束了，我们继续回到各自工厂，当车工的还是车工，当钳工的还是钳工，当印刷工的还是印刷工。五年后，我再去黄州，沙街背后的江边已经无法停靠任何船只了，黄州这边要到下游十里才可停船，或者停到对岸的鄂州去。

年轻时，面对三十年河东，三十年河西的变迁，心中怀着太多大江东去的渴望，想念一切书中提及的崇明岛和吴淞口，憧憬长江万里奔腾汇入大海的无比壮丽。一九九九年九月，上海有关方面邀请我创作一部反映浦东建设十周年、重点写浦东机场建设的电视剧。整整一个星期，每天都能望见正在新建的浦东机场外面水天茫茫中的九段沙。浦东机场的一部分是填海而成的，这样的用词无人提出异议。一旦有人说浦东机场外面就是东海，肯定会有人不答应，那九段沙是长江上游的泥沙淤积而成，也就说明这一片水面还是长江口，不应当被称为东海。那一次，几乎要上九段沙了，最终没有成行，也是因为九段沙没有成形，除了大量淤泥，只有极小一块稍微坚硬一点的陆地，那点陆地只够搭建一处简易棚子，还是需要穿上橡胶连体裤才能爬上去。正是那一次，那些我所没有见识过的淤泥与细沙，

令人怦然心动，想着长江最远的源头，如何用冰水和雪水，将最远的泥沙送到长江入海口，如何一点点地长成偌大的沙洲。让我没有想到的是，只隔半年，二〇〇〇年三月，上海市政府就批准建立了九段沙湿地自然保护区。二〇一六年十月底的这一刻，我来崇明岛，也就十几年光景，当初要穿橡胶连体裤才能爬上去的九段沙，已经变成较大面积

● 吴淞口外，江水似海

的陆地，并且在可以望见的将来成为又一座崇明岛，又将生长出某些只属于万里长江的奇迹，如藏红花那般锦绣。

在肉眼看不到的漫漫水天处，万里长江与茫茫东海的区隔只是一个小小的长江水文观察五十号浮标。我希望能看到五十号浮标，又庆幸肉眼视力所限，无论如何努力睁大眼睛，也看不清那小小的五十号浮标。那地方距离崇明岛最东端的陆地还有二十几公里。这也就是说，站在长江口的陆地上是永远看不到海的。望不见真的江海分野处，心里反而觉得踏实。

江海同体，水天一色，我是来探索长江之源的，并无送别长江之责，甚至在心里多出一份情感，看着长江如此归于苍茫，忽然发现永恒的意义并非如我们通常渴望的那样绝对令人向往，而希望作为河流的长江，永远只是一条可亲可敬的河流。一旦变成大海，就会离开我们去了遥远的地方。地理中说，长江三级分汊、四口入海。长江一旦入海，反而会令我们心生不舍。看一眼与长江日夜同在的渔翁，再看一眼从遥远北方飞天而来的黑天鹅，这样的长江，比真的海洋还美丽。

天子上岸我登船

在南京时，正赶上江苏省中青年作家高研班开班，被邀去聊了一场文学。因为下午就要去金山寺，其间，顺便提及《西游记》中唐僧的身世生平之误。此中秘密有多少人知道？至少那一天听我说话的各位都不知道。二〇一三年秋天，差不多也是这个时候，去吴承恩的故乡淮阴，所见到的人，有讲座上的，也有雅聚时的，说起来同样没有谁知道。离开南京，下午三点左右到达金山寺，江水从不远处苍茫流过。如今的和尚用的是自来水，若是还像唐贞观年间那样，要去江里挑水，这距离是太远了点。

流水不会错，挑水也不会错，时间在流水与挑水中一刻不停地向前也不会错。错的是唐僧出生的时间。错的是唐僧到西天取经的时间。第一次发现《西游记》出错时，甚至不敢相信自己的眼睛。唐僧法号玄奘，其父亲陈光蕊在唐贞观十三年得中状元后，被丞相之女殷温娇的绣球击中，二人成为夫妻。陈光蕊带着妻子赴任江州，到洪江渡口，不小心上了贼船，艄公刘洪、李彪见色起意，杀了陈光蕊。为腹中骨肉，殷小姐寻思无计，只得被逼顺从。待小玄奘出生后，将其悄然放进江流，顺水下漂，被金山寺挑水和尚救起。书中说，玄奘十八岁那年，终于报了家仇，再响应唐太宗的号召赴西天取经，那场在玄武门外举行的盛大欢送仪式，竟然还是父亲陈光蕊中状元后娶妻生子的唐贞观十三年。在淮阴时，这话根本无人相信。吴承恩的那些乡党表情，像是多有不屑。《西游记》问世几百年，早先几位最权威的评点人都没有提及这些谬误，这就不只是见怪不怪的问题了。

　　水流千万里，终归有尽头。木盆装着小小玄奘顺水漂流的尽头是金山寺，余下浩荡江水继续向着自己的尽头奔流。那个叫浒浦的极小地方，江水曾经载起一代君王乾隆皇帝。江湖普遍传说乾隆皇帝曾六下江南，也不知是第几次，乾隆皇帝的龙船在浒浦这儿靠岸了。当时天下着雨，刮着风，岸上插着旗帜，上面本写着"浒浦"两个大字，因为风雨，旗帜有所折叠，将浒字的偏旁三点水隐了去。乾隆皇帝没有看到偏旁，脱口将旗帜上的"浒浦"念成"许浦"。君王的话，当然是金口玉言，从此天下人，写的还是"浒浦"，读念时，全变成"许浦"。就连现时的各种字典，也要专门记上一笔，说"浒浦"应读"许浦"。

皇帝错了，文化也要迁就。迁就之下，又成全一种文化。

文化人错了，只有一半是文化，另一半则成了笑话。作为文化的那一半，可以勉强设想，吴承恩该不是故意卖个破绽，留下时空之间的某种寓意。成了笑话的那一半，不必多说，人也明白智者千虑，必有一失的道理。

如果长江犯错了，现实会是怎样的情形呢？

多少年来，长江都在按照地球自转法则，慢慢地往南岸挪，所以一直以来，每到雨季南岸的险情总是十分吃紧。南京以上，这铁律就是铁律。待过了南京，习惯上被称为江南的这一大片地域，比如扬州那里，江北长长的漫滩一年下来就会塌陷几百米。反过来，江南的镇江这些年平白无故地生长出大片湿地。在人类文明中，长江这是犯错了。长江自然不肯买人类的账，依然我行我素地犯着人类眼中的错误。长江一任性，人类的麻烦就来，肉眼凡胎看得见江堤水岸一片片坍塌，大水深处各种复杂的变化，将能行船的地方变得能让船搁浅，将原来的浅滩变成能使万物陷入灭顶之灾的深渊。

浒浦码头很小，一旁的徐六泾水文站，在与万里长江相关的事物中，名气很大。原因在于这是长江流向大海路途中，人类为长江修建的最后一座水文站。从乾隆皇帝上岸处到崇明岛外临近茫茫大海的长江口第五十号浮标处，小小院落中的二十几位水文工作者，在已与大海没有多大区别的江段上，依着长江的性子，精确地查证并记录长江各种各样的任性痕迹。在天子上岸的浒浦码头，水文工作者们天天都要上船去到江心的水文观测站，做些极为专业的事情。

十月二十九日早上，头一天在这附近水边见面相识的老浦，领着一行人登上他天天都要乘坐的水文站长租的渔船。老浦是在武汉出生的，父辈就是从事水文工作的。还有一位小张，是典型的武汉姑娘，启蒙在长春街小学，然后就读于武汉二中。老浦是水二代，小张更是水三代。那船头极高，几乎与驾驶台平齐，是典型的出海打鱼的渔船，从浒浦往下，长江风大浪高，一般内河船只吃不消，在那样的船上人也吃不消。在江上待的时间久了，老浦站在船头，如果不开口说些专业术语，与那真的船老大难有区别。

在这船上，人更懂得长江为何是国之血脉。

前一天还风急浪高到无法登船的长江，难得平缓一些。正要去看的水文观测断面，在长江上跨度最长的江通大桥下面。南岸庞大的华能电厂，还看得清楚，江北航母主题公园里的航空母舰只能勉强看到一个黑点。横跨长江的水流观测断面长约五公里，巨轮和小艇首尾相连地在江上穿梭。在实现自动观测之前，若要做一次完整的断面观测，竟要出动二十多艘我们正乘坐的这种渔船，每条船上需要二十几个人，完成观测需要二十几个小时。在这样的长江上，这样的工作比一个人违规横穿北京的

长安街、上海的南京路和武汉的解放大道还要惊心动魄。用所谓潮起潮落、长涨长消形容长江还嫌小家子气。长江在这深九十多米、宽达五公里的水面上，用从海里涌上来十万立方米每秒的最大潮流，再用从上游流下来十三万立方米每秒的最大径流，从早到晚，两起两落，将万里奔腾而来的雄壮做淋漓尽致的最后发泄。

在长江面前，老浦他们也好，天下人也罢，全部做不了这伟大力量的导演，甚至连做观众也是勉强才算合格。老浦自己也说，在如此巨大的水面上，就算一次取十几瓶水样，所得数值也是不准确的。

那天午后，老浦领着一行人去看崇明岛最东端的一处观测站。走到近前才发现，芦苇丛中，那条通往观测站的人行小路，变成了一条水沟。老浦的自信被出人意料涨起的潮水小小打击了一下。老浦一点也不懊丧，与长江过招，失算是常有的事，算不了什么。在浩瀚的长江面前，人永远只是不得不谦虚的后来者。观测站一侧，崇明岛本岛与长兴岛之间的江面上，一艘渔船晃晃悠悠地停在那里，船老大和他的助手，正有条不紊地将江里的渔网从船舷的一侧收上来，远远看去，像是整理，又像是收获，不一会儿便又从船舷的另一边放回江里。老浦说，渔船能轻松收网，说明向上的潮流与向下的径流处在相对平衡的状态，过了这段平衡期，江水向上或者向下流动起来，想要收网就难上加难了。

在最东端的滩涂上有一群黑天鹅，是昨天才迁徙来的。老浦他们说，以往年年都是如此，总会有几只黑天鹅作为先锋，抵达崇明岛，隔两天，大队的黑天鹅就会从天而降。资料里说，天鹅是少数几种可以飞越青藏高原、飞过喜马拉雅山的候鸟之一。不知道这些大型候鸟中可有到过长江源头的，很显然，飞禽走兽都没有沿着长江迁徙的生活习惯。人也没有，但人的习惯是可以改变的。

在不是尽头的尽头之处，看得见和看不见的潮流如人世间的种种风靡。潮流一来，常常令人把握不住自己。长江因为如此，才将潮流化成巨大物理能量；《西游记》也是如此，而用潮流抒发奇丽人文故事。

《西游记》有所犯错，并不损其五百年人文哺养之功。长江作为天文地理的不朽巨著，后来的一切，能够成为她的合格读者就是莫大的荣誉。长江在不该拐弯的地方拐弯了，在不该泛滥的地方泛滥了，在不该变浅的地方变浅了，在不该有暗礁的地方有暗礁了，都是这巨著的自由与风格。其他万物，注定只是她的诠释者。长江不会在乎有谁在说闲话，有谁在说好听的，即便是真的错在什么地方，那也肯定是对天下众生的新的启蒙。

茉莉小江南

　　长篇小说《圣天门口》中有位会用军号吹曲子的冯旅长。冯旅长用军号吹的曲子叫《茉莉花》。小说改编为电视剧时，用《茉莉花》的曲调作为这部四十八集年代剧的主旋律。不曾料到音乐刚配好，阿拉伯世界闹起"茉莉花革命"，境内境外一些别有用心的人也在暗中鼓噪。剧组的人一紧张，就将全部配乐推倒重来，一下子就乱了作品情绪。更想不到，时过境迁，前不久，对这个世界有特殊影响力的国家首脑们齐聚杭州西湖，其间最令人心动的音乐正是《茉莉花》。说起来，《茉莉花》作为歌曲，还是二十世纪三十年代一位出生入死的共产党员，在战火纷飞之际于太湖边写成的。

陕北有山丹丹，这本是天造地设，江南产茉莉花，就不必意马心猿。

一直以来，从上海起沿长江逆流向上到南京这一段，常熟、南通、苏州、无锡、江阴、镇江、扬州，是大一些的地方，小一些的地方，尤其是周庄、同里、西塘、乌镇、南浔和甪直，有一处也好，没一处也罢，无一例外。南京和扬州等大一些的地方，宛如茉莉花束，周庄和西塘等小一些的去处则是茉莉花朵。甚至瘦西湖、玄武湖和太湖等水域，也像晨露或小雨淋过的茉莉花，淡雅清清，远香徐徐。

都是用大水洪波滋生，黄河醉心于牡丹，长江下游又名扬子江的这一段痴情于茉莉。牡丹花开之处，天上地下差别不大。茉莉花开之后，人间世情各有千秋。若比美人，扬州是少女盈盈十五，又有那瘦西湖做成的小蛮腰。无锡是二十几岁的待嫁新娘，用一座太湖做镜子，忸怩是婉约还是盛装。苏州是初为人母的少妇，什么粉脂都上妆，什么衣着都流韵，无论什么人群站在其中都出色。镇江则像半老徐娘，因为成熟，丰姿更胜，雅韵更深。

　　身为江南美艳之首，南京像什么呢？从中山码头上来，凭着望江楼的窗台眺望，洲滩秀逸，江涛浑厚，轻帆与巨轮，轻盈的格外轻盈，奔放的更加奔放。忽然想起南京被称作江宁府时，丈夫为知府、妻子为诗人的那对夫妻。那知府叫赵明诚，妻子叫李清照。二人相亲相爱宛如天作之合，如果没有那场突如其来的兵变，谁也无法推测这爱情童话会被诗词文章演绎到何种高度。歹徒恶棍横行霸道之际，怎一个赵明诚，丑得了得，一改平素的儒雅大方，系上一根绳索，溜下几丈高的城墙独自逃命，全然不管平日里耳鬓厮磨的爱妻与嘴上总说生死与共的全城百姓性命。所幸兵变被他人平息，之后不久，赵明诚带着李清照离开江宁往湖州赴任，途经乌江，早已是婉约派首席情感大师的李清照，突然豪情喷薄，写下那首"生当作人杰，死亦为鬼雄。至今思项羽，不肯过江东"的千古名篇。大多数人不懂其中玄机，以为诗中文字一笔一画都可化作英雄宝剑，不知在英雄史诗之后，还藏着一部旷世的爱情悲剧。知情者说，赵明诚在湖州任上不到一年便一命呜呼，本质上是被这首诗活活郁闷死的！

● 扬州瘦西湖

从江宁到南京，时而京畿，时而废都，时而烟花数十里，时而血海几尺深。如此城楼城堡城池，婉约时如李清照，豪迈时如李清照，遇上寻寻觅觅冷冷清清凄凄惨惨戚戚的境地，不作河东狮吼，不以村妇疯癫，只引出项羽作为怀想，将痴情换成死心，直教懦夫明白，自己已没资格谈情说爱，可见李清照的真了不起。

曾经的南京拥有无数情话，能拥有过李清照自然是最了不起的情典。

茉莉花香得如此柔嫩，江南爱情故事才会格外动人。

一座甘露寺，将镇江的北固山，从古来兵家必争之要塞，变成丈母娘相女婿的风水宝地。一场风花雪月事，一段美满姻缘情，活生生被羽扇纶巾的政客、纵马沙场的武夫弄得杀气腾腾。危险归危险，最终好事还是成了。成了好事以后，那些于爱情背后做些肮脏事情的手脚，反而成为这段国家级绯闻的重要注释。北固山上的那段长廊，因为没有听到摔杯声响，昭烈帝的项上人头才没有顺阶而下，滚落进长江。而此事最妙的是那孔明先生，一辈子只与隆中茅屋里结发的极丑女子厮守，不仅识得孙皇妹深爱刘皇叔的柔情，还破解孙皇太的心思，认定孙皇太一定会喜欢上儿子的政敌。只能说诸葛亮对江南茉莉花有着睿智见解，懂得那花香中深藏不露的情爱密码，所以才不安排刘皇叔去曹操的地盘相亲。

这种事情如果发生在北方黄河边，一百个刘皇叔也插翅难飞。儿子的对头送上门来，俺老娘不帮一把谁还会帮这一把？情到江南，自成学问。中国的爱情史，一百万字中有九十九万九千字是由丈母娘执笔写的。北固山巅那尊屡遭雷击的铁塔，仿佛是一支铁笔，是为见证山南山北山东山西的爱情而变身残缺的。眼前情爱明明是丈母娘当家做主，却硬要将一些眉来眼去、暗通款曲、私订终身，当成男女交往的正途，人人都不说真话，不写真相，不就等于笔是废笔吗？几千年来，丈母娘把持的爱情好与不好，甘露寺不是证明吗？这是佳话呀！漫天杀伐终归要回到美人浅笑之中，如果按丈母娘说的去做，吴蜀没有刀兵相见，岂不是江南苍生一大幸事！

没有内乱内战，不再兄弟阋墙手足相残！多几个这样的丈母娘，是邻里乡亲的幸福。多一批这样的丈母娘，是家国民族的幸福。

北固山真个是丈母娘山!

甘露寺应该称为丈母娘寺!

江南秀美,在于山水,在于花草,在于这些深入人心的关乎情爱的传说。那个白娘子,在许仙面前是何等可人,不然就不会让一个读书人明知对方是白蛇化身,还死活不改爱心。茉莉花是江南美人的真身,美人是江南茉莉花的幻影。到了长江这里,茉莉花也好,美人也罢,都是水浪的花与朵。那白娘子是通读了长江之心,才成为江南女子精灵,柳径轻移,花蕊绕日,媚肢缠风;小窗愁绪,梨花带雨,蝉露秋枝;香帐独眠,鬓云洒地。这一切本就十分迷人,还要如绣花一样,针与线恰到好处地做了一次邂逅。那终身不得反而得之的快意,一番怨别,足够相思千古,也就怪不得她,秀目圆瞪,柳眉重大。不只是她要引江水淹了金山寺,流了十万年的长江看在眼里,心有疼痛,愿意帮白娘子一把,才有一股股江涛像茉莉花海一样涌上高高在上的金山寺。

茉莉花开遍的江南,实在可以令人像茉莉花一样略有羞怯地告诉世间——爱在江南。乌江上的李清照，甘露寺中的丈母娘，金山寺前的白娘子，将最不可能的爱情早早地写成诗剧，向四面八方流传。小花茉莉，小镇江南，丰盈的不只是柔情，还有丝丝入骨的大雅大善大纲大观。

自公一去无狂客

昨夜冷雨下个不停。这是同行的记者说的。

我却一觉睡到天亮，醒来时发现窗外秋野如水晶莹，竟然没去细想，连天连地的水渍是否追随我们，一路铺陈到此。一场秋雨一场凉，一曲情歌一断肠。心里揣着这话，也就揣上了一种极端的情怀。好在这样的极端并不是别的什么，而是为着行程前面有因"唐名贤李太白"而举世皆知的马鞍山上名为采石矶的去处。

秋雨带来真正的寒意，并不等于秋雨真的冷酷。即将跨过长江时，秋雨连一根细丝也不拖曳，彻底地停下来。谚语说，夏天的雨隔着牛背。谚语从不说秋天的雨，因为秋天的雨就像世事中正气浩然的君子，从不玩那小小机锋使人无以算计，也不玩小鼻子小眼睛的花样使得那些烂货也能评说。秋天的雨，一旦下了决心，有长江和没长江都不是问题，过长江和不过长江同样不是问题！只要下了决心，就像这一天，分明雾气弥漫，莽莽如烟，轻轻弹一下指头就有不少的雨落下来。毫无疑问的秋雨是那么坚决！当年骑着乌骓，站在江边的凤凰山上，不肯上船、不肯过江的西楚霸王也是如此坚决。独自过江的乌骓因不见项羽，而在地上打滚终至气绝，留下马鞍化成一座马鞍山。如今名满桂子山的华中师范大学前校长章开沅先生，那一年在校园内镇定如金刚的一句：当校长的只有保护学生，而没有其他！那风骨儒雅血统，正是出自马鞍山下，采石矶旁。

　　秋雨不肯过江。过了江就是马鞍山以及马鞍山上的采石矶，那是李白的马鞍山，更是李白的采石矶。或许秋雨明白李白不喜欢自己，偶尔写一句"雨色秋来寒"也是近乎敷衍的满肚子不爽。身为诗仙的李白，摆明了对秋雨了无好感，无法与白居易的"秋雨经三宿，无人劝一杯"，杜甫的"雨声飕飕催早寒，胡雁翅湿高飞难"，陆游的"夜阑卧听风吹雨，铁马冰河入梦来"等名篇名句相比。

挥别李白不喜欢的秋雨，望着马鞍山，沿着采石矶，一步不落地走了三个小时。到处是李白概念，说得最多也写得最多的是李白酒后去水中捞月不幸溺亡。很奇怪自己居然将这事与昨晚电视播的红军长征的一则故事联系到一起。红二十五军政委吴焕先牺牲后，副军长徐海东抱着他的遗体号啕大哭，亲手将吴焕先脸上的血污擦洗干净，再将自己心爱的军大衣披在吴焕先的遗体上。这样想真的很牵强但也不是风马牛不相及。

李白的身世也很清楚，晚年李白穷困潦倒，不得不于唐上元二年（公元七六一年）秋天，抱病投奔族叔、时任当涂县令的李阳冰，次年病重后，将一生著作全部托付，其六十一岁的人生终以"腐胁疾"，也就是脓胸穿孔，永生于当涂。诗仙雅号是后人封赐的，活着李白也还是普通人，病入膏肓之际，清水铜盆中的月亮也不一定能看得见，哪有力气喝到大醉，再到溪边、潭边、河边或江边赏月？平常日子中形容枯槁的老男人，连睁开眼皮的力量都不一定有。后来传说李白是醉后往水中捞月而溺亡，一定是人死之后化作神仙时所为。

二〇一二年，也是秋天，曾去过皖南泾县桃花潭，于那山水之间细品李白当年所歌，心中很不是滋味。"李白乘舟将欲行，忽闻岸上踏歌声。桃花潭水深千尺，不及汪伦送我情。"平白的话语里，分明含着人到穷途末路时的无奈与无助，哪里是真的感动与友情。唐代宗大历五年（公元七七〇年），晚年的杜甫原本想北归河南，由于贼人作乱，不得不往南逃，行到耒阳，遇江水暴涨，只得停泊方田驿，五天没吃到东西，幸亏县令聂某派人送来酒肉。杜甫获救后写下的那些句子，相比惺惺相惜的李白，二者所言，如何不是异曲同工、悲剧重演？

无论如何，都不能阻挡我站在采石矶上，遥想当年诗圣和诗仙，如何强作欢笑，苦中作乐。

不忍心说出苦难，往往是最懂苦难的人。而将苦难变成传说的，才是苦难用非苦难的方式留给千秋万代的真理人性。徐海东亲手将吴焕先的遗容擦洗干净，将自己身上的大衣披在生死与共的战友身上。不只是人与人的情分，还由于徐海东最了解吴焕先的现实与理想。同明相照、

同道相益、同情相成、同声相呼、同利相死、同忧相救。作为红军将领的徐海东与吴焕先相同，作为诗人的李白与杜甫相同。至于后来传说，李白感激于汪伦的友情，李白诗意地死于酒后捞月，也是出于一种相同。一代代的诗人经历过一代代的苦难，一代代的苦难让一代代的诗人痛恨不已，才有后来传说中无与伦比的绝美。更何况，就连最普通的市井中人，都不会将那苦不堪言的东西神圣化！

面对采石矶，我唯独喜欢清风阁前那副对联的上联：自公一去无狂客，而不喜欢下联：此地千秋有盛名！甚至恨不得改其中一字变成：此地千秋有甚名？

"采石江边李白坟，绕田无限草连云。可怜荒垄穷泉骨，曾有惊天动地文。但是诗人多薄命，就中沦落不过君。渚苹溪藻犹堪荐，大雅遗风已不闻。"记着白居易的诗，我固执地走在所有人前面，用一级级石阶找寻将传说变成史实，又将史实变成传说的墓冢。三个小时并不算长，三个小时又确实很长很长。如果三个小时是准确的，在两小时五十五分钟时，找寻到的那道长长的笔直如天梯的石阶，突然让人胆怯起来。这种胆怯是行走长江的第一阶段，见过汨罗江下游屈原怀沙，又见过汨罗江上游杜甫享陵后空前放大起来的。因亲眼看见汨罗江怀沙，而再次真正送别屈原；因亲眼看见杜甫享陵，而再次无奈永失杜甫。这窄小的石阶，长长地指向山的高处，如果那里真有一座李白墓冢，还不如学那还在江对岸徘徊的秋雨，不见也罢！

难怪有诗说，秋风秋雨愁煞人。一想到诗是由人来写的，便不能不想，如果天下有会写诗的秋风秋雨，这诗也一定会变为能愁煞天下的秋雨秋风。

秋雨那恋恋不舍的告别，秋雨那羞羞答答的退还，敢是比世人更懂李白之觞、诗词之痛。

乌江不渡

一声长叹，只为乌江不渡。

离开采石矶和马鞍山，再次跨过长江。

秋风秋雨仿佛等在岸边，甚至就在水线上，久别重逢般扑通一声撞了个满怀。无论怎样旧梦重温，这声长叹和这种不渡，与秋风秋雨毫无关联。

在马鞍山，在采石矶，意外发现，当年西楚霸王正是站在烟雨迷茫的对岸，面对宽广壮阔的江水作最后的深情伫望，然后……然后，就留下一座分明是唐初所建，我和同行诸位几小时前才晓得，由李白最后投靠的族叔李阳冰于唐上元三年（公元七六二年）篆书匾额的"西楚霸王灵祠"。正是这一刻才明白，万里长江流经湖北江陵时，猛然拐了一个九十度的急弯，将大江东去变成大江南去，如此也就没有了江南江北，只剩下江东江西。江水由北向南奔流至石首段之后，才又重新扭头向东。对长江来说，这样的巨变还不是仅有的。从芜湖到马鞍山，长江再次翻转，这一次，浩浩荡荡的江水变成了由南向北。自己设身处地所在，向北奔流的长江之畔，正是项羽不肯过来的父老江东。

车进和县，踏上凤凰山。隔着一片平铺开来的田野，看得见两三里之外的长江。经过一千年的流淌，长江上几乎所有的岸线，都在不知不觉中向南漂移。正如生我养我的黄州，苏东坡所抒发的大江东去，除去浪淘尽千古风流，也淘尽了南岸的西山石壁，将经典的《赤壁赋》，留在北岸一座被人间烟火团团围绕的小山上。这是地球的特性所决定，除了宇宙之力，谁也无法扭转。我用想象东坡赤壁的心情，将西楚霸王灵祠前的原野，想象成乌江小吏驾船漂泊的江面。秋雨深深，暮色苍苍，沙沙林叶之上，楚歌有曲，汉腔无调。有肃穆祠堂在此，可以当成霸王模样，只是虞姬她人在何处？那些红叶，那些黄花，那些从树梢十丈处掠过的雨雾风云，连虞姬的鞋袜都不及，连虞姬的裙袂都不是。没有虞姬，项羽忧伤十尺，我等忧伤一丈。

杜牧惋惜项羽不肯渡江，集合江东子弟卷土重来，曾作《题乌江亭》说："胜败兵家事不期，包羞忍耻是男儿。江东子弟多才俊，卷土重来未可知。"王安石也在《乌江亭》里叹息："百战疲劳壮士哀，中原一败势难回。江东子弟今虽在，肯与君王卷土来？"陆游更用《项羽》来说："八尺将军千里骓，拔山扛鼎不妨奇。范增力尽无施处，路到乌江君自知。"人死如灯灭，像项羽这样如电光石火般了却自己，千百年后还在被人念叨，所表明的并不是奇迹，而恰恰是这样的死与不死，关系着每个后来者在有限的生存日子里，如何活着面对命运，如何死得有些形象。

慷慨悲歌，临江不渡！

这样的项羽确实神奇，于后世却不是真的重要。

一直以来不喜欢各种各样的神化，不管是宗教的，还是非宗教的，不管是大人物，还是小人物，不管是他人，还是自我。一切之中，当然包括项羽。项羽自己说自己是"力拔山兮气盖世"，真的变为神神鬼鬼，那样的项羽就不是今天的项羽。今天的项羽必须面对："时不利兮骓不逝。骓不逝兮可奈何，虞兮虞兮奈若何？"一旦成了神，莲花座上有没有多放一尊泥塑，或者少放一尊铜雕，就不会有太多人在意。晓得奈何，也敢于奈何的项羽，虽死犹生。这样的项羽再多一百倍的尊崇，仍远远不够。

乌江是项羽的，也是虞姬的。

虞姬之后再没有项羽。

项羽之后再没有乌江。

谁谁之后没有刘邦？

刘邦之后又没有谁谁呢？

春秋战国最重要的遗产，是一种名叫贵族精神的东西。

这遗产不属于刘邦。翻开刘邦的个人信用记录，有太多的口是心非、言而无信和出尔反尔。从在乡下混吃混喝开始，刘邦就是一个利益至上者。以刘邦的为人做派，虽然夺得天下，却不属于真正的九五之尊。直到文景之治、汉武盛世，从项羽手中夺取的天下，才变得像模像样。这也应了那句俗话，一夜就能成就一个暴发户，三代才能培养出一个贵族。无论文帝刘恒、景帝刘启和武帝刘彻，都只是成功的政治家，而非真的贵族。真正的贵族与贵族精神，早在乌江边的凤凰山上，随着项羽的自刎，而被那群乱兵用刀剑砍得比五马分尸还要粉碎。

由春秋战国积累起来的文化精神，也在公元前二〇二年化作支支简牍、累累铭文，不再存于人的血脉之中，也就无法再在这个世上传承。

刘邦能在鸿门宴上全身而退，后世言说的原因无论有多少种，只有一种是最关键的，全身流着贵族血液的项羽，举不起那把阴险的丑陋之刀。后来的结局，别人能事先看清楚，项羽自然也能预见。兵败垓下，霸王别姬，乌江自刎，包括为了不再伤害民众与兵卒，曾邀约与刘邦的二人决斗，一切都是他自己的选择。苏东坡后来评说："项籍唯不能忍，是以百战百胜而轻用其锋。"项羽不愿忍耐那才是真的项羽。项羽要的就是战争中的百战百胜，因此才不惜一切地在战场上光明磊落地使用自己的刀锋，岂肯沦落到与伪君子为伍，为保存实力，暗地里使尽阴谋诡计。

纵观历史，横看现实，从来英雄不敌恶棍，君子难防小人。

同样纵观历史，横看现实，从来都是英雄永远是英雄，恶棍永远是恶棍，君子永远是君子，小人永远是小人。

英雄与君子在实力强大时，因为要照顾恶棍或小人的利益，反而会产生巨大约束力。反过来，恶棍与小人当道，一定会使自身膨胀到无以复加，从无对他人的丁点顾忌。英雄与君子在对方做到非常完美时，会大大方方地承认自身技不如人，该下野的下野，该殉道的殉道，没有半点拖泥带水。恶棍与小人身处劣势如丧家之犬，也不忘在暗中策划，只要是对方一步没有走稳，便像疯狗一样扑上去。用现在的话来说，英雄与君子仰仗领先的实力，恶棍与小人咬定破绽以图逆转。鸿门宴上的项羽享受了强者不可凌辱弱者的孤独求道，乌江边上的项羽挑战了弱者最后沉沦时对生命极限的超越，对人生优异品格的完善。

唐朝一位宰相曾写道："自汤武以干戈创业，后之英雄莫高项氏。感其伏剑此地，因作赋以吊之……望牛渚以怅然，叹乌江而不渡……追昔四隤之下，风烟将暮，大咤雷奋，重瞳电注，叱汉千骑……"

相比乌江不渡，今人今世更要叹惜的是：刘邦身边多宵小，项羽之后无贵族。

醉翁亭遇王黄州

秋季雷暴，在如今似乎难得一见。

十月二十六日上午九点三十分左右，正在陋室门前，忽听见一声秋雷，片刻后大雨就如天漏。前一天离开霸王祠时不算太晚，但暮色已十分沉重，一场大雨悬挂在头顶上，眼看着就要倾泻下来。那在霸王祠中导游多年，说起话来不知不觉地染上几丝霸气的女子，甚至说要下暴雨了。延迟到第二天上午才落下来的大雨，让我们不得不改变行程，在霸王祠和醉翁亭之间，增加一应物什均无新建的陋室；并顺应天意，增加了在陋室门前，对那一声秋雷的闻听。秋雷响之前，雨还是大雨。秋雷响过之后，大雨真的变成了暴雨。

　　之前没有，之后也没有。独一无二的秋雷如世间一声断喝，让人以为陋室的木门前、照壁后或者碑刻旁，将有某种警醒之物出现。后来的情形证明，在陋室范围内，有作为襄阳少年的刘禹锡，有作为江陵过客的刘禹锡，但都不是秋雷想要给人的提醒。熟悉到如同高三年级班主任的刘禹锡，身世经历在江湖传说中既清楚又明晰，用不着对他在襄阳与江陵的短暂日常表示诧异。

　　后来才明白，真正值得在秋天响一声雷的，是一位黄州故人在与和县相邻的滁州琅琊山上的冒雨伫候。

　　转眼之间，陌生的和县县城，就在暴雨中变成七月武汉。在陋室，不用理睬这可以当成海的暴雨，也抹不掉与荆楚江汉血统的熟悉。"山不在高，有仙则名。水不在深，有龙则灵"的浩然洒脱，"谈笑有鸿儒，往来无白丁"的名士风范，早在跟随母亲投亲靠友时，少年刘禹锡就在襄阳流露出"酒旗相望大堤头，堤下连樯堤上楼"的非凡。日后与柳宗元同为唐朝政治革新的核心人物，革新失败后，同道中人王叔文被赐死。刘禹锡先被贬为广东连州刺史，行至江陵，再被贬为现在是湖南常德的唐朝朗州司马。在江陵逗留时相识的诗僧鸿举，有幸获其赠诗，其"乞取新诗合掌看"的句子，那楚人奇美诗情的表现，叹煞多少僧俗好友。

陋室之陋，如果没有《陋室铭》，连两分钟都不够人待见。

《陋室铭》之铭，在于心中。即便外面有暴雨，那些石刻之铭，水墨之铭，也只能使人小有流连。

雨越下越大，前车掀起的公路上的水浪，都能淹着后来的车头。与少年刘禹锡一样，当年欧阳修的父亲去世，母亲也带他投靠在湖北当个小官的叔父。刘禹锡的叔父在襄阳，欧阳修的叔父在随州。欧阳修从政后，由于遭贬谪，也曾当过离江陵只有咫尺之遥的夷陵（今为宜昌）县令。后来才知道的旧时故人，一直等在醉翁亭，却不是醉翁亭的主人欧阳修。车行几十公里，进到滁州琅琊山，终于见到若不是天降大雨、昨天就能见到的醉翁亭，面对园中一副对联，心里忽然沉沉一动。心一旦动了，就把持不住，仿佛之中的故人立刻替代专程来醉翁亭约会欧阳修的初衷。简直就是应了欧阳修写的那话："醉翁之意不在

● 雨中访醉翁亭

酒"。如秋雷沉沉一动之心，正像欧阳修接下来所解释的
"在乎山水之间"那样，滁州也好，琅琊山也罢，包括醉
翁亭都不在话下，只在意那对联，"谪往黄冈执周易焚香
默坐岂消遣乎，贬来滁上辟丰山酌酒述文非独乐也"，以
及对联中间的"黄冈"二字。

　　醉翁亭面积不算大，也不算小，亭园内有醉翁亭、
古梅亭、影香亭、意在亭、怡亭、览余台、宝宋斋和冯公祠，
在前面八座去处之外，还有一座二贤堂。那对联正是挂在
二贤堂内。其意所指，是为两任太守皆因关心国事而被贬

谪滁州愤愤不平，又对两位太守诗文教化流传民间深表钦敬。

黄冈二字的触动，才如陋室门前不轻不重不惊不诧的那声秋雷。

滁州太守，因贬而来，作为醉翁亭主的欧阳修是少不了的，另一位名叫王禹偁，别号王黄州。苏东坡称他"以雄文直道独立当世""耿然如秋霜夏日"。黄庭坚有诗赞："往时王黄州，谋国极匪躬。朝闻不及夕，百壬避其锋。"还有两句著名诗句："兼磨断佞剑，拟树直言旗。"那是雅号王黄州的王禹偁自己对自己的刻画。王禹偁与欧阳修命运相同到八九不离十，只是二人生错了时辰。假使王禹偁在后，而欧阳修在前，变为后来者的王禹偁能读到"醉翁之意不在酒"，或许就不会在皇帝面前忧愤得"未甘便葬江鱼腹，敢向台阶请罪名"。生性耿直、疾恶如仇的王禹偁，既得罪同朝官僚，也不讨皇帝喜欢，前两次被贬后，好不容易被召回朝廷，参与撰修《太祖实录》，又旧病复发忍不住赋诗讥讽权倾当朝的两位宰相。宋真宗皇帝一边感叹其聪明文章可与唐朝的韩愈和柳宗元并列，一边假惺惺地表示，王禹偁"刚不容物，人多沮卿，使朕难庇"，在大年三十当天，下旨将王禹偁贬为黄州刺史。连年三十和初一都不让在京城过，真正是前无古人，后无来者的莫大奇趣。

唐、宋时期，云梦泽畔的黄州极为荒凉，那些在帝都蝇营狗苟中受到排挤打压的贤能常常被贬来此。王禹偁是公元九九九年被贬到黄州的，比他早一百五十多年到黄州也任刺史的杜牧，就因为黄州属下等州，唐朝京官都知道是"鄙陋州郡"，而被视为贬谪。王黄州的黄州，荒凉贫穷十倍于后来苏东坡的黄州。如果不是王禹偁被贬来黄州时主持兴建月波楼等，之后苏东坡遭贬谪到来时，日子会过得更糟糕。

那在典籍中影响着后人的《黄州竹楼记》正是王禹偁任黄州刺史时，为自己建造的两间竹楼所写："夏宜急雨，有瀑布声；冬宜密雪，有碎玉声；宜鼓琴，琴调虚畅；宜咏诗，诗韵清绝；宜围棋，子声丁丁然；宜投壶，矢声铮铮然……公退之暇……焚香默坐，消遣世虑。江山之外，第见风帆沙鸟、烟云竹木而已。待其酒力醒，茶烟歇，送夕阳，迎素月，亦谪居之胜概也。"千年以来，凡此种种庭院，谁个不是按照这样的意境养心行事？

公元九九五年王禹偁第二次遭贬来到滁州，后又遭第三次贬谪去到黄州，公元一〇〇一年于蕲州逝世。六年之后的一〇〇七年欧阳修才出生，到滁州时已是一〇四五年。博览群书的欧阳修百分之百读过《黄州竹楼记》，同为第二次遭贬来到滁州，王禹偁的秉性文章足以令欧阳修感时恨别，心生《醉翁亭记》原旨。

平心而论，同为经典，有的作品风靡千百年，有的作品却独守空房，原因并非千差万别，而是文章中的广告语有没有和行不行。欧阳修的《醉翁亭记》，因为一两个句子，加上苏东坡亲笔书录，使得世上有了文章与书法相得益彰的范例，还有一处确实建得典雅美绝的醉翁亭，因而名气巨大。《陋室铭》也是因为有三两句二十几字脍炙人口。公元一〇八〇年才到黄州的苏东坡，与王禹偁到此相隔八十一年。王禹偁曾希望"后之人与我同志，嗣而葺之，庶斯楼之不朽也"。可惜就连被贬到黄州当团练副使的苏东坡也只顾筑自己的雪堂，而未顾及，致使"斯楼"

早早朽去。

　　王禹偁的《黄州竹楼记》，字字珠玑，句句华彩，只是少了任谁都能信口道来的句子，加上所建的竹楼毁于尘世，更无书法刻石摩崖，便只能静静地被收藏在典籍里。若是幸得有谁读过，三遍之内，就能深得圣心。反过来体味"醉翁之意不在酒"，无论是从前，还是现在，也包括未来，但凡有一百个人学习并应用，心中立意，五十人想着正途，五十人暗藏邪念。

　　话说回来，这也怪不得欧阳修。面对世俗的纠缠，经典往往被丑化得比世俗还糟糕，到头来世俗还是世俗，经典还是经典。在经典面前，世俗不惜使用硬暴力与软暴力。经典从不对世俗来几点硬性标准。经典的意义在于无法否认其经典性，也不在乎人有没有将其当作经典。十月二十五日在霸王祠见到的也是这样，英雄就是英雄，而不在乎别人有没有将其当作英雄。

　　"雨恨云愁，江南依旧称佳丽。"《全宋诗》中只存入王禹偁的这首《点绛唇·感兴》。不用细品，不用多想，也不用再去读下面的诗句了，凭这一句，就得叫一声，这诗写的！

天下文人愿意与不愿意都是星月相映。苏东坡不去打理王禹偁留下的竹楼，而专注于自家雪堂，也不是不对。雪堂的意义对后人来说也是莫大的，至少不低于王禹偁的竹楼。星移斗转之事，首先要求彼此都是星斗。《黄州竹楼记》与《醉翁亭记》，正是星斗与星斗的比对，这样的比对并不是随便什么文章就有资格的。此时此刻，冒着大雨，冒着文人口舌之大不韪做这样的比对，实在是由于王禹偁太过寂寥。醉翁亭中，二贤堂上，既然有人提起"王黄州"，就该经得起后人评说。

真的才情会将天南地北当成不同星斗。在那些小肚鸡肠的家伙看来，江南是贬谪文人的地狱。如果文人真如王禹偁写的"忆昔西都看牡丹，稍无颜色便心阑。而今寂寞山城里，鼓子花开亦喜欢"那种心情与心理，江南就成了真的地狱。同样是王禹偁的诗，如能自觉于"无花无酒过清明，兴味萧然似野僧。昨日邻家乞新火，晓窗分与读书灯"，莫说那时只有一个江南，就是有十个江南，也无一不是天堂。

这一刻，也在江南。

陌室门前听见过的秋雷一直没有再重复。

醉翁亭四周秋雨太像清明节气了。

我心却定要秋高气爽。

水的人文

又是下雨！又在下雨！

在九江浔阳楼下结束第一阶段对长江的行走，已经过去三个多月，第二阶段行走开始时，雨水又将满世界弄得湿淋淋的。一样的雨，一样的湿，中间夹着一场不一样的暴风骤雨惊涛骇浪。像是与苍天有了某种默契，那场大洪水对长江的洗礼，差不多就是第一阶段行走的从三峡到鄱阳湖这一段。母亲河之所以被称为母亲河，就在于她曾载着大水而来，惊吓了她本不想惊吓又不得不惊吓的自家孩子一样的万物。天下母亲都不只是风调雨顺的好脾气，做母亲的总有生气的时候，哪怕是冲着自己的孩子，哪怕是冲着自己的家园！一旦需要母仪天下，别说是孩子,就连铁塔金刚也会心虚瑟缩。好在雷暴从来不会太多,再大的雷暴过后,日复一日的雨露甘霖才是母亲河被万世崇拜的魅力。

车过东湖,出了武汉,沿黄州、鄂州、黄石、黄梅,驶过宿松、太湖和安庆,行走痕迹延展之处,曾经有那么多的七月雷霆,那么多的七月怒涛,那么多的七月警报,在十月的一江两岸竟然很难找到其蛛丝马迹。没来得及收获的水稻穗子金黄饱满,是为生逢其时。要在严冬到来之前尽可能多一些收成的晚秋作物的青翠欲滴,像是与日月争辉。看得见的荷叶是残的,但与洪水没关系,如若秋天来了还在绽放,那一定不是荷与荷叶的本意。闻得到的菊香是淡的,这也与洪水没有关系,今年的季节全部晚了好一阵,就连桂花都是中秋过去快一个月才芬芳起来。

江南江北秋意正浓,收获如金;水上水下清辉荡漾,舟船如梭。这才是母亲河,就像千家万户里的母亲,一边呵斥孩子、惩罚孩子,一边用更加浓烈的母性关爱孩子。

池州的大通水文站,建于一九二二年十月,过去、现在和将来,都是观测流了几千公里的长江到底承载了多少地表水流的最后一座径流测量站，集水面积一百七十万五千三百六十三平方公里。该站拥有从一八四二年至今长江下游陆上地形图。从大通往下，再有水文站，所测量的只能是潮流，而不是径流了。大通水文站还是万里长江上唯一一座向联合国教科文组织提供长江水情信息的径流控制站。

如此声名显赫的水文站，在当地却少有人晓得。问了几次路，从没有一个人说对，所有导航软件都搜索不到它的名称，错了几次，绕了不少弯路，才在黄昏到来之际，找到这座小小水文站。当然，对于水文站的人来说，也有不晓得当地声名显赫的物什的。闲聊时，说起徽菜是"轻微腐败，重度好色"，他们也一脸茫然，不明白前者是指闻名遐迩的臭鳜鱼，后者是说徽菜极好用大量酱油。

说起来，真的不值得奇怪。几年前，水文站四周还是一片荒滩。如今四周有了高矮不一的房屋，江边上也多了一些钓鱼人。水文站的人站在通往江心的栈桥上，指着江滩上那个在黄昏中独钓长江的男人说，昨天有人在这里钓起一条两斤多重的鳊鱼，又说，昨天站里测得的所有水文信息，是用手机打电话往南京报的。南京那边觉得奇怪，随后打电话过来问原因，为何不用自动上报系统。水文站的人说原因是有两台槽罐车将站外的电线杆撞断了。在这样的环境里，就算说两头牛将电线杆弄断了，也是合乎情理的。

几近荒凉，唯烟波最是知音的小小水文站，所得到的却是半个中国都想知道的与长江相关的权威信息。比如长江流域几个典型的最大洪水年份：一九五四年八月一日，最大流量为九万二千六百立方米每秒，而备受关注的特大洪水年份的一九九八年，最大流量为八万二千四百立方米每秒，二〇一六年的最大流量为七万零七百立方米每秒。当读到长江泥沙含量最大值为一九五九年八月六日的三点二四公斤每立方米时，马上联想到，那一年，正值所谓"大跃进"，全国上下一齐毁林烧炭"大办钢铁"，自然生态受到严重破坏。当读到长江泥沙含量最小值为一九九九年三月三日，又不能不联想到，那是三峡大坝截流后的第一个早春。

至于最小流量为一九七九年一月三十一日的四千六

百二十立方米每秒，相信也有其合理解释，比如像歌里唱的那样，在随后到来的春天，一位老人在南海边画了一个圈。

世事也好，人生也罢，总是这样，于不经意间显现出其貌不扬的真理。水文站测量的何止是水文，还有这世界的人文。比如，七月大雨时，有女子在自家小区门口打电话投诉水务局排水太慢。女子的行为招来铺天盖地的谩骂。又比如，一队军人在河堤溃口处抢险，乡亲百姓在一旁围观，所招来的谩骂更加猛烈，却不知这受到批判的背景早已天翻地覆。当年的乡村，麻袋是公家的，沙土是公家的，树木也是公家的，只要有事，只要有人发话，一切拿来用了就是。今天的情形变了，麻袋在私人商店是有价的，取土的土地受着各种法规的保护，自由生长的树木更是如同生命一样神圣不可侵犯。即便是自家的高级门户，也大不如当年用原木做成的门板，可以卸下来挡上几天几夜水，如今的门户，被水一泡马上变成一堆无用的垃圾。更何况高效的专业机械、科学的抢险手段，早已让曾经的人肉长堤变成十分遥远的童话。

站在大通水文站外那长长的栈桥上，从这里到长江入海口全长有六百二十四公里。很难想象，相距如此遥远，大海还能够用其无与伦比的雄浑，影响大通水文站这里的潮起潮落。特别是天文大潮时，落差可达半米。

天上没有雨了，那雨暂时全在长江里泡着。

一江大水，无论春秋，总是要向东流的，一江秋水同样还是向东流。

不负江豚不负铜

　　用五百吨纯铜砌一座房子，在任何年代都不可想象。

　　在铜陵，这所举世无双的房子，让人看得实在过瘾。

　　纯铜砌成的房子，名叫铜官府。房子是新修的，修这房子是要言说一段铁打铜铸的往事。站在铜官府外的那一刻，秋天到来好久的模样一点也见不着，天气反而炎热得如同酷夏，铜和房子一起在阳光下腾着巨大的热浪，透过空气，可以看见升腾不止的火焰一样密密麻麻的光谱。霸气也好，拒人千里之外也罢，生就了独一无二，就该有如此气质。那种仿佛天生的气场，丝毫不输紧邻的高高大大的一座铜官山。

　　苏东坡有七言诗说："落帆重到古铜官，长是江风阻

往还。要使谪仙回舞袖，千年醉拂五松山。"有些事物，就是这么着，好似天生一般。历数那些还能存世的古时经典，属于国之重器一类的桂冠，几乎全都戴在青铜铸就的鼎与簋的头上。所以，能在煤都、铁都、铝都等称谓之中，雄踞文化源头上的唯有铜都。也是因为有了铜都一说，铜陵这座小城，才可能毫不犹豫地以大地方的尊贵身份列于历史长河之中。

面对纯铜造就的铜官府，不由得想起刀光剑影的东周列国，一旦拥有这五百吨青铜，即便是容身蕞尔、于心唯忍的小国寡君，也会雄心勃发，做起江山在我的春秋大梦。砌在雕梁画栋之间的这些有色金属，真个出现在那个年代，制成那个年代的冷兵器，足以装备一支战无不胜的精锐之师。

楚国八百年，怎不是得益于与铜陵相距只有数百里的铜绿山出产的青铜？铜绿山那边，也有三千多年的青铜冶炼史，一千多年的建县史，殷商时期就"大兴炉冶"，是为中国近代工业的摇篮，铜绿山古铜矿遗址已发掘出自西周至西汉的采矿井巷三百六十多条，古代冶铜炉七座，是可与中国的长城、埃及的金字塔相媲美的世界奇迹。

在铜官府认识的朋友还说，铜陵这边青铜文化源流要略早一些。朋友引用的这话，出自一位研究青铜文化的我们共同的朋友之口。只可惜朋友写成关于青铜源头的某些文字偏颇了些，有悖于铜陵江海潮流山川大地中生长了三千年的成功与自豪。

说起来宛若那相信不得的流言蜚语，铜陵这里，还用一千五百万元预算喂养十几条鱼。在大通古镇，这种令人叹为观止的现实，与长江东去、海潮西来一样，不需要任何辨析，放眼看过去，既清楚明白，又刻骨铭心。科学地说来，俗话说的这鱼，是一种兽，特别是理论起生殖繁衍时，因其行为与兽相同，索性以雌兽和雄兽相称。多数时候，学界与凡俗一律称之为江豚。只有纯学术和太俗套时，前者才称其为淡水豚，后者则直呼江猪。

告别铜官府中的历史烽火与现实烈焰，搭乘轮渡，上到长江中间的清凉沙洲，接连遇见昔日人称小上海的大通古镇，还有和悦洲与铁板洲之间的夹江上的铜陵淡水豚国家级自然保护区。沧桑兴废，只在一台摆渡车的摇摇晃晃之间。一座十几万人的曾经重镇，早被岁月风雨侵蚀成断垣残壁。连接长江主流与岔道的不起眼的夹江，反而成了令世界瞩目的科学史上首座利用半自然条件对白鱀豚、长江江豚等进行易地养护的场所。如今白鱀豚已绝迹，此地的主要任务是保护长江中下游特有的世界水生珍稀动物长江江豚。

当年由武汉水生所救治的地球上最后的白鱀豚，科学家想尽一切办法，也无法令其繁衍哪怕是独苗苗的后代。白鱀豚的前车之鉴，使得人们空前重视长江江豚的境遇。从二〇〇三年五月，到二〇〇六年七月，生活在夹江这片水域中的雌兽"姗姗"接连繁殖出三头小江豚。那天，一行人站在专事喂食的栈桥上，看水中十几头江豚优雅地抢食被投放到水中的鲫鱼和鲤鱼，从保护区设立之日起就从事饲养工作的那位中年男子，左手接二连三地将两三寸长的小鱼儿抛进水里，右手指着水中个子最小的一头江豚，说它是去年才出生的。相关科研机构调查后推测，长江江豚数量约为一千多头，其中，干流约为四百多头，洞庭湖约为一百多头，鄱阳湖约为四百多头。小小的夹江中就有十七头。

　　资料上说，长江江豚无视力可言，对外的一切感知，完全依赖于与生俱来的声呐系统。一段夹江，水不太清，也不太浊，水边的植被不太密，也不太疏，都是人们习见的长江两岸模样。一只小鱼儿抛下水，就有一头江豚从不清不浊的江水中滑跃而来，两只小鱼儿抛下水，就有两头江豚从似流未流的江水中溜溜地显出原身。除非水里有三只小鱼儿，才会见到三头"雌兽"或者"雄兽"。无论小鱼儿在水中呈何种姿势，长着一双无用眼睛的江豚，都能准确无误地叼着鱼头，吞入腹中，绝对不会出现从鱼尾开始倒着下咽的错误。最奇妙的是，如果小鱼儿没有脑袋，从入水的那一刻起，江豚就会视若无物，连闻都不去闻一下。这奇妙是饲养江豚的中年男子说出来的，说话之际，他信手掐掉一只鲫鱼的头，抛到一头江豚的身边。一向不会让入水的小鱼多待半秒的江豚，竟然没有丁点搭理的意思。中年男子如此做了三次，结果都是一样。之后抛入水中的小鱼儿是完整的，说话之间，去年才出生的那头小江豚现身了，轻轻一抖身子，就将完整的小鱼儿完整地吞入腹中。

从夹江这里开始数起，整个长江中下游水域中的一千多头江豚，是地球生物的杰出代表，其科研价值，甚至超过人类本身。我们的祖先只经历过一条胡同走到底的进化。小小的长江江豚，在海洋与陆地之间，走了一番回头路。不知道哪一年，进化中的江豚，从水中爬起来，上到陆地，变成四条腿的动物。可惜时间不算太长，爬上陆地的江豚，难以适应面朝黄土背朝天的日子，于是重新回到水中。比人类多经历一次轮回的江豚，在生命演化历程中，堪比多获得一次成功。

用不着脑洞大开，只要稍微动一下脑子，让思想的边界轻松抵达江豚开始第二次进化的某个年月日，就有可能发现同为哺乳动物的人类，从水中爬向陆地的模模糊糊的小小身影。好不容易变身为哺乳动物的江豚，义无反顾地回到水中，却还是这般哺乳动物之身，莫不是人类的过去与未来？也正是这一点，人类所做的有关江豚的一切，与其说是保护江豚，不如说是保护人类自己；与其说是研究江豚的来龙去脉，不如说是意图从中找出事关人类自己的某种命定。

铜陵这里的铜官府也有如此意义。那叫铜官的，是殷商之后掌管"炉火照天地，红星乱紫烟"的铜矿开采业的一介官名。近代以来，人类早已认识并掌握着许多比青铜重要的地矿资源，但却仍不放弃对青铜的追寻，并非青铜如何珍贵，而是青铜成为人类的文化源流在较长时期里的不可替代性。

那天在铜官府，朋友脱口而出，指某个精美绝伦的青铜器物的制作方法为青铜时代盛行于欧洲的那种方法。这轻飘飘一说，绝对不是一声惊雷，只能等同于巨大的吆喝。铜陵所代表的青铜文化，唯一源头是"范铸法"，也正是与范铸法相辅相成的劳作方式，孕育了青铜时代的中国文化。青铜时代盛行于地中海沿岸的青铜制作工艺，造就了与东方文化迥然不同的西方文化。此中关键节点在于，不能因为湖北省博物馆珍藏的曾侯乙尊盘貌似很难以范铸法制成，就可以在没有任何考古实证时，凭着异想天开的脑子，想当然地用地中海的海水来润润长江。

二〇一八年，夹江上那片自然保护区里的长江江豚从

"亚种"升级到"种"时，在学界之外的社会上没有引起任何反应。殊不知，这虽不是天翻地覆的大事，在科学研究中也还算得上倒海翻江了。所谓亚种就是由于地理因素等限制导致种内生物产生的群体，本质上并没有产生生殖隔离，依然可以与种内其他群体产生可育性后代。比如狼和狗，狗是灰狼的一个亚种，所以狗可以和灰狼进行交配产生后代。种却不行，种的定义就是生殖隔离。文化上的融合，显然没有生物界那么艰难。然而，青铜时代相隔万里并肩走向高峰的青铜文化，也有点类似生物的"种"，而非"亚种"。诸如曾侯乙尊盘这样的青铜重器，没有坚实的青铜文化作基础，想要登峰造极只会是异想天开。这也等于说，虽然条条道路通北京，也不可以要求京杭大运河上最优秀的船工，一夜之间改为驾驶马车，还要取得比惯走京杭直道的顶级骑手早到皇宫的好成绩。活生生的事实一直在证明，唯有长江才会提供江豚存世的保证，那些幻想某个时间在伏尔加河、在莱茵河与塞纳河中出现江豚种群的人，只能是白日做梦。同样的道理，在古老的中华大地上，唯有生生不息的范铸法才有可能摘取中华青铜文明的桂冠。

　　荒野中的一段夹江，十几头长江江豚，在科学意义之外，是那有造化之人才能读懂对着天地写来的春秋笔法。看似无心插柳，实际是有心栽花。用江豚比照青铜，用青铜寓意江豚。铜陵之铜，所赋予"铜官"之责，擅长由青铜文化举一反三，能够从三千年古老矿渣中寻觅端倪，又可以对新兴自然保护区有更新的想法，不负江豚，不负青铜。

　　　　　　　　　　二〇二一年十月十三日于斯泰苑

一种名为高贵的
非生物

　　一个人终其一生，不知会做多少荒唐事。那些立即就懂了的，自然是用同步进行的一笑了之。有些荒唐当时并不晓得，过去了，经年累月了，非要被某种后来才发生的事物触发，才会明白。

　　那一天，去到江西永修境内的柘林湖。到达湖边时，一路上不曾间歇的夏季豪雨突然停了。徐徐退去云雾的水坝旁，更是突然露出一块标示牌，上面分明写着：桃花水母繁殖基地。桃花水母是学名，平常时候人都叫它桃花鱼。叫桃花水母的人与叫桃花鱼的人不同，只要开口就不难分辨出，是治学古生物的专家，还是天下人文故事的口口相传者。

多年以前的那个夏天，我曾经奔着桃花鱼而去，那是奔流不息的长江为桃花鱼最后一次涨水。秭归的朋友在电话里告诫，这几天不来看，就只能永远地遗憾了。依照家在三峡的朋友们的说法，桃花鱼也不是想见就能见到，排除了当地人，许多专门奔桃花鱼而来的人，两眼空空来与去的实在太多了。朋友所指人与桃花鱼的缘分，不是俗来俗去的所谓桃花运。就连当地人也说不清楚，同样的天气，同样的时辰，同样的水流，体态婀娜的桃花鱼有时候出来，有时候却不肯露面，不使那些渴望的人一见钟情心绪飞扬。那时的桃花鱼生长在秭归城外的那段长江里。如九龙闹江的叱滩（又名咤滩）上，有一座每年大半时间都在江底隐藏着的鸭子潭。我去时，朋友在当地的熟人一律往天上望一眼，然后众口一词地断定，这天气，见不着的。在我与百闻不如一见的桃花鱼相逢在水边后，朋友才说，其实，他是最早持这种看法的人。我去的时候，小妖一样的桃花鱼，偏偏一身小资气质地现形了。多年以后，只要有审美的需要，就会情不自禁想到此种细细的几亿年前的尤物。譬如柔曼,譬如风流,譬如玉洁冰清,譬如款款盈盈,再也没有比得过这汪洋蓝碧之中所荡漾的了。

现在，我当然懂得，任何的绝色无不属于天造地设。人的荒唐就在于，不时地就会冲动，想着那些非分之想。我从礁石那边的江流里捞起一只瓶子，洗净了，装了一只桃花鱼在其中，然后就上了水翼船，不等我回到武汉，刚刚接近西陵峡口的那座小城，绝色桃花鱼就在荒唐中绝命了。过完夏天，又过完秋天。一条大江在屡屡退却中，再次将鸭子潭归还给想念的人们。从满江浊水中脱胎出来的潭水一如既往地清澈，然而，这已不是桃花鱼灿烂的季节了。山崖上的红叶扬起凛冽寒风。江水终于不再退了。那些铺天盖地倒流而来的巨大漩涡，沿着枯干的江滩反扑回来，在不计其数的时光中，向来不惧怕激流浪涛的细细桃花鱼，当然无法明白，从不涨大水的冬季，一旦涨起大水来，注定就是它们的灭顶之灾。

失去桃花鱼的不是桃花鱼本身，而是那些以人自居的家伙。科学的意义自不待言，对于芸芸众生，他们失去的是不可再生的审美资源。后来的一些日子里，偶尔谈论或者是在书文中阅读桃花鱼，总也免不了会猜度，没有见过桃花鱼的人一天比一天多，当他们的阅历让其与那早已成为虚空的桃花鱼相逢时，传说中由四大古典美女之一的王昭君，涕泪洒入香溪河中幻化而生的桃花鱼，是否会被想象成北冰洋边人所尽知的美人鱼！

仿佛幽深的思绪，柘林湖边的那块标示牌，不动声色地为我更换了一种旷远、静谧的背景。这样一片浩瀚的水面，宛如一本智者的大书，翻动其页面，又有什么不能告之于人的呢？清水之清，被风吹起，俨然那薄薄霜色铺陈大地；湖光自然，被山收拢，一似莽莽森林落光了叶子。在居所所在的武汉，人在天界伟力面前第一位敬畏的就是水。在水的面前，只要被称为武汉佬，便是个个见多识广。而柘林湖还是让我震惊。

年复一年，日复一日，那些总让城市无法整理的清洁，随风入怀，汪洋肆意，毫无顾忌地游走在总是渴求一片冰蓝的情怀里。

于是，我在想，在桃花鱼古老的生命里，真正古老的是那份不与任何尘俗同流合污的高贵。宁可死于每一点来历不明的污染，也不改清洁的秉性；宁可葬身万劫不复的沧浪，也不放弃尊严随波逐流。与柘林湖水同游，时常有滴水成线的细微瀑布，送来深厚修养的轻轻一瞥；翡翠玛瑙散开的小岛大岛，也会端明九百九十几个情爱，没有任何阴谋地坦荡说来。也许，柘林湖此时的高贵只是一种风景。对于人，是这样。桃花鱼却断断不会这样想，高贵是其生命中唯一的通行证，舍此别无选择。有桃花鱼的柘林湖，理所当然值得每一个有心人去景仰，并且还要深深感谢它，用怡情的清洁，用梦想的冰蓝，用仰止的浩然，在大地苍茫的时刻，为滋养一种名为高贵的非生物，细致地保养着它所必需的墒情。

二〇〇五年十一月于东湖梨园

（本文系长篇小说《一棵树的爱情史》后记）

孤山二度梅

去宿松，为的是小孤山。

过黄梅，想的是二度梅。

眼看就要立冬了，天气预报说有强大寒潮明天抵达。长江中下游一带从来如此，夏季欲热先冷，冬季欲冷先热。一路上天气晴好，车内热得有些过分，不得不开启空调，而昨天这车里是开着暖气的。车到两省两县交界的界子墩时，想起三十年前，在黄梅参加一场黄梅戏调演活动，中间得空，也是经由界子墩到宿松闲逛，其古朴模样的小街，满街黄梅戏对白似的乡音，令人至今难忘。那一次，有朋友极力推荐去看看蔡山，虽然没有成行，自此心里就有一种信念，蔡山是黄梅戏最初的根源。

蔡山没有小孤山名气大，却承载着一首名气比小孤山大很多的诗。李白当年去庐山，途中泊舟蔡山下，写诗描述山上有极为险峻的楼，站在上面伸手就能摘下星星，所以自己"不敢高声语，恐惊天上人"。诗中之楼建在蔡山山顶，高如百尺的危楼名叫江心寺，可以摘星星的楼就叫摘星楼。

李白路过时，此山此寺此楼，尚在长江中流。岁月流逝，一晃千百年，也不知是哪年哪月，流量达到十几万立方米每秒的长江，稍一腾挪就向南跑到老远的庐山脚下，将海拔不过五十八米的小小蔡山，孤零零地丢在方圆百里的冲积平原上。与蔡山一样孤单的还有山上那棵梅树，凭着她一千六百年的香艳记忆，当然晓得自东晋至今，大江上下林林总总的变迁。只可惜那一千六百个华年尽数流逝后，独自存世的花与朵，让孤单变得比记忆更加沉默。世上千年梅花不少，冬天绽放了，春天又再次绽放的梅花也不少，一千六百年来，一千六百个冬天和一千六百个春天，都不曾不开花的二度梅，这世上仅存于蔡山上，古寺旁。

梅开二度时，头一番花儿映照冰雪是秉承自身属性。雪都落尽了，冰都融化了，还要再次绽放的花儿，一定获得了为人间才华作表达的灵性。这一想后，便禁不住拿起手机，与当今黄梅戏后杨俊，隔空聊了一阵。杨俊是当初红遍南北的黄梅戏五朵金花中的三姐，当年华丽芬芳的五姐妹，如今只剩下杨俊还在舞台上，用一己之力独自撑起黄梅戏虹霞。我们先聊的是那位黄梅戏后中的戏后，正如二度梅是梅花中的梅花。

一树晋梅，注定要成就地方上一段造化。

梅花重放，谁说不是为了一方黄梅戏水土？

明弘治《黄州府志》记载："黄梅山，在治西四十里，山多梅，隋唐时，皆以此名县。"蔡山为黄梅戏最初的根源，道理就在于此：没有蔡山就没有二度梅，没有二度梅就没有黄梅地名，没有黄梅地名黄梅戏又从何而来？民国十年版的《宿松县志》中，第一次出现有关黄梅戏的记载："邑境西南与黄梅接壤，梅俗好演采茶小戏，亦称黄梅戏……邑青年子弟，当逢场作戏时亦或有习之者……"

说起来宿松属安徽管，黄梅归湖北属，现实中几乎看不到天然分界，山为一体，水是同流。宿松三珍中的黄湖壳薄肉满的白虾，大官湖晶莹剔透的银鱼，龙感湖味鲜肥美的鳜鱼，同样是黄梅物产的奇葩。一九六九年六月至八月，宿松下雨一千一百四十八点三毫米，黄梅也平地波涛四溢。一九七一年六月至八月，宿松下雨仅二十点一毫米，黄梅也旱得水井冒烟。一道长江大堤更是难分彼此，道光十四年两地一起修建同仁堤，是为现今同马江堤基础。光绪十一年，又合作筑泾江口外堤，全长十几公里。民国三年，再联合修建的马家港至华阳镇长江大堤全长更是近四十公里。

黄州府是黄梅县的顶头上司，上级数落下级向来宜正说不宜旁道；宿松是黄梅的外省邻居，邻居说邻居从来是谈笑风生，丑话当作好话说。黄州府官方文字无人计较，宿松说黄梅，黄梅也不计较，反而是宿松自己，从百年前暗讽邻居全是戏子，变为现今百般争辩，要将黄梅戏作为传家之宝。

前些时在北京参加一个会议，台上做报告的领导虽然用的是普通话，但某些语调听上去如鄂东乡音，音韵如黄梅戏对白，当即"百度"一下，果然是近邻宿松人。鄂东山前，皖西山后，有太多相同习俗，比如各地乡间没有不喜欢黄梅戏的，因为喜欢而形成相同的戏风戏俗。比如，村里人唠叨着要看戏了，就会托几个有名望的人抛头露面，议定相关事项，接洽戏班或剧团，然后用红榜公布。开锣之前，再选一个会武功的人领头，带些年轻力壮的人去搬行头，以防万一有人暗中捣鬼，半路上抢走行头，戏班或剧团来了，戏也演不成了。最过瘾的是唱对台戏，地方上总有些人好胜逞能，同时同地，各请戏班，各搭戏台，台口相对，各唱各的。谁接的戏班好，行头漂亮，演技高超，台前看戏的人就多。输了人气的一方若不服气，便会找各种借口挑起事端，为此常常引起械斗。不管地方官吏调解有效无效，来年的对台戏只会更精彩。对台戏是乡间令人爱得要死又怕得要命的事，年年盼，月月盼，有对台戏看时，大家像过年一样开心，一旦打将起来，马上变得像鬼子进村那样惊慌失措。怕归怕，只要有对台戏，十里八里的乡亲都会蜂拥而至。地方戏事，关键是"点戏"，无论是写戏约定的主题戏，还是由地方头面人物点的戏，既要有自己的偏爱，也要照顾看戏观众的情绪，最重要的是乡情，比如，姓於的忌演《於老四倒瓦》，姓张的忌演《蔡鸣凤辞店》，姓陈的忌演《陈世美》等。上面几点做好了，皆大欢喜了，轮到最后的送邀台，家家户户按事先约定的，排着队将各种各样的物产堆放在戏台台口，那景象，比秋收时的丰产还喜庆。

二度梅花开，不知演绎出多少悲欢离合，演化为一门艺术的唯有黄梅戏。天下文人莫不恋着梅花，在葳蕤自守、蒹葭浩荡的乡间，千年开不败的梅花，造化出众人皆尽喜爱的黄梅小戏，并在那梅香汇聚去处，开天辟地孕育出一位黄梅戏后中的戏后，也算是将天意百分之百用到位了。

历史与传说是一对互不买账的冤家，说起黄梅戏时却难得的一致，都认定黄梅戏起源于黄梅县的采茶歌和其他民歌小调，萌芽于明末清初，那时的黄梅县境"一去二三里，村村都有戏"。孔垄镇邢大墩的邢氏家谱记载，黄梅戏后中的戏后、祖师奶奶级的名角邢绣娘，曾四次奉诏为乾隆皇帝献演，那一阵子江湖普遍传诵："北方梆子有二,黄梅调子无双。"乾隆以后,《天仙配》《上天台》《打猪草》《夫妻观灯》等黄梅戏剧目广泛流传于以黄梅、九江、怀宁为中心的大江南北五十余县。道光年间,江西一位县令写了一首七绝,描述黄梅戏在当地流传的景况:"如何不唱江南曲,都作黄梅县里腔。"今人读来也觉得绘声绘色。

宿松也会说黄梅的那句口头禅:不要钱,不要家,要听绣娘唱采茶。一九五三年宿松全县有乡村民间剧团一百六十三个,演员四千多人。绝大多数剧团演出呈现"春紧、夏松、秋垮台,冬天又会搞起来"的状态。一九五六年四月,宿松县黄梅戏剧团赴武汉演出期间,与苏联乌克兰歌舞团同台联欢,让这一年的民间剧团登峰造极地发展至一百九十三个,甚至还排演了描写农村合作化时期发生在鄂东黄冈的真人真事的《刘介梅》。

有民谣唱着以邢绣娘为代表的黄梅戏旧时盛况:黄梅宿松姊妹多,不做生活专唱歌。然而,宿松最值得一说的还是黄梅戏历史上第一个具有明星气质的男主角方玉珍。清末民初,这位身为打铁匠、取了一个女性化名字的宿松小伙，带着擅长扮演花旦或青衣的弟弟，兄弟俩以夫妻戏和兄妹戏巡演于九江、武汉和上海，成就黄梅戏一代小生的美名。

一树二度梅，先前开的黄梅戏花叫邢绣娘，后来开的黄梅戏花有杨俊等人。这一点也是自邢绣娘之后，众多黄梅戏表演艺术家与黄梅戏娘家及流传的黄梅戏民谣仅有的关联。作为渡过劫难重回舞台的当今黄梅戏后，杨俊的经历还可以是蔡山二度梅的另一种诠释。隔空与她说话，谈及从邢绣娘到严凤英，再到五朵金花，几百年间，常有不错的男主角，却一直不再有方玉珍那样领一时风骚的小生。杨俊回答说，黄梅戏唱腔是男女同调，男声能唱出女声那样的清高润扬，又不失才子俊朗风情、英雄洪武气节，实在太难了。黄梅戏后这话的另一层意思是说，如此小生只能寄希望于天降奇才，而不要企图培养与训练。

沿着宿松县复兴镇外的长江大堤走上几公里，小孤山终于越过高高的白杨树梢，出现在蓝天白云之中。记忆中，曾经乘船顺流而下时，走的小孤山南；逆流而上时，轮船行驶的方向是小孤山北。二十多年不见，载人的汽车居然一个刹车就能停在小孤山的山脚下。

孤峰还是孤峰，却不再是诗书文章所说的屹立江心。绕山一周还是半公里，却分成水上与陆地两部分。更不好意思的是，一路走来在心里作了各种预案，如何涉水上岸，登上古往今来一直受到尊称的长江绝岛，眼见着的只是一座半岛，与千重波折、万顷浪荡毫无关系。一如二度梅开，天使黄梅戏后，用邢绣娘与杨俊那样的碎步走着，还诗意地甩着水袖，都能到达与启秀寺共进共出的山门。幸亏七十八米的海拔高度没变。隔着长江与南岸的彭浪矶相对相望没变。再往稍远一点的东方，与战争史上声名赫赫的马当要塞互为犄角也没变。孤山虽小，历来被誉作海门天柱，大禹治水，始皇东巡，圣者刻山彰显，帝王勒石纪功，一前一后都曾写下"中流砥柱"四个大字，除了仅存的典籍，见不到半笔真迹与功名。山石之上，岁月远古，沧桑也改变不了的是小孤山对洪荒的傲立见证。

纵然有了遗憾，小孤山依然不缺少世间罕有的不凡。上到凌空江上的观海亭，刚一放眼，就觉得扑面而来的不是长江，而是真的从东海滚滚而来的大潮。那说海潮之于长江如何的白话与诗文，归根结底，全都落实在小孤山上，界潮祠前，万里长江独一无二刻着的一句话，仿佛是为天地做告示："海潮止小孤为界！"还说修建界潮祠是为了让山川灵气变得更多更美妙。唐朝人曾经写过相关诗句："浔阳江上不通潮。"浔阳江口，就在小孤山上游不远处，天气极好时，甚至有可能看到浔阳楼的影子。江风颤颤，海潮微微，面朝东方可以观察大海潮起潮落的身影，转过身来向西，就只有从春流到秋的江水了。这样的时候，孤单了亿万年的小孤山，硬是逼着水面形成一只人所共称的海眼，是小孤山的心性，也是小孤山的力量，除此再无他物能在不动声色之间，将这举世闻名的河流轻轻一扭、悄悄一拧，奔腾不息的江水也好，到此为止的海潮也罢，全然化作一座巨大漩涡，将天地人间看了一个透彻。

曾经有过一种说法，上面有最高的天，下面的一切当然就是小了，旁边没有别的山做任何比较，怎么说也只能是个孤。小与不小都不要紧，要紧的是不是孤。这样的话，说的是云天旷野，一旦参照到血肉生命的历史，比如虽然不在长江之上，却也相去不远的烽火山，一九三八年七月二十七日，侵华日军久攻此山不下时，竟然像魔鬼一样施放毒气，使得坚守在山上的五百余名壮士惨死，附近山下三十多户一百多口人也无一幸存。这样的山，无论是小还是大，在历史的纪念中，永远不会孤独。

看够了小孤山上的江水与海潮，下山后再回望小孤山的奇险孤秀。偏偏这时，不远处飘来一句黄梅戏，让斜阳照耀下的小孤山平添些许人生气韵。山川江海如果是一曲大戏，这小孤山岂不正是黄梅戏数百年来屡屡寻找不得的当家小生！这样的念头不必与任何人说，完全是个人内心在问答。从邢绣娘到严凤英到杨俊，在她们的艺术生涯里，肯定有一位硬朗峻拔的搭档潜藏在心曲里。就像这小孤山，在黄梅戏故乡故土之上，如此雄阔壮烈峻峭，早就浸润在任何曲调的最深处，不必再去追寻任何一种外在的形式。

那句水柔无骨的话，是何等的傲慢与偏见！一座小孤山，将亿万年如歌流水本质展示了些许。水的傲骨，本不需要用小孤山来说。就像人等，一直惦记黄梅戏后之外，是否还有黄梅戏王。人世俗了，非得雌雄对等，王后平均，世间之事本是有岛没岛江水都会长流，有泉没泉青山总是长在。置身天地，就不要去想那个孤字。面对江海，最好别多想什么小不小的。做一棵树，就要像二度梅，尽一切可能绽放一千六百年，甚至再绽放第二个一千六百年和第三个一千六百年。只要长江还在奔流，一首小曲，就该努力像黄梅戏，唱成蔡山！唱成小孤山！

二〇一六年十一月六日于东湖梨园

浔阳一杯无

一座浔阳楼是由大江大湖大山大水堆积起来的历史的遗憾！

除去遗憾，浔阳楼名声就会更小。九江来过多次，浔阳楼旁边那座锁江楼与文峰塔，都曾上去走了走，近在咫尺的浔阳楼却似无缘一样，一只脚伸到旁边了，也不肯将另一只脚迈过去。在长江边出生，对长江边的一切都有兴趣，偏偏这浔阳楼，总不能留在心里。没有别的原因，全是太不喜欢《水浒传》中的那个黑矮胖子。

第一次读《水浒传》，黑矮胖子这词就令人心生不快。《水浒传》这书本不值得多读，那些人物故事，一遍下来就有七八分印象，再读一遍不仅不会达到九分十分，反而会走向反面，让人越读越糊涂。譬如，为什么要让真好汉晁盖轻而易举死去？这黑矮胖子分明是个吃着碗里、盯着锅里，凡是好处都不想放手的贱骨头，所有本事无外乎玩弄权谋，算计来算计去，反而将自己算计成强盗头，虽然勉强却还是大权在握地做了梁山大寨的主子。晁盖是湖口与长江四围博大的原野，当强盗就当强盗，有志愿也只是想当绿林英豪。这黑矮胖子充其量是湖口与长江中间那座在急流之上左右逢源，洪水来了吃洪水，清水来了吃清水的小小江洲。

这一次终于上了浔阳楼，凭栏四望，感觉造化弄人，这么好的景致，在九江做过官的白居易为何非要等回洛阳时才写诗呢？当初在九江时，为何不将写给本地朋友刘十九的那首绝句"绿蚁新醅酒，红泥小火炉"，写在这浔阳楼上呢？更别说那首感天动地的《琵琶行》，如果浔阳楼上的白居易不是题了一首相对平庸的《题浔阳楼》，而是有了这绝妙的《问刘十九》，或者索性用惊天地泣鬼神的《琵琶行》，后来的黑矮胖子，就会心知肚明，自己一没有在这楼上题诗的资格，二没有在这楼上撒野的胆子。

当年黑矮胖子被官府发配来此，看见一座酒楼牌额上有苏东坡大书"浔阳楼"三字。黑矮胖子上楼凭栏举目看时，端的好座酒楼，但见："雕檐映日，画栋飞云。碧阑干低接轩窗，翠帘幕高悬户牖……消磨醉眼，倚青天万叠云山；勾惹吟魂，翻瑞雪一江烟水。白苹渡口，时闻渔父鸣榔；红蓼滩头，每见钓翁击楫。楼畔绿槐啼野鸟，门前翠柳系花骢。"黑矮胖子看罢喝彩的一派江景，如今只是水面窄小了些，雕檐画栋换成了满城霓虹，渔父钓翁野鸟花骢等等也各有替代之物。就连黑矮胖子后来凭着酒兴题写反诗的例子，也能从楼后的庐山上找到新的翻版。

那黑矮胖子一杯两盏，倚栏畅饮，不觉沉醉，思想自己三十大几了，名又不成，利又不就，倒被文了双颊，发配到此，如何与家中老父兄弟相见！不觉潸然泪下，临风触目，感恨伤怀。见白粉壁上多有先人题咏，不禁也动了舞文弄墨念头。黑矮胖子喝酒之前的想法，哪有丝毫想造反的意思，所有变故也就是男人的面子问题。为了一点虚荣，最后闹得血雨腥风的事，诸如此类，古往今来数不胜数。

　　浔阳楼在长江南岸，北岸的龙感湖，古称雷池，那句不敢越雷池一步，说的就是这地方。在黄鹤楼那里，面对崔颢题诗，李白尚且知道眼前有景道不得。浔阳楼上，若白居易亲笔题写了，能饮一杯无，那黑矮胖子只怕连喝酒的兴趣都无了。再加上相逢何必曾相识，那黑矮胖子也许会醍醐灌顶，邀上黑旋风与花和尚，上五台山做了真的出家人。那样的浔阳楼就会成为黑矮胖子人生的雷池。

　　因为这些都不存在，黑矮胖子才敢寻思，磨得墨浓，蘸得笔饱，在上面写些文字说，倘若他日身荣，再来重睹一番，以记岁月，想今日之苦。对黑矮胖子的不喜欢，最是他在那白粉壁上写的头两句："自幼曾攻经史，长成亦有权谋。恰如猛虎卧荒丘，潜伏爪牙忍受。"这酒后吐出来的真言，直教人脊背发凉，胸口冒着冷汗。想想自个儿身边，若是藏着如这黑矮胖子一般的家伙，不定什么时候就会用那权谋加爪牙，将别个的人生弄得一塌糊涂，在家就会家不安宁，在团队就会团队不安宁，在哪里就会哪里不安宁。最是黑矮胖子力不胜酒时，还记得与酒保计算清楚该付的银子，还将多出的碎银赏给酒保。

醉到如此程度，还丁点心计不少，像古人说的久假成性，这黑矮胖子着实太可怕了。

在浔阳楼上，想这叫宋江的黑矮胖子所题反诗之过程，总觉得其人品人格，都远不及庐山上那个写下万言书的大将军。即便黑矮胖子后来觉得不过瘾，又攀上"冲天香阵透长安，满城尽带黄金甲"的天下第一反诗，加以"他时若遂凌云志，敢笑黄巢不丈夫"的俗句子，怎比得了大将军的"谷撒地，薯叶枯。青壮炼铁去，收禾童与姑。来年日子怎么过？请为人民鼓咙胡①"！黑矮胖子再怎么说，也不过是为着个人私利，如果管着他的那些人也能抛开个人私利，稍多一点宽容，笑一笑，挖苦几句，讥讽一场，由着他发牢骚去，酸溜溜的话说得再多，也掀不起大风大浪。

事实上，遇上一点事就想着反了的看上去十分痛快，归根结底于人于己都是一种破坏。成就宏大事业的最好方式是改正变好而非打碎破坏。改变会让世界越来越宽厚，越来越宽容，不会损毁既往与当下社会资源的积累。总是

---

① 也有版本为"我为人民鼓与呼"。——编者注

反了反了的，一旦真的反了，必定不分好歹地抢先破坏妨碍反了的一切，而不管历史之下还有休戚与共的芸芸众生。

小人最爱与小人过不去，因为小人与好人过不去时，好人往往会忍受再忍让，让小人闹腾不下去。小人与小人过不去时，小人之间互不相让，各自将最不堪的手段亮出来，一点屁事也会闹到九霄云外。黑矮胖子与对手正是互为小人，才将彼此逼成水火不相容。这样人格低下的反了，其实质与狗咬狗差不多。古往今来，太多反了反了反了，没有哪一个反了是百姓获利的。相反，一旦反了，百姓的日子就会陷入水深火热之中。彭大将军洋洋万言，区区六句，没有一个字是为了自己，一笔一画全是舍身为民。这样强烈要求改变才是民族进步的大仁大义。

白居易之所以没有在浔阳楼上写下自己最想写的诗文，一定是预感到身后将要发生之事，早早断绝后来者将自己与那不屑之人牵扯到一起的念头，不使自己名节有惨遭污损的可能。只可惜了苏东坡，无论当初是否真的题写过浔阳楼匾，反正已被人与那黑矮胖子捆绑到一起了，这偏偏是苏东坡最不屑的。想那天涯何处无芳草是何等境界，怎么会欣赏因为功名利禄而杀人越货的江湖浪人？

相逢何必曾相识，同是天涯沦落人！没有这般人生际遇，天下有名楼只不过是一种强说。

晚来天欲雪，能饮一杯无？缺了这境界，世间无比酒的招牌是亮不起来的。任凭从前的店小二，现在的老板娘如何叫卖，不如且行且珍惜地来一杯啤的！

二〇一六年六月十四日于九江

一座山，一杯茶

隔着大别山分水岭，岳西境内的水向东注入长江。

分水岭的另一边，我生活过三十多年的地方，大大小小的河流也是注入长江，却依着苏东坡"门前流水尚能西"之言，全部向西奔涌。

南临长江，北枕黄河，中间贯穿淮河的大别山，用一道分水岭，显出与其他名山大川的不同。那些东西走向的山脉，南坡都很平缓，北坡都很陡峭。大别山没有南坡，也没有北坡，只有东坡与西坡，相邻地段，要陡全陡，要缓都缓。高高的分水岭两边，看上去有各州各县的区别，地脉与气象，一般无二。就连吃的喝的穿的戴的，几乎也是不分彼此。一杯酒，一样地醉人；一盏茶，一样地沁心。小河里游着的小鱼儿，外面的人都不晓得叫什么名字，山两边的人一样地将长有花纹的叫作花翅，没有花纹全身纯白的则叫马口。

虽然如此，由于因缘际会，一道分水岭还是区隔出一方熟土，一派生地。这一点是人性中最无计可施无法对付的。比如我们家，从长江边的古城黄州搬迁到大别山主峰天堂寨下，几十年过去，熟土生地的概念，依旧了然于心。就算是长辈如爷爷、父亲，进山之后，一生无甚嗜好，单单爱上饮茶，唯山中才有出产的这类珍宝，也无法改变事关乡土的生熟理念。

在此之前，但凡去到一个陌生的地方，我一向惜字如金，轻易不多说一句话，当然，也是不放心自己才疏学浅，没有见识，弄出贻笑大方的事情来。在岳西的那几天，难得话多。往往是当地人说一句话，自己就会接过话题，也不管其他人想不想听，自顾自地说上几十乃至上百句。

所说的话全与记忆相关。这也证明了，那看似陌生的人文地理，只要不是物理性失忆，也不是精神性失忆，忽一日被某人某事搅动了，深埋的岁月便又重新活跃起来。

失忆是一件可怕的事，但还没有达到恐怖的程度。从自我宽慰的角度来看，失忆是人生的重写与重塑，还可以看成是一种重生。旧时真实，过往历史，由于失忆，从生理上彻底切断那一步一个脚印的脉络，不得不像新生儿那样，在空白的脑海里重新充填种种酸甜苦辣，样样喜怒哀乐，离离爱恨情仇，以及终将免不了的生老病死，宛若又活了一回。

相比之下，真正令人难以接受的是对记忆的篡改，不管是无意还是有意，更别说是恶意。记忆被充分修改过、被刻意戏剧化的人生，是给别人观赏的，无非想光鲜亮丽些，门第高贵些，够得着天才些，或者相反卖惨多些。后一种篡改，数量相对较少，人有所闻，大都当成谈资一笑了之，比如现时电视节目中的那些套路。前几种则不同，那层伪饰一旦被捅破，必定遭人嫌弃，比如大庭广众之下，一身酸腐，硬要往儒雅堆里凑，到头来连鼻子都讨厌自己的嘴脸。

人如此，山水亦如此，万物皆不能例外。

一处奇妙山水，因为天灾人祸，弄得山没有了绿植，水没有了清幽，但只要天时地利人和都到位了，假以时日，该长树的山坡又会长出树来，该开花的山坳也会重新灿烂，如同失忆后重获新生，不记得之前的各种模样不要紧，只要后来活出的模样不是太离谱就值得庆幸。怕就怕不管三七二十一，将别处的所谓好东西生搬硬套地拿来，比如将黄河边的牡丹移栽在长江畔，喜欢弱碱性土壤的花草，即便是国色天香，也经不起长江水流过的那些弱酸性土地的宠爱。

在分水岭的西边，苏维埃时期，曾经有个红山中心县委，下辖英山、霍山、太湖和潜山四县。很多年，史料一直这么写。上中学时觉得很奇怪，被这四个县团团围住的岳西县哪里去了，是不是由于岳西境内对手势力太过强大而无法高举镰刀斧头让红旗飘飘？不知从什么时候开始，相关苏维埃时期的红山中心县委又有了新的说法，其管辖范围不是四个县，而是五个县，这第五个县就是岳西。如此看起来释了自己心中之疑，所带来的是更加疑惑之疑。这一次来岳西，身临其境，听得说，岳西作为县域，始于一九三六年元月，这才像对待失忆那样豁然开朗起来。还是与分水岭有关，从各地发展第三产业、大办生态旅游开始，大别山一侧的人忽然众口一词，千方百计要将大别山主峰天堂寨从人们的记忆中篡改了，自欺欺人地换成另一座山峰。往重里说，这叫数典忘祖，轻一点说，也还是对人文地理的轻薄无知。

失忆是一种万般无奈的疾患。

出于某种利益蓄意篡改人类记忆，是对文明的冒犯。

纵贯南北的大别山，靠近主峰天堂寨这一带，分水岭格外高，甚至还有海拔略高于主峰的山头，这也难怪会有人替其出头，不顾地理常识，无论人文历史，非要弄一出争长夺嫡的大戏，闹腾出来的那种天昏地暗，以至于在号称万事通的"百度"那里已没有真相可言，非要动手翻阅《中国地图册》，才见得到真理的光辉。说归说，闹归闹，分水岭再高，东西两侧的自然生态与人群习性，仍旧差不多，松竹梅兰，鸡犬牛羊，山峰河谷，房舍稻场，若无地名标记，很难看出有何不同。

一样的大地，一样的云雾，生长着一样的好茶。高中毕业后的第一年，在县水利局当施工员，负责修建的岩河岭水库，就建在离分水岭不到两百米的山谷里。走过这两百米，就是岳西地界。山坡之上，都种着茶树。仅凭长在天地间的青枝绿叶，根本无法分清彼此。采好了茶，拿回家来制作，那方法，那味道，也是彼此不分，甚至连采茶的笑话都是一样的。

分水岭两边的男男女女，都说各自省城的人喜欢某年某月某日某次送去的茶，隔年捎来信息，再要一些如此采摘、如此制作的新茶。那些茶，新鲜娇嫩自然没得说，都是早上从茶树上掐下芽尖，一点也不耽搁，连炒带揉，一气呵成，热乎乎地装进塑料袋，一点潮气也不让吸入。封装好便上路，第二天，最晚是第三天，就到了武汉与合肥城中那些人的茶杯里。分水岭上的笑话，笑的不是茶本身，那得天地日月精华才生出来的一点点芽尖，是物华天宝世界里又一神品，配得上任何一种高规格的尊重。他们笑的是人，这也包括他们自己。他们追赶季节，在田里薅着秧，在地里割着麦，只能趁着中午休息，洗一洗手脚上的泥土，将早起露水重，没办法薅秧，也没办法割麦，正好采回来的一些茶，用染上麦秆香的两手在锅里炒，用带着泥沙味的双脚在石板上搓，偏偏这么做出来的茶，最受两边省城里的人欢迎。这在他们眼里，自然是要多好笑，有多好笑。

居住在大别山中越来越嗜茶如命的父亲，宁可省吃一餐饭，也要先饮一杯茶。在他看来这笑话也是大实话，与省城的人不一样，父亲分明晓得什么样的茶是用手脚搓揉出来的，也改不了由衷的喜爱。直到快七十岁时，父亲才一怒为新茶，生气地不再碰那些本地的茶了。父亲曾用十几年的时间，与当地人一道打造一处颇有名气的茶场。父亲从工作岗位上退下来时，当地恰好刮起一阵给茶树更新换代的风潮，将大自然通过优胜劣汰法则留存在当地的茶树，全部换成产量高、出茶早的福鼎大白茶。父亲带领众人打造的那座茶场，顶了几年，终于还是扛不住。来自远方，经过所谓高人加持的茶，看着光鲜，门第也高贵了，天分够可以的，可就是口味大不一样。父亲不再喝本地茶，我们也不再喝这种外来的本地茶，连省城里的那些人，也不再津津乐道于这里的茶了。

十年过去，又一个十年过去，虽然嘴里说不喝本地茶，每年新茶上市，还是要尝试几杯。时间长了久了，越来越喝不出想喝的那种味道。二〇二二年夏至节气的晚上，在岳西小城忽然遇见那名叫"翠兰"的香茶。听主人殷勤地介绍许久，禁不住想试试口味。将一只小小白瓷茶杯放到嘴边，轻轻地呷一下，再浅浅地抿一下，然后缓缓地咽下一口，一股绵长的韵味在全身迅疾弥漫开来，禁不住那点惊喜，脱口说道，好久没有喝到这种味道的茶了！我说的这种味道自然只有我晓得！正如夏季里挥汗如雨顶着烈日在田野上劳作的那些人，存放在田头地边的大土罐里的凉茶，用一只大碗倒满，双手捧起来一口气喝下去，才是今生今世最香最爽的好茶。不同人的不同经历，决定了他们的味觉。很多时候，味道就是历史，就是人生，就是活色生香的日子，就是那载不起的太多情怀。

泡茶的女主人接着我的话感慨说一句，大概意思是，茶的好与不好，其实都在于品茶人的记忆！与天价无关，也与白菜价无关。回头再想，真的是如此！爷爷、父亲和我，对茶的迷恋，说到底是对那种味道的不肯忘怀。那味道在，那样的日子就没有伤破与折损。记忆不再，相关品质也就无从谈起。正如赤水河边那家酒厂的著名女品酒师，因为要保持味蕾的记忆，多少年来从未吻过自己的爱人。

沿着大别山的分水岭，天堂寨是山的味道，花翅与马口小鱼儿是水的味道，岳西的翠兰是这里的山水惬意与伤情，劳作与闲适，消磨不掉的味道。爷爷、父亲和我，曾经喜爱过的茶，曾经因为喜爱遍寻不得的茶，所承载的何止是茶，而是一家人从长江畔到高山下的家史与人生。

一座山成为主峰，必须具备地理与人文的双重要素。

历数起来，天堂寨作为大别山主峰而非最高峰，不仅不是个例，恐怕还是众多著名案例中排不上号的。比如将天下分为南北的秦岭，谁敢说其主峰不是太白山拔仙台，然而，世称中华龙脉，西起昆仑，中经汉水，分隔长江与黄河流域的大秦岭，莽莽山脉西段上的措美峰，海拔高度接近五千米，只有海拔三千七百六十七点二米的拔仙台，一下子就矮了一千好几百米。又如，以险峻著称的华山最高峰是海拔二千一百五十四点九米的落雁峰，古往今来不少人所认为的主峰却是海拔只有二千零八十六点六米的莲花峰。再如天山的主峰是海拔五千四百四十五米的博格达峰，最高峰是海拔七千四百四十三点八米的托木尔峰。还有冈底斯山脉的主峰是海拔六千七百二十一米的著名神山冈仁波齐峰，其最高峰冷布岗日海拔高度为七千零九十五米。那从新疆到青海、绵延二千五百公里的昆仑山，以海拔六千九百七十三米的木孜塔格峰为主峰，其近处的冰山之父——慕士塔格山就超过海拔七千五百米，虽然人称海拔超过七千六百米的公格尔山为昆仑山最高峰，从广义的角度看，喀喇昆仑山脉海拔八千六百一十一米的乔戈里峰才是真正的最高峰。

正统词典上说，主峰一般是指最高峰。

但词典没有斩钉截铁地表示主峰就是最高峰。

也是在水利局当施工员的那一阵，有差不多半年时间，在做一项名为"送高程"的测量工作。说白了，也就是十几个人，有人操作水准仪，有人拿着专用的记录本，还有人扛着几米长的水准尺，从国家测绘局早年测得的某个大地控制点开始，十几米为一段地，将测得的海拔高度，一段段地往前送，直至抵达某个目的地。这种测量小队，一般会分成两组，早上出发后，各自选择线路，天黑后到一起碰头时，测得的最后一个点，须在同一位置上，且两个数据的误差不可以超过几毫米。如果达不到标准，这一天就白干了，还得从头再测一遍，直到符合要求为止。

那一年，我们这支小小的测量队伍使用的黄海高程，来自西河边一个叫夹铺的地方。从黄州城里来的那位工程师，依据一个从不公开示人的小册子，在一户人家的辣椒地里，找到一个镶嵌在岩石上的金光闪闪的小铜球，将红白相间的水准尺竖在上面，开始一步一步地往我们要去的目的地"送高程"。这一年的黄海高程还是依据一九五〇年到一九五六年青岛验潮站掌握的黄海验潮资料确定的。在验潮站内有一口直径一米、深十米的验潮井，将之前几年每天早中晚三次测的数据算出数值，求得井里横按铜丝下面三点六一米处为黄海平均海面的零点。再根据这个数学零点，在附近的观象山上设立一个如同我们在农家菜园见过的小铜球那样看得见摸得着的原点，标计高程为七十二点二八九米。领我们"送高程"的工程师视为命根子的小册子上的水准点，在全国各地有很多，被统一称为大地测量控制点。我们不清楚这样的点有多少个，只知道所有相关控制点的数据，都是像我们做过的那样，由观象山上的原点，通过千人万人一步步地将黄海高程送出千里万里。到了一九八五年，有关部门以青岛验潮站收集的更多潮汐观测资料为计算依据，在"一九八五国家高程基准"名义下，将观象山上的水准原点高程确定为七十二点二六〇米，就是说，新原点比旧原点低二十九毫米。事关国计民生的海拔高程原点，尚且如此大费周章，崇山峻岭中千百年来荒无人烟的野山，好不容易才能爬到近处某个山头，用这山望见那山高的肉眼看一看，差不多就行了。

作为过来人，我很羡慕当下可以通过太空卫星，点一点鼠标就能测得任何一座山峰的海拔高度。我们的祖先，为一道山脉选定主峰时，不曾想到后来的我们会发明这种"送高程"的方法，将中华大地的海拔高度，统一规范在黄海边的那个基准点上。他们能用到的方法，是用人的脚来丈量，当人的双脚有所不能时，就看鹰的翅膀能不能到达。在这些勉强能够量化的因素背后，还有一个更加重要的因素。

还是以秦岭为例，拔仙台距强盛的汉唐王朝都城长安，直线距离不过百十公里。那时节，遥远的措美峰连白云也抵达不了，山上山下没有李杜的声响，又如何能让诗文为之歌咏传诵？也就莫怪有资格著书立传的文人只晓得拔仙台，而用此山做了秦岭主峰。天山主峰博格达峰到乌鲁木齐的直线距离也只有几十公里，地理位置十分重要，在茫茫大漠上，银光闪耀的博格达峰，成了谁也改变不了的路标。一七五五年，清政府颁布《告祭博克达鄂拉文》，一七五九年，清政府进一步完善博格达峰的祭祀安排，将博格达峰作为每年要祭拜的名川大山载入祀典，视博格达峰为西部边陲镇山，每岁清明前后，由京颁发藏香，令巡抚望祭于红山，如斯如此，不为主峰，还有谁个敢抛头露面、取而代之？再说说天堂寨，一九七三年夏天那次"送高程"，目的地是天堂寨山脚的张家嘴镇，为后来在此地修建大型水库做前期准备。"送高程"的行动表明，人口众多的小镇都没有符合科学的海拔高程，高高在上、人空手都难爬上去的山顶，人们口中的海拔高度，分明只是不管三七二十一，任其八九不离十。这样的天堂寨能够被标记成国家地理中的主峰之一，靠的是知名度，毕竟唯有此山出过一位替大明王朝打下坚实基础的"天完"徐皇帝，再有一位口称"统掌山河，普安社稷"，几乎摇动"乾隆盛世"的马大王，有这样的轰轰烈烈，若问主峰，舍我其谁？

一个主字，在山所指，是这道山脉对于山上山下世世代代人们心中的主旨要义。

一个主字，在水所指，是这条江河对于在水一方千千万万民众仰仗的主要航道。

一个主字，在人所指，是一代人面对繁杂纷纭社会时默默引领前行的主流文化。

高峰出于自然科学，主峰重在人文情怀。

自然环境里的高峰，不宜于在人文领域喧宾夺主。

人文领域中的主峰，也不要与自然环境论低争高。

一种茶想要成为好茶，也得有着地理与人文的两种关键。

　　二〇〇五年夏天，与一帮朋友去到云南昭通下辖的一个地方，那地方因为太过僻远而在旧县志里记载为"彝良县牛街分县"，实话实说，那一带是我这辈子见过的将贫穷日子与自然险恶连接得最紧密的去处。离开牛街分县返回昆明的当晚，被朋友拉去一家茶叶公司品尝普洱，去的人莫不是又累又困，可以泡到二十泡的茶叶，只泡到十几泡时，一行人便决定告辞。回到酒店，正待刷牙，同房间的李师东忽然发问，为何自己觉得满口津香。经他一说，自己立刻有了同感。想起来这就是那普洱的妙处，我们决定不刷牙了，将那津香留在梦中。果然，一觉醒来，津香依旧未散，让人好不惊喜。

　　第八届茅盾文学奖颁奖后不久，与一群来自北京的作家同在湖北赤壁的羊楼洞镇上。那天在百年历史的砖茶厂，一位女作家见到该厂出产的川字牌砖茶，突然失色地惊叫，毫不顾及自己的体面大声问当地人，这砖茶是你们这里产的吗？再三再四地问过，得到的回答都是肯定的。女作家再也控制不住一时间泪流满面。平静之后她才说，自己在藏北阿里地区当兵十几年，年年冬天前后有好几个月与外界断绝联系，部队上就给每人发两斤川字牌砖茶，一个人孤孤单单地煮着喝，那样的十几个冬天，全靠这川字牌砖茶做伴才熬到春天。一个川字让她以为这茶是四川出产的，离开部队回到北京，特别是这些年，她一直苦于寻找这砖茶而不得，没想竟然在湖北遇见。

武汉战"疫"前两个月，久不肯坐飞机的自己，不得不接受中国作家协会的安排，以团长身份带队去到俄罗斯。在世界名城圣彼得堡，得知当地近两年流行一个专治妇科病的中国药方：第一味药是穿裤子，第二味药是喝温水。这种在中国早已不叫生活方式的生活方式，确实治好了一大批俄罗斯女人的病。这也让人想起了茶，当年茶叶刚刚进入欧洲时，达官贵人有疾在身求医问诊时，越是有名气的医生，越是喜欢在药方中写上茶叶二字。大名鼎鼎的《茶经》中写有新安王刘子鸾与豫章王刘子尚去八公山访道，道人设茶款待，二人品过后说，这是甘露，怎么说是茶呢？刘宋王朝的二位王子既然是访道，事事处处都要往长生不老方面联想。欧洲人将茶当成治病良药，也是由于他们心里在遥想，这神神秘秘的东方物什，一定有着神奇的功效。

分水岭上，不管东边西边，人们纯朴得像一个模子印出来的。早些年，赶路的人口渴了，干活的人疲倦了，看见哪家门口有女子身影，就会走上前去，称一声大姐，讨要碗茶喝。女子从来不会推辞，转身进屋，拿出一碗热乎乎的茶。如有一点油花漂在碗里，定是从做饭的锅里烧水泡的茶。如那茶水喝着时闻到一股草木灰的气味，定是灶膛里煨着的瓦壶之水倒将出来。说奇也不奇，喝着人家大姐泡的茶，赶路做事就会多一分气力。有时候，人既不渴，也不累，只因有那么一星半点暧昧之心，放着自己家里的茶不喝，有意去到别人家门前。那样的女子，似明白又不明白，一个在门里，一个在门外，若再亲近些，一个坐在堂屋中间方桌左侧，一个坐在方桌右侧，有一句没一句地说着闲话，讨要的茶喝完了，道一声劳烦，两道目光碰几碰，彼此心里暖融融的。至于羞羞答答不会喝茶的少男少女，那些关于采茶的民歌，人人都会唱，一边唱一边害起小小的相思，无师自通地懂得，能让人放心唱着情歌"小小茶树矮墩墩"，那种小，那种矮，是恨茶树太小遮挡不住两个人的小，是嫌茶树太矮掩盖不住两个人的矮，不似如今大片茶园里，连狗尾巴都能看得清清楚楚的小与矮。

在云南喝过留有津香伴夜眠的普洱，羊楼洞女作家恰似老友重逢的川字牌砖茶，欧洲贵族男女以茶来治百病，刘宋王朝王子将茶喝成了甘露，更多的饮食男女，用各式各样的理由讨些茶来喝，看上去茶背后的弯弯绕绕很要紧，回头来看，还是茶最关键，没有茶就没有这一切。东晋一位名叫任瞻的才子，少年时就很有名气，南渡之后人变颓废了，国家大事再难入耳，专事究问各种雕虫小技，喝茶时好指着问，这是茶，还是茗？大约是前人有文字指，早采为茶，晚采为茗。西湖龙井、安吉白茶、武夷山大红袍、恩施玉露和利川红，天下之茶，人间道理，被岳西这里保有大别山风情的翠兰女主人说中了，凡是记得住的都是好茶，那些记忆中无法长久存放的茶，名头叫得再凶再狠，还是不行。

与酒不同，各处的酒滋味不算少，还不及茶叶味道的一个零头。与汤不同，各地的汤品有很多，一样地抵不过茶叶的万千妙处。各种各样的饮品就更多了，能与茶说一说故事的只有奶茶。也不是由于其中有一个茶字，大部分品牌的奶茶，配料中连一小片茶叶尖尖也没有，所拥有的是年轻人如痴如醉的追捧，还有与茶有得一拼的润物无声精神。

所以说，茶树是植物，制成了茶就不是植物而是一种文化。

前人所言，饮茶有九大困难，一难在制造，二难在鉴别，三难在器皿，四难在火，五难在水，六难在炙，七难在碾末，八难在煮汤，九难在品饮。其中有些难已过时了，只第九难无论如何都是改不掉，也改善不了的。一杯茶慢慢喝到嘴里，并非漫浪散淡，其人须得与茶品相得。要求为高流隐逸，凉台静室，明窗净几，僧寮道院，竹月松风，晏坐行吟，清谈把卷。一人独啜为上，二人次之，三人又次之，四五六人，是名施茶。这时候就得少放一只茶碗，五人用四只，六人用五只……前人对此也有一种说法：其隽永补所阙人。在岳西遇见翠兰的那天晚上，人人都不曾少放一只茶杯。因为大别山中茶在某地已经"阙人"，这"隽永"也就无所谓妨不妨碍了。

　　叫天堂寨的大别山主峰，叫红山中心县委的苏维埃，是江淮之间许多山山水水的记忆所在，失忆不得，更篡改不得。没有记忆就没有文化，没有文化就没有精神，没有精神就没有灵魂，没有灵魂也就等于没有文化。天地通透，山水往复，生死去来，说是这么说，谁见过真的轮回与再生？一种东西失而复得，要比这种东西的丢失艰难无数倍。分水岭另一侧曾经改种过的茶，即便现今又想改回来，天晓得何时才能重现其文化魅力？幸亏还有翠兰，让山水养育的文华，存续于大别山中，让我们的忆念得以像山前山后的彩虹云雾那样无边无际地弥漫开来。

　　　　　　　　　　　　二〇二二年七月十日于斯泰苑

水边的钢铁

"汉冶萍"这概念在个人历史上出现的时间不算长。

如此重要的近代中国文明史没有及时出现在一代人的成长过程中，实在遗憾。好在这样的遗憾还有弥补的可能。

在我的那些描写鄂东的小说中，常常不经意地提及长江边的小镇巴河，以及另一个更小的小镇兰溪。鄂东那一片大山里的物产，经由两条大河，到达这两个小镇后，下一步就会横渡长江，进入到黄石的市场中。"汉冶萍"也在黄石，这地方，曾经是比远处一切大地方更为真实的地方。先说袁仓煤矿，小妹保姆家的儿子，参加三线建设后，从兰溪过江到黄石，被安排到那里当工人后，头几次回老家，提亲做媒的都快挤破门。再说黄石最有名的大冶钢厂，有同学姓张，父亲在那里也是当工人，同学的脚长大后，父亲送他一双白色帆布劳保靴子，一起打篮球时，场上其余九个人都怕被那靴子踢着，只要他起了三步上篮，所有人都躲到一边，让开大路由他直取篮筐。还要说说黄石锻压机床厂，上高中一年级那年，县城里有一大群十五六岁的高中生被那家工厂招了工，之后时常成群结队地回来，穿着那家工厂的蓝色工作服，蹬着劳保皮靴，一个个神气得就像现今的明星。

　　对黄石的深刻印象，还在于现在很少有孩子喜欢的港饼。那时，每逢过年，家里的孩子就会分到一只港饼，外面是芝麻，里面有馅夹着冰糖颗粒，嚼起来咔嚓作响，要多惬意有多惬意。

　　长江流向东方，黄石是其重要的节点。这一段江面宽阔，水流舒缓，而且深度还足够，但凡能在长江上行走的船只，都有机会靠港。

　　那时候，还有一种怪念头：为什么黄石在江南，而不像黄安、黄冈、黄梅那样全在江北？黄石真实的模样，直到一九七七年受工厂派遣，到袁仓煤矿调查一件事情，既赶上天晴，也赶上下雨，从天到地的黑乎乎，让我有些不敢相信自己的眼睛。那时候，我已知道，这地名中的黄字，皆因那地方有黄色的表层土壤或者石头。那一次我对同行的长辈说，黄石不应该叫黄石，而应当叫黑石。

在民族历史的惨痛上，黄石真的可以叫作黑石。

历史中的黄石，最著名的还是"汉冶萍"。由近代中国工业文明之父张之洞亲自创立的汉冶萍公司的兴起与没落，就像是黄石曾经遍地的矿石与矿渣，集民族荣耀与民族耻辱、资源富足与资源枯竭于一身。足以代表近代中国的兴衰与荣辱的"汉冶萍"是用钢铁铸成的，也是用血汗凝成的。这些年说"汉冶萍"荣耀的人很多，"汉冶萍"那噩梦一样的耻辱却少有人提及。一九一一年至一九二五年期间，受到不平等条约的制约，日本钢铁垄断资本以比国际市场低得多的价格从"汉冶萍"弄走生铁八十九万余吨，铁矿石近千万吨。其间正逢第一次世界大战，国际钢铁价格暴涨，日本却以极低的合同价掠取生铁二十余万吨、铁矿石一百五十余万吨，日本八幡制铁所依靠所获暴利实现了第三次扩充计划，钢产量实现成倍增长。在国民政府管治时期，汉冶萍公司完全被日本所把持，一九二八年四月，日本当局制订了"关于汉冶萍公司今后措施方案"，决定"公司之事业，今后仅限于矿石之采掘与出售，终止生铁生产"，将中国第一家钢铁联合企业变成专为日本提供钢铁原料的企业。一九三八年十月，大冶沦陷后，大冶铁矿彻底沦为日本重工业原料基地，一九三八年至一九四五年先后运往日本的铁矿石达四百二十七点七六万吨，成为支撑日本发动侵略战争的重要军需物资。

也是因为惨痛，毛泽东才说起一句名言，就是骑着毛驴也要去大冶钢厂看看。

在"汉冶萍"旧址与相关人员闲聊，说起钢铁概念股票，他们自豪地为我们遗憾，在"汉冶萍"旧址上兴起的大冶钢厂的股票，在本行业中一枝独秀，并遗憾我们错买了别的钢铁概念股票。如今大冶钢厂所生产的特殊钢，是国内顶尖行业必需的，又是国际钢铁企业全都对中国实行实际上的贸易禁运的。还有其他诸多方面，作为承接"汉冶萍"历史的钢铁企业，应该是一个民族从没落走向兴盛的见证。

　　"汉冶萍"旧址上还留有一座水塔，人说是日本人修建的，从八十年前一直使用到不久前，因为换上国产的阀门才不能再用了。说者无心，听者有意，这平常的话，让人觉得很不舒服。走近水塔，站在两只所谓国产的阀门前。换了别的东西，我不敢说什么，因为在阀门厂当了十年车工，因为当车工时所加工的阀门正是这种普通的单闸板与双闸板样式的，两只阀门是两百毫米口径的，这也是当年自己所在工厂的当家产品。可以负责任地说，这个世界没有使用八十年而不磨损变坏的阀门，也不可能有八十年中不曾拆换的阀门。要么不用，要么使用。就像汽车轮胎，不使用的阀门也会氧化与变形，只要使用，作为密封面的两个金属面就会磨损，一旦磨损了就会漏水漏气，就得及时更换。人说修建这水塔的红砖也是从日本运过来的，自己这里的红砖建不了这水塔，还说日本人建的输送冶炼原料的栈桥用炸药也炸不垮等等。这些说法的流行，比资源掠夺更可怕！天下哪有这等事！不用去远，就在汉口老街上那些先辈用双手制造的红砖建成的房子，哪一所不是百年以上历史？那没有炸掉的栈桥分明是有意留下作为文物的！对人来说，可怕的不是财富被掠夺，而是文化意志的屈从，这才是莫大的耻辱。

侵略者最为得意的肯定是文化的奴役，文化的奴役则表现在文化的自卑。

小时候，乡村中人对黄石这类大地方同样存有文化的自卑。在同一民族之内，这样的自卑比较容易得到化解。在侵略者与被侵略者之间，在侮辱者与被侮辱者之间，那种表现为自卑的言行，于人性深处是情怀与思想的麻木。

对一个国家来说，钢铁企业的荣辱就是每个国民的荣辱。

对一个人来说，所面对的日子才初显安逸，便对往日的血泪史信口开河、胡说八道，有可能是另一场灾难的前奏。

二〇一六年六月十二日于黄石

雪是诗的门牌

在城市边缘，离长江近到可以听得见汽笛声的西塞山前，看一座馆龄才两年的民俗博物馆。屋子里陈列的民间用品，为我们这个年纪的人所常见。其中一种连刚刚认字的幼儿也能辨识的藏品，令人震撼不已：在展厅两侧的墙壁上，镶嵌着几百块代表各家各户的门牌。这些以蓝天白云为象征的司空见惯的金属薄片，曾经高挂在不同门第之上。由于拆迁的缘故，早前为博物馆近邻的村落，相继被机器碾轧成碎片加粉末，或是化为尘雾高飞入天，或是坠落为泥归于大地。留下这蓝白相间之物，在其间翻腾打滚，遍地呻吟。最终被一位有心人发现，一块块地捡拾起来，换个地方，再高高挂起。仿佛从前的邻居还是邻居，从前的街坊还是街坊。这样的日子还没数到一千，就已经有许许多多的男女老少在这门牌号码墙前，离愁泪洒，悔别唉声。

门牌号码墙上，最为奇妙的是一块村名牌。

如果不是亲眼所见，就是将屈原、李白、苏东坡的三千年浪漫全部加起来，也想象不出这个世界上，曾经有过如此村名：诗发家！这三个字很好懂，也不可能存在别的解释。这样的浅显直白，分明要让凡事不用正常思维的人哑口无言，束手无策。天下之物，万千模样，金聚财，银发家，奇珍异宝造就达官贵人，猪马牛羊使得庶民百姓丰衣足食。那胆敢宣称要用诗来发家的人，古往今来，何曾有过？不必提及因为奸佞一句野无遗贤，而最终落得"亲朋无一字，老病有孤舟"的诗圣杜甫，历朝历代春风得意的诗人不在少数，到头来留下千载文脉的有，留下万贯家财的却无。

诗发家村有多少面积？

诗发家村有多少人口？

诗发家村有多少春秋？

● 诗发家村的门牌

或者换言之，诗发家村有多少诗、有多少诗人？

钉在墙上的蓝白门牌都是寻常的器物，用不着配上说明文字。既然是有着自己名字的独立村落，就该有一个不大不小的族群。在这族群的发端之际，第一个说出这个地名的一定是位乡村诗人，而且还是最为热爱杜甫的乡村诗人。这么说也是此地无银三百两，千百年来，但凡读得起书的和读不起书的乡村中人，哪能不对杜甫情有独钟？诗发家村那位为村子取名的长者，也有可能是独立门户后挑了一处荒地奠基盖起新屋的年轻人，将诗发家三个字脱口说出来时，未必有些心虚，但肯定有点报复历史、颠覆历史的意味与企图。否则，面对天地之间早有之定论，只有天方夜谭，才说诗发家。

十月下旬，在圣彼得堡，那天去莫伊卡河沿岸街12号，如今叫普希金故居，实则是当年供普希金一家栖身的出租屋。一代俄罗斯文学巨人，以一己之力撑起俄罗斯诗歌的艳阳天，由于收入欠缺，只能靠出卖家底或借高利贷为生，同样也逃不脱生活的挤压。在俄罗斯以普希金的名字作为地名的比比皆是，其商业价值与广告效益明摆在那里，只是从来没有人去统计，普希金三字为普希金之后的世界带来的是数以亿计还是数以十亿计，或者是数以百亿计的巨大财税收入。普希金自己，则永远也没有机会改变那种举世闻名的诗一样的贫穷。那天，是自己在今次冬天遇上的第一场雪。莫伊卡河是涅瓦河的一部分，那雪因为就在北极圈边，每一片雪花都因洁白显得更冷，又因极冷而显得更加洁白。

长江边的诗发家村，若是放在圣彼得堡，这时节肯定会是下雪的好日子。即便是还要再过些日子，诗发家村这一带，才会下一场真正的雪，那也只是如杜甫诗里所写那样，"南雪不到地，青崖沾未消"。举头对着漫漫雪空，赶紧与雪花雪朵雪子雪球，狠狠地约会一番，尽一切可能，往记忆里多留些深入和深刻的东西。

说这么远，才转头来谈藏族女诗人张飞燕的诗集《青稞里的舞者》。因为，在得知天底下曾经有座诗发家村之前的时间段，正在读着这诗集中以《呼唤雪》开篇的一系列短诗。当诗人在青藏大地写下"让白雪／照亮了少女的脸颊／跳上马背的诗人／手执火把／点亮了那条小路"

的《诗人谷》时，她的笔简直就是搁在沱沱河与通天河里，随着一条条支流的汇入，几千里抵达西塞山前，呼应出一座现实中的诗发家村。大千世界，没有两片完全相同的雪花；亿万诗海，语言差异再大，诗心诗情也是一致。是太阳在证明雪的谁也无法挣脱它的深情浓烈。只有唐古拉山上长出来的诗，才能感觉到"雨水是滚烫的"，才能体会"这里的广阔是另外一种远"，才能最终发现，天地之间的芬芳可以粉身碎骨。

好的诗句，有多么经典，就有多么现实！西塞山前，芬芳的诗发家村在现实中粉身碎骨。张飞燕的《诗人谷》则会向着经典升华。就像诗里"八月的阳光醒了"，"尖锐的河床也在八月丰满了"。对于雪，八月是一个绝对永久的对立面，八月也绝对是雪必须永久拥有的现实。这样的现实，其实也是雪的组成部分，是雪山底下真正的山脉，是雪原深处坚实的高原。八月是离雪最远的时候，在心里，也是离雪最近的季节。

"诗发家"也是如此，家是离诗最远的地方，也是离诗最近的地方。诗是离家最近的情怀，也是离家最远的情怀。诗要发的家是文化的根脉，发家所依赖的诗，是诗言志的诗，是诗雄才的诗，是诗如画的诗。像普希金，金钱不是家，诗化的俄罗斯才是他的家。

不是所有的门牌号码都是家，呼唤雪，望着雪，拥抱芬芳扑鼻的雪，我们的心里就有了诗，我们的诗里就有了心。诗和我们就有了一个共同的门牌号码，正如任何年代的高洁之雪。

二〇一九年十一月二十八日于斯泰苑

永续天空之心

天下人都想知道，湖北被称为"鄂"，缘由在哪里？反过来说，这缘由中的"鄂"又在哪里？遍观楚野，不仅在当今，就是上逆数千年，那用"鄂"来冠名，指向本乡本土本地的唯独只有过去的鄂城，而今的鄂州。板上钉钉的事实是，"鄂"起源于一九五五年十一月十三日之前一直为鄂城县所辖的金牛镇鄂王城。史料记载，鄂王城为楚王熊渠之子鄂王所建，从那时起，先后有十多位楚王在此建都。那时候的鄂王之城，想必托寄着长江之滨全部的梦想与美妙。再后来楚国迁都至郢，即今天的荆州，辉煌的鄂王之城逐渐被时光所忘却，只留下一个大大的鄂字，铭刻于三楚云汉之上、九派晴川之间。

站在鄂州西山武昌楼上，眺望长江北岸，因苏东坡一词两赋而闻名天下的黄州，更由于那闻名天下的句子——人道是，三国周郎赤壁，将好好的一段百世诗情千古风流，生生地拉扯进硝烟弥漫铁马金戈的古老战场。不由得会想：如果曹操打赢了那场赤壁大战，当年的武昌，会不会灰飞烟灭，而使今日之鄂州失去绵长的城市文化源头？！

两军对垒，决战决胜，如此关键处注定要让历史长河在此做一次深刻的回旋。公元二二一年，孙权改鄂县为"武昌"，取"以武而昌"之义，始筑吴王城。这是鄂州作为王城的起点，自那以后，或为首都，或为陪都，前后约六十年，直到三国归晋。一千八百年以来，鄂州地域仍是荆楚全境唯一现存且有过王城帝都历史的城市。然而，无论历史如何显赫，也挡不住千百年间人世尘埃。近现代数百年，紧邻的武汉三镇冲天而起，更使人将这座往昔王城淡忘为普普通通的江边小镇。

大江东去一万里，惊涛拍岸十万年。面对不曾奈何亦无可奈何的长江名胜观音阁，怀想这里曾经有过的过江轮渡，以及时常在此望江兴叹的芸芸众生，包括那位欲过江回到黄州的著名作家，在这码头上遇见一件刻骨铭心的小事，便写出当代文学名篇《失落在小镇上的童话》。在那些文字里，人是小镇上的人，事是小镇中的事，所失落的却是由旧式小镇奔向新兴城市过程中的诗与童话。

从为何称之为"鄂"，到"鄂州在哪里"，即便武昌鱼闻名遐迩，它的原产地也一直被误认为是武汉三镇之一的武昌。二〇一五年六月，中国首座货运枢纽机场选址敲定鄂州燕矶之际，这座沉寂已久的古城才又一次走进世人视野。国之兴盛，交通为要。以交通强国的方略自古有之：最为著名的陆上丝绸之路起于西汉，盛于唐、元；海上丝绸之路形成于秦汉时期，终达顶峰以明朝的"郑和七下西洋"为标志；如今正逢中华民族伟大复兴之际，建设承载量近期目标中国第一、远期目标世界首位的货运枢纽机场，正是"空中丝绸之路"的新起点。

有一本名叫《筑路苍穹——中国首座航空货运枢纽建设纪实》的书，很好地描绘了地理面积有限的鄂州小城，如何重新定义一座城市、一个省份乃至一片区域的活力，并在长江之滨属于自己的舞台，重新和世界过招。

　　浩瀚宇宙，唯一能够确定适合人类生存的行星，不过是其中一粒不成体统的尘埃。向外探索，向上超越，能解锁的坚决解锁，不用设限的决不设限。过去有厚度，现在有亮度，未来有高度。筑梦"天空之心"的鄂州转型发展背后，好似苍穹中微乎其微的一缕晨曦，那正是这片古老热土上的希望之光！这是一座正在起飞的城市，这是一座拥有锦绣未来的城市，这是一座从今往后再也不会被当成小镇的城市！也是那曾经失落，而今已经回归的诗与童话的文化精神的深扎与永续！

二〇二一年八月三十一日于斯泰苑

仁可安国

小时候生活在山里，总听爷爷说长江的事，爷爷说的那些长江事，重复得最多的是黄州青云塔。爷爷这样说话，是希望他的长孙不要忘记自己的家乡在哪里。那时候我是见过青云塔的，只是没有记住，没有记住是因为根本记不住。我最早见到青云塔时是在零到一岁之间，这样的年纪，哪怕母乳的味道也是记不住的。爷爷说，万里长江在黄州城外绕了一个急弯，这青云塔的修建，是要用高望之物来平复长江拐弯得太急带给黄州城的种种风水不利。

沿长江一路走来，只要是大拐弯的地方，总会有人将自己的意志强加于斯，可见爷爷的话是有来头的。

始建于明万历二年（一五七四年）的青云塔，一直在黄州城。二十岁时，自离开黄州城第一次回来，留在记忆中的青云塔是在城外，三十岁时再次见到青云塔，已经是在城内了。这么长的时间里，却一直没有到这塔的跟前去，直到六十岁了，才走上这青云直上的全楚文峰之塔。年轻的安国寺住持陪着，也不知崇迪和尚是从哪里统计的，脱口说出，青云塔建立之前的明朝，黄冈一带只考中进士四十五人，建塔之后，明朝时考中进士二百七十六人，到清朝时共考中的进士达三百三十五人。

仰望这塔，我做了一个加法，将明朝前后的进士加起来，与清朝的进士数相比，二者并无明显差异。为什么还要如此表述，这中间肯定存在另一种东西。

黄州城内还有一座石塔，爷爷在世时，从未对我说过它。是我重回黄州之后，自己发现的。石塔建在东坡赤壁内，立在世所闻名的二赋堂南墙外。从发现这座石塔起，在公开场合总听人一说石塔与苏轼相关，二说与安国寺相关。与苏轼相关是因为苏轼的到来，旧黄州的陈腐就被新黄州的文采取代。因此黄州人爱苏轼，爱苏轼的诗词书法，并进一步爱上街头飘荡的每一张废纸。而安国寺的僧人

● 黄州安国寺前的全楚文峰塔

又是此中杰出代表，为了爱苏轼，为了爱苏轼的诗词书法，安国寺的僧人每天早上都会上街，将各个角落的各种有字迹的废纸，收集到一起，送到东坡赤壁二赋堂南墙外的石塔里焚烧。所以，这石塔实在是一座古老的焚纸炉。

这样的故事讨人喜欢。但是，有一天，我找到了这个故事的真相。说是真相，其实就是没有真相。没有真相的真相是，这个故事在现实中从未存在过。故事的出现全因为那位叫丁永淮的苏轼研究者的杜撰。丁先生之所以要杜撰，也是由于这石塔的真相过于不堪。作为研究者，丁永淮先生从方志史料中找到这石塔的出处，清朝时，黄州城内出了一个放荡的寡妇，因其声名败坏，家族深感耻辱，不得不祭出家法族规将其处死，仍不解恨，就修了这石塔镇着压着永世不许超生。在黄州与丁永淮先生相处时，听他多次说起这事。丁先生爱苏轼心切，而这石塔不仅建在东坡赤壁之内，更立在二赋堂旁，又不能拆除，这才另起炉灶重新创作一个关于石塔的故事。

在历史与现实之间，长江流水之上，这样的事有许多。譬如三峡中那美妙绝伦的桃花鱼，传说是昭君出塞，离别家乡时，一把眼泪、一把鼻涕哭得很伤心，那流下的鼻涕掉在水中变成了桃花鱼。一位喜欢舞文弄墨的当地人，觉得鼻涕太丑太难看，有损天下第二美女的形象，便改为是昭君的眼泪滴入水中变化的。这样的改变，合情合理，令人敬佩。也有让人恶心的，譬如三国时期赤壁大战那事，后人总也免不了追问，在冷兵器时代，曹操的千军万马南下本欲夺取江南吴国都城武昌也即现今的鄂州，却要绕到上游数百里的荒野处渡江，而江那边是更荒的荒野，三国过后多少年才有了地名的赤壁，这一点也不符合冷兵器时代，最经济的战争策略是两军直接面对，兵对兵、将对将、刀对刀、矛对矛地分出胜负。想不到近几年竟有人借着创意经济弄了一个创意，说是当年曹军在此发现一条翻过幕阜山、直插时名柴桑再叫九江的小道，所以曹操才决定在此渡江。这样的创意也太肆无忌惮，连起码的常识也不要了。放着武昌不攻打，却要翻越拎着打狗棍都难以通过的崇山峻岭去攻打上不巴天、下不巴地且远在千里之外的柴桑，这也太不把别人脑子当人脑子了。

青云塔边，那座因为苏轼而在文学史上留下盛名的安国寺正在有序复建，虽不会回到当年"骑马关山门，鸣锣开斋饭"的规模，也不会再在寺内设四里凉亭和五里凉亭，苏轼的文学精神却是要恢复其中。苏轼有名句："飞流溅沫知多少，不与徐凝洗恶诗！"恶诗虽然没有恶人那样遭人愤恨，却比恶人更坏，因为这样的坏是披着诗的光彩，最能妖言惑众，损坏人世间的文化伦理底线。在苏轼的黄州，重要的是传承一个仁字。无论传说与否，青云塔修建的用意与结果都是为了一方百姓，且不会对任何其他有所妨碍。哪怕将明清两朝数百名进士的出现归功于石塔，也是借石塔之名，彰显文情、文采与文化。二赋堂边石塔故事的修改，也是因为一个仁字。一个寡妇哪怕再多几段私情，也是人性使然，断不可为了他人名声而要了她的性命。相反，用石塔来说说黄州城对诗和诗人的喜爱都到了如此地步，才是这座古城和古城所有人的荣耀。不要小看了仁字，也不要不在乎仁字，更不要有意无意地糟蹋了这个仁字。

须知仁可安家，仁可安城，仁可安国。

二〇一六年六月十一日于黄州

赤壁风骨

拜谒东坡赤壁，最早是在一九八四年春天。

其时还住在山里，因为陪同外省两位文学前辈，而搭乘长途客车前来古城黄州。那一次，我们沿着一条清静的道路缓缓前行。清静的路悄然通向一扇朴素小门，门后石壁苍红，正在偏西的太阳，诗意地将人带到二赋堂前。景象分明很陌生，心里却有一种仿佛是与生俱来的熟悉。几年后，有机会来到这路旁某文化单位工作，父母来小住，才晓得，自己就是在这路旁一所普通房舍里出生的。

从这以后，不记得来过多少次。在黄州的几年间，因为相隔几百米，不用挪步，站在窗后，就能将越来越沧桑的东坡赤壁揽入情怀。再往后，我这过客一样的黄州之子，又一次离别去远。偶尔有机会回来小住，不只是深情牵挂，重要的是为文之人，面对古来宗师，在品格操守上再行受戒。

要进二赋堂，须得迈过那道高洁门槛。

这样说，非是怀想此地可曾光彩照人。坡仙显圣处，早就是用简易素洁来辉照霓裳万方。虽然听不绝大江东去风流浩叹，清凉赤壁与清凉东坡，才是地理人文的天作之合。正是有此天下无双的一段合璧，汤汤鄂东五水，才没有写成一部从头到尾的天灾人祸血腥乱世史。一段落寞寂寥，百代宏阔高远。心灵品格关乎历史品质。称为古老也不够形容筑城久远之黄州，岁月城池被新王朝猛将毁了又毁，又被旧皇族顽军烧了又烧！闻风而起的暴众与运筹帷幄的官兵，更将鄂东之地涂炭多少，败坏江山何止千年？东坡之前，一江两岸散落的莫不是社稷碎片。东坡往后，五水其间破碎依旧，所散落的更有家国的灵肉诗情。

天造地设，从九天降一滴甘露到某片树叶，谁敢事先料定归宿！

当年孤鹤横江，惊涛卷雪，哪会相信小小乡谚：河东三十，河西三十！水天往南，沧桑向北。涓涓细流的宿命，同样是茫茫大江之茫茫真理！亘古长河，流尽性情之水。烟云过隙，激浪无痕。一声吹断横笛，吹断的还有江涛，空凭许多乱石流沙、枯苇残荷，铺陈在诗词清流与天才赤壁之间。滩涂浅水，虾蟹横行，龟鳖招摇，终不过是风尘之数，成不了风流！

　　果然是东去大江了！不比将帅之争以胜败结论，王者旗下万骨横陈。诗文哲理以心灵为天下，以真理为至尊。前者极欲统治生命，后者唯愿生命力不断推陈出新。美

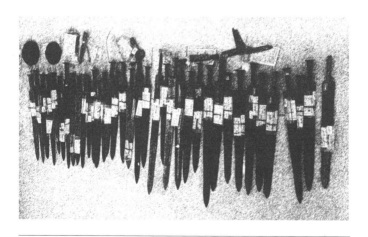

● 古城黄州近郊某地，仅一次发掘青铜剑就有五百多件，出土之际全部呈捆扎状

学是无须雨露的滋润，风雅是掩映文哲的经典。赤壁之水源流五水之上，赤壁之楼风范古城四围。黄州以远各自拥有如苏子东坡的奇迹：黄侃、熊十力、闻一多、胡风、秦兆阳等，风骨挺拔几乎构成中华晚近以来的精神圣界。思哲其深，才情其远，分明风骨相传。本是山水的壁垒，能傲然立世，不只是鄂东学子后续之造化，亦在于诗情弟子不以先师风雅而附庸，才有东坡赤壁真如圣迹，无以落下坡仙之外半笔污墨。一江流远，惟楚有材，鄂东为最。其言所指，当然是在风华与才情之上，沿袭楚狂屈原的孤鹤与长虹般气节。

鄂东之地，物产中能傲视古今的是人之风骨。

有风骨的大地，拒绝生长邪恶奸佞。

生于赤壁，生长于赤壁，生生不息于赤壁，都是大道与大德的天赐。有此人文质量，一江五水终将获得清洁与丰饶。

二〇一〇年七月十日于东湖梨园

（本文系"东坡赤壁文化丛书"序）

金口晶正平

金口难开，不是成语，是一句大俗话。

在江夏金口，偶尔想起这话的意思，带有些许揶揄，更多的还是珍贵、珍稀与珍宝。比如曾用心用情写下《黄州竹楼记》，人称王黄州，却病死在蕲州的王禹偁，屡受贬谪，哪怕"驻马泪浪浪"，也改不了直言讽谏秉性，仍然会心会意地写下"宣来帝座傍""金口独褒扬"的句子，字里行间显示的尽是至尊。又比如那劝人炼心的丘处机，明明知道"恁时节，鬼难呼，唯有神仙提挈"，也还是相信"爱欲千重，身心百炼""金口传微诀"，话语所指的如同顶礼膜拜。

世故亲情少不得这样那样的金口，烟火人间也有此处彼处的金口。

元朝诗人王冕好游江浙一带山水，曾经不无羡慕地写道："知君住处好神仙，洞庭赤壁浮紫烟。武昌樊口最幽绝，东坡曾为留五年。"其云"金水河从金口来，龙光清澈净无埃"，与位居洞庭赤壁武昌樊口正中间江夏一带的金口，大概率只是同字同音，不会有其他对应关系。到了明朝，才子袁中道写了一首登晴川阁的七律："天外云山金口驿，雨中杨柳武昌城。汉滨父老今安在，只合依他隐姓名。"诗里的金口，从袁中道的老家，毗邻江夏的公安县顺江而下，不过百里即是，从没有半个疑点。

还有一句大白话：先有金口，后有汉口。

在汉口是听不到的，这话只有江汉平原一带流传。不是这话太过直白，没有丁点诗意，而是一种心理，偌大的汉口，绝对不可以是小小金口派生出来的！

村言俚语，有真有假，亦虚亦实，袁中道的诗一定是毫无疑问的佐证。不然，以后来江南江北城中开化放浪的差异，凭着肆无忌惮的诗人情怀，只怕入得诗中的是汉口而非武昌了。当然，汉口之所以很少入诗，一方面是城建得晚，另一方面还在于太市井了，即便是旧时风月场所，汉口取名花楼街，武昌却叫胭脂巷。更别说金口镇上，一处文字港，足以惊叹八州十六府。

逆袁中道诗中次序，从武昌城往上行走不到五十里就到了这名叫金口的小镇。能比汉口早繁花似锦一千年，照例脱不了万物兴盛的规律。早一千年的金口，晚一千年的汉口，凭空降下眼泪大小的一滴水，都是天造地设。

地理资料记载，万里长江从源头的格拉丹东①冰川开始，上游小溪叫沱沱河，变成大河后叫通天河，从大河往大江过渡依次叫金沙江和川江或者峡江。真正史称长江的是从宜昌至吴淞口入海这一千八百九十三公里的一大段，用尺子在地图上一比画，金口一带差不多是所谓美人细腰的黄金分割线那个位置。

由西向东的长江，流到金口上方的簰洲湾，突然扭回头往西北方向转了一个让人心惊肉跳的大弯，又劳神费力地再次扭回头，来一个几乎画圆的巨大弧圈，一头扎向下游的槐山和军山，在那里成为另一种倒海翻江的模

①　藏语中多有用格发音，极少用各，故特用格记之。

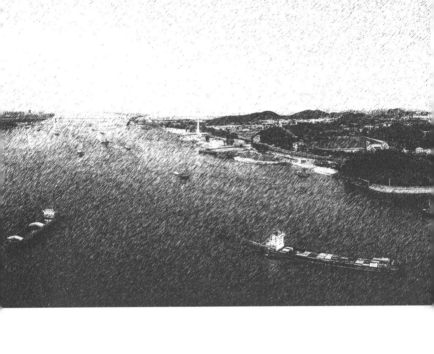

样。水再大再深，江再宽再长，还是不知冷不知热，不能爱也不能恨，不需要饥也不在乎饱，与山石同属的物什。大江浩荡的气势，水波清扬的灵性，都是拜人们所赋予。作为母亲河的长江，更容易因应天理人伦中那不曾看见，却屡试不爽的起承转合。经历了格拉丹东冰川上的"起"，穿越了从沱沱河到川江的"承"，长江在金口之上惊世骇俗的一大"转"，成就了金口之下，晴川历历，芳草萋萋，孤帆远影碧空里，唯见江天流水的壮美人生之"合"与人

●金口附近的长江江面　柳斌/摄

间之"合"。自此处往下，长江分出许多支流，催生出古
往今来的众多诗说："禹凿江以通于九派，洒五湖而定东
海""大江分九派，淼漫成水乡"。最脍炙人口的还是那
一句——"茫茫九派流中国"！

　　金口所在的江夏，因其历史悠久被称为楚天首县，
前些年，在江夏的一处湖边买了一所房子，附近朋友劝
我将户口也迁过去，我有些无言以对。之前由于总在迁徙，
关于故乡的意义，在我这里成了一种叙事的累赘，说自

己的灵魂和血肉是东坡赤壁所在的黄州或者团风给的，思想与智慧得益于大别山中河水向西流入长江的英山。至于武汉，算起来自己居住时间最长，并且还会越来越长，也只能依据法律定义为过着人间烟火日子的户籍所在地。从本市的这个区到那个区，哪有真正的区别？单论与江夏的关联，还没有习惯武汉定居的日子就有了，而且与金口有关，只不过这种关联带有令人不适的阴影。

从黄州搬来武汉不久，就有准确消息，武汉保卫战时被日军飞机炸沉在金口一带的中山舰，终于可以打捞了。前前后后，或是职务指派，或是朋友相邀，不知有多少次，让去江夏、去金口看看。每一次，自己不是说不行就是说不去。其中一次，朋友的车已驶进金口镇狭窄的小街，再往前滑一脚就是经过修复成为国家级重点文物的中山舰。那一刻，也不管扫不扫人家兴，自己硬是让朋友踩住刹车，打开车门在镇上胡乱走几步，吃了一顿便饭，就当是来过这千年名镇了。

二〇一六年夏天，登上南海深处的晋卿岛，岛很小，只有零点二一平方公里，周围的礁盘却大得看不到边，靠着深海的那一侧，歪歪地搁着一艘锈蚀成猩红色的大铁船。一阵轻风吹过，南海深处就会涌来连绵不绝的浪潮。在无边无际的南海，这样的浪潮太微不足道了，等到涌上大铁船，任何一朵貌似细小的浪花，都会在顷刻间化作啸天巨兽，隔着老远也能感觉到钢的挣扎，铁的呻吟。站在海滩上，云水间泛起沉舟侧畔、折戟沉沙等种种意念，更记起江涛之下的那艘中国军舰。这样的万水千山之隔，第一次暴露出自己内心的苦楚！金口镇外，大江之上，一代名舰，惨遭变故，从一九三八年十月二十四日沉没在历史黑暗中，到一九九七年一月二十八日从历史的缝隙里顽强地昂起舰艏，整整六十年，一个甲子轮回，才以最悲壮的形式重见天日，此种国耻，如何能够忍受？

一艘无名的铁船，搁浅在南海之上，只是风吹浪打，模样就变得如此不堪。

一代名舰中山舰，排水量八百多吨，只比二〇二一年我再去南海所乘的五百吨渔船略大一些，如何抵挡得住六架日军飞机的轮番轰炸？最终沉在江底，宛如那些年山河破碎！

● 打捞出水后经过修复的中山舰

　　历史伤痛，刻在心里，既不示人，也不示己，算不上孤僻，而是等着某个令人期盼的时间节点。比如，完全由中国自主设计建造、排水量八万多吨，采用平直通长飞行甲板，配置电磁弹射和阻拦装置的航空母舰——中国人民解放军海军福建舰于二〇二二年六月十七日正式下水。相隔不到二十天，自己就冒着酷暑来到金口，久久地站在中山舰舰艏前面。人都不相信自己这样的老武汉，头一回前来。又无人不相信，横空出世的福建舰，相对中山舰，同为各自时代名舰的治愈感。

　　同一天，在离中山舰博物馆不远的一家汽车配件工厂，与加工车间的一名负责人聊起正在加工的转向器蜗杆。一台数控车床，一个班就能加工一千五百件，加工好的蜗杆，其精度和光洁度绝对是自己当车工时望尘莫及的。那时候自己一个班生产定额为十五件，同样让同城车工们望尘莫及。说起来，如此高效的数控车床是德国生产的，德国人在出卖的机器上加装了"后门"，只要这台数控车床搬离所在地江夏，或者改变参数，加工与转向器蜗杆不相干的零件，整台机器就会报错，变成一堆无法使用的破铜烂铁。

还是同一天，西斜的烈日悬在长江上游不远处，江夏金口这边的槐山脚下，前人用花岗岩条石修筑长不足三百米、高不足十米的驳岸，硬对硬，强对强，退无可退地扛着同烈日一道斜刺冲过来的洪流，迫使那不可一世的洪流闪开半个身子，向着对岸的军山气急败坏地横冲直撞而去，留下一个接一个的漩涡、一道接一道的暗流，既似中山舰上被日军炸弹炸出来的偌大窟窿，又像德国产的数控车床上强加给用户的无良后门。

还是公安三袁之袁中道在登晴川阁诗中写的："苦向白头浪里行，青山也识旧书生。相逢谁胜黄江夏，不死差强祢正平。"这些话，说的就是江夏，就是金口。天下黄姓出自江夏，那叫黄歇的春秋战国最后的君子春申君，以一己之力支撑起正在倾覆的楚野大地，只要打不垮、打不倒、打不死，哪管是不是差强人意，一定要拼出个安宁平顺贤良方正的世界！

水天之间，世事当中，岂能将历史不当回事！江夏金口，自东周楚宣王设为军机重镇起，已有差不多两千四百年。如今的江夏，爱说金口，不爱说黄歇，因为这位春申君晚节不保，将自己的肉身炸出一个大窟窿，给自己的灵魂设下一个邪恶的后门，让楚国丧失最后一点生存机会，更让此黄歇变得不是彼黄歇，彼春申君也不是此春申君。元朝诗人王冕吟咏金水与金口时说："流归天上不多路，肯许人间用一杯？"金水是天上的金水，金口是人间的金口，此金水与彼金水是不是同一条河，此金口与彼金口是不是同一座城，相对人心人性人情，实是不太重要。

站在槐山矶头，凭涛临浪，再没有钢铁巨舰眨眼间灰飞烟灭的日子，再没有捂着心疼心痛不想去某个地方的情愫，能用双手掬一捧没有铁血硝烟滋味的长江水，饮一饮，洗一洗，都是幸事。

二〇二二年七月三十一日于斯泰苑

汨罗无雨

时值雨季，气象台预报有雨，肯定会有雨，气象台预报无雨也有可能下雨。偏偏这一天，气象预报说有雨，却没有下一滴雨。

端午的天很蓝，端午的太阳很灿烂。

汨罗江上，丝毫没有云愁水浊迹象。

甚至相反，江面上旗很红艳，江两岸人很快乐，水清得能将三十几条胜过云霞的龙船变成六十几条。

雨在昨天就下过了，从离秭归、离九畹溪、离乐平里最近的宜昌出发时，大雨便不离不弃一路跟随，直到听懂了我们要来汨罗江。大雨变成小雨，小雨变成大雨，有雨变成无雨，无雨又变成有雨。我们的意志不曾动摇，那雨却开始摇摆不定了，大的时候，惊心动魄，小的时候，润物无声。沿荆江，过洞庭，眼看就要抵达岳阳楼，那雨终于不再如影相随，前前后后的模样太像饮食男女的犹豫不决。雨的样子像是说，故乡已为屈原流干了能够流出的泪水，再无泪水可流。此去汨罗，没有了雨和泪水，该如何表示对故人的痛惜之情？

没有雨，没有雾，没有雷声，只有一声声喇叭在叫，

再排演一遍,还有排演时单调沉闷无力的鼓点。此时此刻,还是有雨来临为好,冒着雨,努着力,就没有机会想着娱乐而枉费精神。那些说是为了祭祀三闾大夫的龙船,如果有雨,也就看不见桨手的表情,也就将漫山遍野的雨丝当成从鼓手到舵手整条龙舟的表情,更不可能额外地选择一朵愁云作为我们的心情。

没有苦雨当哭,没有沉雷长长。

● 湖南汨罗江民间龙舟赛比过年还热闹

阳光灿烂，暑气飞腾，舞台上有人独唱《离骚》，也有人在领诵《招魂》。

还没有放假，端午小长假要从明天才开始，大小道路上已变得如过年一般车水马龙。汨罗本地，早将端午节当成与春节、清明同等的必定回乡的重要节日。清明是要返乡祭祖，春节必定回家团圆。汨罗江两岸村村都有龙舟，每逢端午，青壮男人都会从千里之外赶回来，吃几颗清水粽子，洗一场艾叶汤澡，即便是没有想起屈原，心口之中也没有吟诵诗章，也会纷纷操起木桨，一队队结伙去到江上划起龙舟。汨罗江上"宁荒一年田，不输一轮船"的节日精神，想必相同于"慢啭莺喉，轻敲象板，胜读离骚章句；荷香暗度，渐引入酺酶，醉乡深处。卧听江头，画船喧叠鼓"，宋时人们尚且如此，又如何要求今日今时！

这是第一次来汨罗祭拜屈原，我有理由让自己显得肃穆，相同的原因，我无法让自己尽是娱乐之心。如果能读得屈子祠墙上的碑刻，就会发现托寄三闾大夫灵魂的屈子祠，也有被俗世沾染的时候。这或许正是屈原的宿命，精于政治而被政治所毁，因为忧国忧民而死于忧国忧民。那漫漫之路哪里是求索，分明是君子舍身。同样的端午，本是因祭祀而成节日，又因为节日被拖累为满天满地的喜庆。

天不下雨也罢，只要心里湿润也行。谁会将两千三百年前的悲伤，用一滴泪水流到如今？连天地都不过如此，否则这时节，就该是雷鸣电闪暴雨倾盆。龙舟再多也载不起屈塘中的悲壮，粽子连天仍不及屈塔耸立的意蕴。

从天宝七载（公元七四八年）唐玄宗下敕修建屈原庙宇，唐哀帝天祐元年（公元九〇四年）九月二十九日敕封屈原为昭灵侯开始，八大帝王先后追封屈原为忠烈侯、忠洁清烈公等，直至被清康熙帝尊为水仙尊王，身后获得如此厚待，竟与孔子平齐。与华而不实好大喜功的皇帝相比，以个人之品格到屈子祠前三叩六拜九揖，聊表襟怀已是了得，如若真要当真，还不如转过身来，用心雨之笔写下心语：

八帝追封，纵然与孔圣齐名，不如离骚总天问；

千帆竞渡，只为个忠魂沉冤，从此汨罗永怀沙。

二〇一六年六月七日于岳阳市南湖宾馆

走读第四才子书

在陌生的山水间行走，突如其来地遇见先贤，是一种极为特殊的事件。那感觉与滋味不是兴奋，也不是震撼，完完全全是一种在今生遇见自己的前世，在前世遇见自己的今生般的错愕。汨罗江上游的平江离武汉不算远，有几位朋友老家正在那里，平日相聚，从未听他们说过。而我去到岳阳的次数在各历史名城中也是最多的，每次到岳阳无论是见到文坛朋友，还是其他什么人，包括那些家在平江的人，都不曾提及杜甫于公元七七〇年去世后，就安葬在一山之隔的平江。这一次来汨罗江下游访端午、祭屈原，在岳阳住下后，忽然听人说起，就像被某种东西触动神经，恍惚之中不敢相信，又不能不相信，有那么一阵子，不知说什么好，然后还要反问，这是真的吗？

中华文化中更有一种备受尊崇的传说，凡是天造地设由东向西的河流，命中注定不会平凡。譬如湖北随枣走廊一带的河流侧畔，在曾、随国号谜一样的气氛下，随手从擂鼓墩大墓发掘出来的曾侯乙尊盘、曾侯乙编钟等一系列的国宝器物，就惊世骇俗了。汨罗江也是一条由东往西流淌的大河，仅仅屈原投江就足以流连于历史，再加上死于斯葬于斯的诗圣杜甫，不要说汨罗江将居何等地位，这天上的雀鸟、地上的禽兽、水里的鱼虾，都会平添许多文气。

五月初五，刚刚在汨罗江上祭屈原。

五月初六，又溯汨罗江源参拜杜甫。

只在那墓前稍一伫立，心头疑问，世上疑云，忽然尽数散去。墓前三五尺见方的一池洗笔泉水，像慧眼一样将千古文章、百代人世映照得一清二楚。虽然这也是历史，又与历史大不相同。对望之下，横一道小小水纹，正是感时花溅泪；竖一条微微风波，实为恨别鸟惊心。长草荒荒，小路弯弯，田舍重重，苔藓满满。不是秋风茅屋，也非寒士草堂，一心一意尽是与苍生相关的苍茫。

天地精灵，既不能言说，也无法为文，所能做的也就是将其精粹托付给配得上天地信任之人。所以，天下文章但凡出类拔萃的，必定是贯通天地，气质自然。杜甫灵寝处，冷清得有些过分，正好印证除了杜甫只有天地的那种地位。四周是那种专属于原野的清净，看不见俗不可耐的故意展览，也没有发现无意遗落的诗词文章。目光所能读到的唯有"唐左拾遗工部员外郎杜文贞公"等文字。虽是初夏时节，四周充满暑气，脚下青砖的缝隙里，仍在冒着直达骨子的阴凉，宛如杜甫一生的阴郁。

公元七六七年，杜甫乘船至瞿塘峡时，还能抒写：万里悲秋常作客，百年多病独登台。宋时有人曾说此两句十四字，写出了八层意思：他乡作客一可悲，万里作客二可悲，经常作客三可悲，正值秋天四可悲，身怀疾病五可悲，晚年衰病六可悲，更兼多病七可悲，重阳节孤独登台八可悲。身为少陵后来者，当知杜甫身后事，这样的追溯与对照，多少有些牵强，多少也有些道理。及至公元七六八年到七七〇年，那情怀中的豪迈，就被命运的悲怆彻底逆袭。短短两年湖湘经历，就只能与李白天人相隔地写着，凉风起天末，君子意如何。分明那方世界是无法活着抵达的，还是要问个清楚，鸿雁几时到，江湖秋水多。文章憎命达的境况，魑魅喜人过的现实，放在现今时日也是如此，天下哪有真写文章的人是官运亨通财源滚滚的？地上哪有暗箭不伤人的？这样的文字就是想做别的诠释也做不了。最是那句，应共冤魂语，投诗赠汨罗，简直是一语成谶！世间通常习惯暗示他人，像杜甫这样，除了自己将自己当成诗文赠予大江大河，那些记得诗并热爱诗的人，哪敢有此念头？若是谁有，无疑会触犯天条。

十年之后，若有怀想，还可以当作惋惜。百年之后，任何一种怀想，都是不道德的！千年诗圣，只落得举家投亲靠友，更有苦雨相逼，人在船上，船却一连十日无法靠岸，最后还要对他人的施舍千恩万谢。早前远在皖南秋浦河上的李白，何尝不如此，吃喝人家几天，临走时还要咏叹，那酒肉款待之情，比桃花潭水还要深！李白之情唯有杜甫能解。李白既然先杜甫而去，杜甫之心就只有凭空托寄给凉风鸿雁江湖秋水了。

识时务者为俊杰，不识时务者为圣贤。那个叫李林甫的，因识时务，了解皇帝秉性，擅长投其所好，用一个野无遗贤的说辞，将好大喜功的唐玄宗奉承得晕乎乎。不必去怀想这些人若知道，被他们屏蔽在金榜背后的杜甫，日后成了圣贤，会做何感想。看着这楚天云水伤心处，这满山荒草泪横流的小田村，用春天的一株兰，夏天的一滴露，秋天的一群雁，冬天的一坡雪，连续起汨罗远水，就会明白，一个屈原怀沙投入一条向西流淌的江，尚不能避免屈原与楚国的悲剧在杜甫与大唐身上重演，那就需要用杜甫与屈原的灵魂叠加，以强化汨罗江，强化天地留给后人的道德、文章、节义的警示。否则这向西流淌的河流，就失去如此存在的理由。

明末清初的金圣叹，被尊为中国文学第一评论家，他从经史典籍、诗词歌赋、戏曲小说中选出六部书，认为是千古绝唱。这六部书是：一庄（《庄子》）、二骚（《离骚》）、三史（《史记》）、四杜（杜甫之诗）、五水浒、六西厢。金圣叹称它们为"六才子书"，也叫"天下六才子书"。年少时，对诗仙李白与诗圣杜甫之不同甚至很不以为然，后来才察觉出其中分野来。将自己的每一个文字都用作世人疾苦的一部分，自然要比春花秋月来得重大。曾经有人这样说，杜甫的诗，后来被人各得其所，学成六种模样，孟郊得其气焰，张籍得其简丽，姚合得其清雅，贾岛得其奇僻，杜牧、薛能得其豪健，陆龟蒙得其赡博。果真如此，从幕阜山发源的汨罗江，就是杜甫从活着到永生的清楚无误的象征。

记得苏轼有诗，大江东去，浪淘尽，千古风流人物。

眼前天地境况分明是，汨水西流，屈杜遗志何时休？

永生的杜甫墓有些荒凉，到访的人很少。太忧国的人譬如屈原，国家会给予纪念。太忧民的杜甫，本当由民众来纪念，可是民众都去哪里了呢？饥籍家家米、愁征处处杯的杜甫，亲朋无一字、老病有孤舟的杜甫，饿着肚子走遍半个中国的杜甫，难道还有更为不堪的圣贤吗？从屈原到杜甫，相隔有一千零四十八年，难道这汨罗江还要再过一千年，再有圣贤流落同千古，才会明白人世最重要的是什么吗？

二〇一六年六月十二日于黄州纽宾凯酒店 350 房

两棵树上，
一棵树下

再到簰洲湾，并非一时兴起，而是这些年，心心念念的情结。

出武昌，到嘉鱼，之后去往簰洲湾的路途有很长一段是在长江南岸的大堤上。江面上还是春潮带雨的那种朦胧，离夏季洪水泛滥还有一段时间。在时光的这段缝隙里，那在有水来时惊涛拍岸的滩地上抢种的蔬菜，比起别处按部就班悠然生成的绿肥红瘦，堪称俗世日常中的尤物。除了蔬菜，堤内堤外所剩下的就只是树了，各种各样的，一株株，一棵棵，长势煞是迷人。

有百年堤，无百年树。这句话本指长江中游与汉江下游一带平原湿地上的特殊景象。

　　因为洪灾频发，大堤少不得，老堤倒不得，大树老树只是栽种时的梦想，还没有活够年头，就在洪水中夭折了。一九九八年夏天的那场大洪水，让多少青枝绿叶停止了梦想，也让不少茁壮的树木在传说中至今不朽。

　　第一次来到簰洲湾又离开簰洲湾时，就曾想过，一定要找时间再来此脚踏实地走一遍。一九九八年八月下旬，搭乘子弟兵抗洪抢险的冲锋舟，第一次来簰洲湾，一行人个个系着橙色救生衣，说是在簰洲湾看了几个小时，实际上，连一寸土地都没见着，更别说只需要看上几眼就能用目光逼出油来的肥沃原野。除了几段残存的堤顶和为数不多的树梢，我们想看上一眼的簰洲湾被滔天的洪水彻底淹没。汤汤大水之上的我们，悲壮得连一滴眼泪也不敢流，害怕多添一滴水，就会带来新的灭顶之灾，连这少数树梢和残存的几段江堤也见不着了。

　　那年夏天，使整个簰洲湾陷入灭顶之灾的洪水，是我迄今为止见过最凶猛的，多少年后仍无法相忘，偶尔需要举例时，便会情不自禁地拿出来做相关证明。比如，前些时一家出版社的编辑非要将个人文集里早前写就的

"簰"，按时下文字规定改为"排"。与其沟通时，自己问对方应当知道簰洲湾吧，"九八抗洪"时，不少媒体也曾按规定写成"排洲湾"，后来全都一一改正过来。又与对方说，电影《闪闪的红星》插曲所唱："小小竹排江中游"，武夷山九曲溪的导游词："排在水中走，人在画中游"，如此竹排哪能禁得起滔滔洪流？那在大江大河之上，承载重物劈波斩浪，非"簰"所莫属。簰是特大号的排，但不可以将其称作排。正如航空母舰是超级大船，却无人斗胆称其为船。簰洲西流弯一弯，汉口水落三尺三——浩浩荡荡的长江上，能与重大水文地理相般配的器物，岂是往来溪涧的小小排儿所能担当！

二○二一年初夏，第二次到簰洲湾，所见所闻没有一样不是陌生的，因为第一次来时，从长江大堤溃口处涌入的大洪水，将最高的楼房都淹得不见踪影，平地而起的除了浊浪便是浊流，与此刻所见烟火人间、稼穑田野，判若天壤。很难相信，眼前一切所见，在二十三年前的那个夏天，全都沉入水底。那一眼望不到边的菜地里种着尤觉清香扑鼻的优质甘蓝，刚刚开过花便迫不及待地露出油彩梢头的油菜，还有那骄傲地表示丰收即将到手的麦子，用粼粼波光接上云天迎候耕耘机器的稻田，这些一眼就能看透的乡村田园图景，仿佛开天辟地以来即是如斯，不知洪水猛兽为何物！当年所见簖洲湾，只有洪水与舟船。如今的簖洲湾，小的村落有小小的车水马龙，大的乡镇有浓浓的歌舞升平。那些被水泡过的老屋仍旧烟火兴旺喜气洋洋，一旁新起的高楼与新建的长街更加抢眼，临近小河的一栋栋农舍，颇得诗风词韵，如此流连，迥然于一九九八年夏天来过后，太多伤心下的欲走还留。

梦浅梦深、亦真亦幻的时刻当然很好，所谓美梦成真，就是将日子过得如同美梦一样。由于当年子弟兵的驰援才从最艰难的日子挺了过来，由于三峡大坝建成后对长江上游洪水的拦截，由于普天之下的民众都在勤劳勇敢奔向小康，一向狂放不羁的洪水也将凶悍性子收敛起来，哪怕是乘着最大洪峰笔直往东而来，不得不在簖洲湾顶头的大堤前扭转半个身子往西而去时，一改从前的暴虐，反倒以岁月流逝模样用浪花之上的江鸥点染一段温情。

最能表现这温情的是小镇边上两棵白杨，还有朋友反复告知的那棵杨柳。

说簰洲湾白杨树多，是事实，又不全是事实。整个长江中下游地区，凡是依靠着长江的村落乡镇，家家户户都将种白杨树当成洪荒时节安身立命的最后机会。

一九九八年八月一日夜里，簰洲湾大堤没能顶住洪魔的肆虐，终于溃口了。后来通过视频看到，惊涛骇浪之中，那个名叫江珊的小女孩死抱着一棵小白杨，硬是从黑夜撑到黎明。当有人来施救时，小女孩还不敢放手，一边号啕大哭，一边说奶奶让她抱着小白杨千万不要松手。奶奶自己却因体力不支，抱不住小白杨，随洪水永远去了天涯。洪荒之下，生命没有任何不同。那比狂飙凶猛百倍的浪潮来袭时，一辆辆正在抢险的重载卡车，顷刻之间成了一枚枚卵石，淹没在浪涛深处。一位铁汉模样的将军，到此地步，同样幸得抱住一棵小白杨。

二十三年过去，小镇边上的这两棵白杨树，长得很大了，粗壮的树干拔地而起，那并肩直立的模样，其意义就是一段阻隔洪水的大堤。私下里，簰洲湾人，将一棵白杨称为"将军树"，另一棵白杨称为"江珊树"。小镇的

● 簿洲湾人称救命树的白杨

人这么说话，听得人心里格外柔软，也格外苍凉。不由得想起天山深处的胡杨，华山顶上的青松；想起西湖岸边的垂柳，洛阳城内的牡丹。在小镇中心的"簰洲湾98抗洪纪念馆"，几张旧照片上，一群人正是紧抱着小白杨才让吃人不吐骨头的洪魔终成饿鬼。从纪念馆出来，再次经过那两棵高大的白杨树时，不禁抬头望向空中，万一灾难重现时，这白杨可以给多少人以最后的生机？

在簰洲湾上游约二十里，有个地方叫王家月村。一九九八年八月二十一日，全世界都将此地误称为王家垸。那天早上，自己随一个团的军人十万火急地赶到此地，打响"九八抗洪"的收官之战，在水深齐腰的稻田里封堵这一年万里长江大堤上出现的最后一个管涌。险情过后，封堵管涌的几千立方米的大小块石与粗细沙砾，成了平展展田野上的一处高台。

相隔二十三年，再来时，一场大雨将头一天的暴烈阳光洗得凉飕飕的，田间小路上的泥泞还在，当初都曾舍身跳进洪水的几位同行者，小心翼翼的模样有点像是步步惊心。在离高台不到五十米的地方，自己到底还是站住了。

在高台正中，孤零零长着一棵小树。

不用问便已知道，不是别的，正是当地朋友业已念叨过许多遍的那棵杨柳。

夏天正在到来，仿佛是被最后一股春风唤醒记忆。发生管涌的那天正午，爱人下班时将电话打到我的手机上。就在那棵杨柳生长的位置，对着手机，我没有说自己正在管涌抢险现场，只说一切都好！一九九八年夏天人们听到"管涌"二字，宛若二○二○年春天世人对"新冠"的谈虎色变。我对爱人说一切都好时，站在深水中的几位战士用一种奇怪眼神看过来！那天午后两点，险情基本解除后，与大批满身泥水的军人一道蹲在乡间小路上，痛痛快快地吃了几大碗炊事班做的饭菜。管涌现场仍有大批军人在进行加固作业，另有三三两两的当地人拎着各式各样的器物，在给子弟兵们送茶送水。想着这些，心中忽地一闪念，那时候自己不将真相告诉爱人，只对她说一切都好，本是一句平常话，这种自然而然的表述，既是亲人之间相互关爱，也是发自内心的愿景。那时候，在这高台之下的深水里，身处险境的军人，谁人心里不是怀着青青杨柳一样的情愫，牵挂着杨柳丝丝一样的牵挂。

相比从前，簰洲湾上上下下堤内堤外一切都好了许多，那叫得出名字的两棵白杨，从风雨飘摇中挺过来，一年一年地长成参天大树。那曾经指望三万年后才风化成沙土的块石沙砾高台，才几年工夫就有杨柳长了出来，虽然只有一棵，却更显风情万种。这样的杨柳能长多少叶子呢？远远看过去，大约几千片吧，这是一种希望，希望小小杨柳用这种方式记住当初参加封堵管涌的几千名子弟兵。

曾经在干旱少雨的甘肃平凉，见过一棵名为国槐的大树，三千二百多年树龄，毫不过分地说，那样子是用苍穹之根吸收过《三坟》《五典》的智慧，用坚硬身躯容纳下《八索》《九丘》的文脉，用婀娜枝叶感受了《诗经》《乐府》的深邃与高翔。簰洲湾一带，注定没有见证天地玄黄、宇宙洪荒的老树，能够见证的是分明应当向东流逝的长江，到了此地却扭头向西而去，将洪水猛兽与大小龙王都不太相信的奇观，都付与簰洲湾及簰洲湾上的西流湾。不必等到再过二十三个二十三年时，不必等到垒起高台的块石与沙砾变得与周围田野浑然天成时，更不必让小小杨

柳和高高白杨都变得像千年国槐那样沧桑时，大江之畔
无所不在，大水之中万物天成。历经过灾难的白杨全都是
周瑜、陆逊那般青春小伙模样，苦难中泡大的杨柳全都是
大乔、小乔一样婀娜姑娘身姿，在实现梦想的过程中走向
新的梦想，比起已经固定下来的某种象征，更加令人向
往。如同自己刚转过身，就在想什么时候再来看看簰洲湾，
看看簰洲湾这里的两棵白杨、一棵杨柳。还有这两棵树上，
还有这一棵树下，安详天空，锦绣大地！

二〇二一年五月十七日于斯泰苑

荆江十六块

　　季节真好，溯长江而上，两岸黄灿灿的油菜花，将一江春水染成一条宽广的金色坦途。然而，在石首这里，长江中游被称为荆江这一段更像从石器时代起，珍稀而高贵地延续数千年的玉玦。

　　几年前，第一次在石首看荆江，天地间也是这般暖阳，景象却是秋天。去时仓促，走时匆忙，心中留下一个似有似无的疙瘩，不知是解开了好，还是顺其自然地解与不解两由之。回来武汉后，曾将自己在石首博物馆见到的某件展品，说与省博物馆的朋友。朋友眼皮也不抬一下就反问，县级博物馆能有国家一级文物？为了间接求证，与朋友再次见面时，自己有意旧话重提。朋友依然像先前那样，用那种虽不是断然但也差不了多少的语气，将介于不相信与不可能之间的那句话重复了一遍。朋友在青铜重器研究方面有着专业领域和社会层面一致认可的权威性。偏偏我也对自己的眼力与听力有着充分的信任，朋友的话当然没有在我心里形成新的定式，否则自己就不会将一种纠结始终放在心中。

好几年了，一直想再去一趟石首，看不一样的荆江和博物馆。

一直想再去，一直没有再去成。越是没有去成，心里揣着的那种纠结越是使人欲罢不能。等到终于达成目的时，先前一直不肯退场的情怀，居然被眼前所见偷换了概念。

石首博物馆不大，一座小楼还有一半用作图书馆。展厅内，司空见惯的陈列柜里安放着那只令人闻之瞠目的原始青瓷瓿。在荆楚各地收藏的同类器物中，石首的原始青瓷瓿有点大，这种达到较大级别的体量，并非这只原始青瓷瓿能够进入文物顶流的关键。石首的青瓷瓿很精美，这种能让史学眼光惊艳的美，亦非青瓷瓿足以达到文物顶层的优势。作为战国时期的青瓷，既没有元青花那样稀者为贵，也不似明青花那般爱为尤物。如此见证陶器衰、瓷器兴的过渡之物，原始青瓷缺少前者的深幽厚重显得青涩稚嫩，又因为累积了前者的衰败土气，免不了染上未老先衰的埋汰意味。石首青瓷瓿之所以成为举世无双孤绝人寰的国宝，就在于其底部有几道破损的缝隙。三千年前的这些裂缝，是三千年前的主人不小心打破的。仅仅是打破了也一点不稀奇，不要说三千年前、四千年前、五千年前，甚至是六千年前，古人打破某种器物后留下的裂缝数不胜数、举不胜举。能够像三千年前石首青瓷瓿的主人那样，用那个时代的独门绝技，将破损的瓷片黏合到一起，还青瓷瓿以本来面目，才是三千年后世人所仅见。

如斯国宝，三千年后的人们将滚滚东逝的长江水注入其中，那些破损于三千年前、修补于三千年前的裂缝，宛若金汤铸就般滴水不漏，这对三千年后的我们有着何种特殊意义？

在没有一条河水不是汇入长江的湖北，自然天成地拥有了长江穿省而过留下来一千多公里慷慨激昂的最长岸线。用不着夸张，只需实实在在地说，万里长江用每一滴水创造的自然奇迹和人文奇观，无不浓缩在被叫作荆江的这一段。二○一八年四月二十五日，习近平总书记乘长江壹号游轮，由荆州起航，顺风顺水，至石首起岸，或许这也是原因之一。

长江之水，由荆州流出，在离石首还有几十公里的江陵铁牛矶，拐了一个惊天动地的九十度直角大弯，没有人记得让一江逝水不得不急转弯是哪一场洪荒形成的。人在矶头，心里只有从正前方迎面流过来、往左侧流过去的半江春水。莽莽江堤，叠压着一次次溃败带来的灭顶之灾，一回回坍塌造成的水深火热。江堤身后，那极尽奢华以满足楚王狩兴渔乐的行宫，只能从侧面印证一次次不堪之后的泽畔重生，行宫之外的一顷顷良田才是对与荆江相伴相生的儿女们丰功伟绩的讴歌。铁牛矶上"嶙嶙峋峋，与德贞纯，吐秘孕宝，守捍江滨，骇浪不作，怪族胥驯"的大铁牛还在，被江畔风浪磨炼出来的黑亮包浆，照映着江风江水载来的万物众生，独独照不见也映不出江对岸同样用铁铸的一群放牛娃，那些挥起小小鞭儿就能驱赶世上最顽劣公牛的孩子早已不见踪影。铁牛矶下，总有一些女人承袭从蛟龙水怪作祟之际就兴起的习俗，将家中少年穿过的一件件鲜艳衣服抛向激流，她们相信这种假装自投罗网的小小伎俩，骗得过想用倒海翻江之术收走少年的巨兽，确保自家孩儿一生一世都能免于水患。

冲过铁牛矶的洪水猛兽，在江汉平原上肆虐了亿万年。从洪荒到高古，从近代到当代，也是受够了上游三峡的束缚，临近江汉平原，长江有了别名荆江时，先变身为泛泛汤汤树枝般分汊型河床，弄得那一带的地名都叫枝江。看不清，也想不通，在铁牛矶还不叫铁牛矶时，那些网状的分汊河道汇到一起，按道理当会以泰山压顶之力一泻千里向东而去。然而，冲破四川盆地的长江，被叫作荆江后，性情大为改变，能劈开云贵高原的巨大水流，遇上小得不能再小的铁牛矶，立即侧转身来，逃也似的向南笔直狂奔，直到石首城外的藕池口才再次侧转身回归东向。与铁牛矶的转身急去不同，再次转身的荆江，到洞庭湖的出江口城陵矶直线距离只有八十公里，却弄得像有谁在软硬兼施威胁利诱使其绕了十六个大弯，硬是将俗称下荆江的这一段延长三倍，变成二百四十公里，并导致石首一带的河床频繁发育和蠕移。有资料记载，从清咸丰十年（公元一八六〇年）至二十世纪末的一百四十年间，石首江段就曾发生街河子、月亮湖、古长堤、大公湖、西湖（今人民大垸农场境内）、碾子湾、沙滩子、向家洲等多处自然裁弯取直事件。裁弯取直后的新河道，由于坡降变大，流速增大，侵蚀搬运力增强，导致河道迅速扩大，又有可能发展成新的弯曲。老河道则相反，随着大量堆积物的产生，逐渐由与主流隔绝到完全断流，最终形成地理学上的"牛轭湖"，也就是常言说的"长江故道"。曾经位于江南、后来腾挪到江北的天鹅洲，就是学名叫沙滩子故道或六合垸故道自然裁弯取直形成的。裁弯取直的河道流向，强化过流能力，减轻洪涝威胁，缩短运输航程，然而，自然裁弯后往往会引起堤垸大量崩塌、河道淤塞、洪水泛滥的连锁反应，酿成新的灾害，给人民生命财产造成损失。一弯变，弯弯变，自然的事自然会发生，所谓顺其自然，也包含对不尽如人意的无可奈何，这才有万里长江最险在荆江之说。

　　不到石首，就不知道为何说，万里长江，险在荆江。

　　到了石首，才知道长江中游叫荆江的这一段，给中国第一大河流、世界第三大河流，打造了结结实实的十六个河环。

　　石首这里的荆江，不想将十六处大弯称为十六个河环的，完全可以称其为十六只巨型玉玦。十六只玉玦圈出十六片色彩斑斓的沙洲。在这些天造地设的美丽沙洲里，天鹅洲的美丽最为夺目。一九七二年七月六合垸江道自然裁弯取直后，被新的长江故道圈成的天鹅洲，生长有高等植物二百六十七种，脊椎动物二百二十三种，鱼类七十七种，鸟类一百一十五种。虽然有天鹅等百鸟来朝，先后在此设立的白鱀豚国家级自然保护区和麋鹿国家级自然保护区，才是让天鹅洲举世闻名的直接原因。

　　离春分节气还有几天，走在天鹅洲上，春天气息比别处更浓。在二〇〇八年的雨雪冰冻灾害中，被破冰船引入保护区网箱进行救治的雄性长江江豚天天领着儿子在离得不远不近的水面上往复跳跃，毫不理会经我们的手抛入水中的一条条小鱼儿，那位因饲养江豚而成为网红的朴素男子，一边说还不到喂食的时间，一边也抛下几条不被搭理的小鱼儿，证明江豚没有欺生。一同获得救护的那头名叫娥娥的雌性江豚，伤愈之后，与雄性江豚天天做了夫妻，接连生产两头幼崽。二〇二〇年六月十日，刚生下二宝的娥娥，受到雷鸣电闪的惊吓，像是得了产后抑郁，丢下幼子与夫君，做了天鹅洲上动人的传说。离开水线时，离开嬉戏不止的江豚父子，穿过几处树林，眼前出现大群的麋鹿。数了一阵，实在数不过来，问一旁的保护区工作人员，对方扫了一眼，说是有三百头左右，接着又补充说，刚才前面还有一群，比这一群更多。天鹅洲保护区这里的麋鹿有一千八百多头，眼前的三百多头，正在安逸地牧草，表面上并不在乎有人，只要有人走近一步，麋鹿群绝对会后退两步；人走上十步，麋鹿群绝对要后退二十步。当我们想进一步走近时，麋鹿们开始拉开距离，带着轻微的尘雾，消失在一条干涸的小河那边。

那天晚上，与石首博物馆不同时期的三位馆长聊他们的镇馆之宝。听我说石首有七件国宝，馆长们马上齐声纠正说只有五件，若是算上一九二八年二月贺龙和周逸群在战斗中遗失、被当地一位少年发现后藏于自家水塘中的印章等，确实是七件，可惜那两件现藏于军事博物馆。其实，我是说在石首博物馆馆藏兽面纹青铜镈、北宋白瓷盏托、明代杨溥墓志铭志盖、明代张璧松鹿纹玉带板以及战国时期原始青瓷瓿等五件国家一级文物之外，还有达到超一级的长江江豚与麋鹿。互相笑过了，又回到最想说的话题上，那一年是一九九〇年，与青瓷瓿一同出土的还有青铜鼎、青铜敦、青铜壶、青铜盘、青铜匜和青铜勺，整个就是一套居家过日子的豪华食器。依照先秦时期的规制，虽然够不上皇亲国戚达官显贵，也绝对不是一般的殷实富有。不一样的荆江独爱石首，大道通南北，富水连东西，草长莺飞、鹰击鱼翔的模样都有几分奇瑰。与三位馆长说话的落脚点还是用黑色树胶修补过的原始青瓷瓿。二十多年来，那几条貌似平常的裂纹，不知让多少考古专家疑为天外之物。或许在比三千年更早的时候就有先辈掌握了修补原始青瓷的技艺，可惜没有留下来，或者留下来了却无缘被后人发现。石首铁剑岗上出土的由当年主人亲手修补的原始青瓷瓿，毫无疑问地成了人类文明中第一件变废为宝的实物。

前次来石首时的记忆还在，五年间隔，我心已被长长的新冠疫情弄成三生三世的沧桑。相较于三千年的漫长，再来石首，验证过自己的记忆，细看那所言不谬的原始青瓷瓿，浑身的旧痕又多了些八荒八野的象征。

用十六道河环组成的荆江，令人想明白一些事，准确地说，是这些事贯穿着同一个道理。三百六十公里荆江，由上游自由散漫的河汊状，到被铁牛矶砥进狭窄河道径直地冲向几十公里外的藕池口，然后再次变换身段，摇摇摆摆，忽南忽北，像一条银蛇在蜿蜒，留下的道道河环，宛如石器时代的巨大玉玦。等到了下游的城陵矶，回眸来看，江流的每一次变化，就像三千年前先祖用黑色树胶粘补原始青瓷瓿，都是对自身目标的创造性修补。天鹅洲上上下下受着特殊保护，宛若死而复生的长江江豚与麋鹿群落，毫无疑问是对野生物种的亡羊补牢，说到底也就是对自然世界满怀悔意的一种修补。铁牛矶对面曾经有过一大群铁铸的放牛娃，在江那边的人看来，铁牛果真有神力，将万夫莫当的惊涛骇浪砥过江来，又怎么不可以用擅长对付牛们的放牛娃，撵走神牛，废掉神功？还有那些沿江抛落少年衣物以欺瞒水怪的女人，意图使水怪相信其想收去的孩子业已主动交出来了，女人的所作所为也可以看作是人妖之间的一种修补。只是这种文化意义上的修补，肉眼凡胎，既看不见，也摸不着。最能一目了然的修补是自江陵往下沿江数百个转运散装沙石水泥和煤炭的小码头，全部改为密封廊道，腾出来的江堤，种的种，植的植，成就了江南大地上以百公里计的长长的鲜花飘带，以及被鲜花飘带簇拥着的十六只历史之玦。

　　天地造物，每一件都有其深意。非要说某某东西毫无用处，往往是感知不到位。地理学上的荆江是用十六道河环组成的，人文学上的荆江分明是十六只巨大的玉玦。当年的鸿门宴，范增接连三次举起玉玦，见着的人都明白，那是催促项羽赶快决断，杀掉刘邦。《聊斋》中狐女小翠消失之时，留下一块系有玉玦的丝巾，曾经极度智障的公子元丰都能明白，小翠这是与自己诀别，再也不会回来了。绝人以玦，反绝以环。作为信物，玉玦有与人断绝关系之意；在玉器盛行的年代，君王如果将玉环赐给被逐之臣，则是意味着对方可以回来了。有着十六只巨大玉玦的荆江，象征着有史以来一次次的决断。修正的河道正如修补后的原始青瓷瓿，用新的完美，美誉新的人间。这也应了河环之环寓意，只要人们有正确的决断，美的幸福，美的富强，都会回来！

二〇二三年三月二十二日于斯泰苑

怀念一九九八

一个人行走的足迹，往往就是历史的足迹。

这是一九九八年九月下旬，我在簰洲湾写给簰洲湾的一句话。

一晃就是十八年，站在荆江大堤上，想起这句话，身后就是世间闻名的观音矶，说是世间闻名，是因为它的险。这险在枯水季节是奇葩的意思，在风平浪静的日子代表美到出其不意，一旦洪水猛兽来了，这险就连艰险都不是，而是险恶，或者是阴险。天上下着大雨，我很想光着头冒着风雨走一走，每次才走上几步，就会有同行者抢着将雨具放在我的头上。我是将荆州的雨当成老朋友，是那种在一九九八年夏天不打不相识的老朋友。

　　长江的荆江段在观音矶面前绕了一个巨大的急弯。水文站的资料说，今年雨季以来从长江武汉段开始的下游水位涨得很快，荆江这儿与平常年份差不多。水文专业上的差不多，可以理解为既不是枯水也不是洪水的相对正常的水情。在雨幕的打扮下，站在观音矶，眼前相对正常的水情也分明暗藏着滚滚杀机。

　　十八年，正好是一段青春和成长。记忆中的生龙活虎依旧是当年模样，装满记忆的脑子上面却被霜雪覆盖。一九九八年夏天的长江，活脱脱是一个恶魔，那么多的军队，那么多的人民，用了那么多的方法才最终将其制服。因为付出太多，人人都有一种死里逃生的感觉。荆州当地的一位女子说，那一年她才五岁，半夜时分，跟着大人站在街边，送别参加抗洪抢险的子弟兵时，见到大人们都是热泪盈眶，她虽然什么也不懂，也跟着大声地哭喊，像大人们一样，舍不得子弟兵们离去。

　　在那时的文章里我曾经写道："如果没有一九九八年夏天的经历，很难让人相信，一场雨竟会让一个拥有十二亿人口的泱泱大国面临空前的危险，以至于这支士兵数量几十年来一直雄踞世界首位的军队，不得不进行自淮海战役以来最大规模的战斗调动，而他们的搏杀对手，竟是自己国土上被称为母亲河的长江。在去嘉鱼的公路右侧，江水泛滥成了一片汪洋，让人情不自禁地想起亘古神话中的大洪荒。从北京来的一位资深记者告诉我，有关部门已将《告全国人民书》起草好了，如果洪水失控便马上宣告。这位记者心情沉重得说不下去，同行的人好久都在沉默不语。当我们又是车又是船地来到簰洲湾大堤上，面对六百三十米宽的大溃口，不堪负荷的心让人顿时喘不过气来。那轻而易举就将曾经以为固若金汤、四十多年不曾失守的大堤一举摧毁的江水，在黄昏的辉照下显出一派肃杀之气。这时，长江第六次洪峰正涌起一道醒目的浪头缓缓通过。正是这道溃口，让小小的嘉鱼县，突然成了全世界瞩目的焦点。正是这一点让原济南军区某师的几千名官兵在二十一小时之内奔行千里，来到这江南小县，执行着比天大还要天大的使命……"

　　嘉鱼与观音矶隔荆江而遥遥相对，那里的江堤也叫荆江大堤。

　　那里的江堤一点也不比观音矶这里安稳，因从清末以来的多次溃口，情况紧急时，就近取材，用一层芦苇一层沙土进行堵口，而后又没有清理，便将就着在这样的基础上对江堤进行加固。一九九八年夏天连续两个月的高水位将江堤内部因为这些芦苇腐烂后形成的筛子一样的空洞打通了，形成一个接一个的致命管涌。在簰洲湾时，军报的朋友送我一套迷彩服，上面挂着中尉军衔，在全部由军事记者组成的队伍里，我按军衔走在队伍的最后，直到任务结束时，领队的大校才发现这个秘密，当然，他们都说我太像中尉了。

　　中尉都是年轻人，年轻总是让人开心，让人能够想象自己还有能力没有被发现，就像一九九八年荆江两岸的士兵们最流行的有两句话：用汗水洗去身上的污垢，当一个受人尊敬的好兵；多吃点苦，将来做人有资本！

　　那一年的八月二十一日上午九点整，我正在这一支部队采访，突然来了紧急命令，才五分钟时间，五百名官兵便驱车直赴发生险情的新街镇王家月村。他们面对的又是一个罕见的管涌，它在离江堤一千五百米的水田中，直径达零点七五米，流量为零点二立方米每秒。发现它时，它已喷出一千多立方米泥沙。水田里的水有齐腰深，管涌处，离最近的岸也有几百米，而离可以转运砂石料的地方有上千米。那一带是血吸虫病疫区，五百名官兵没有一个犹豫，全部在第一时间跳进水中。我有幸与淹没在水中的稻穗一起，目睹官兵们用肉的身躯铺成了两条传送带，泡在水中，将两百多吨堵管涌的砂石料全部运到现场，直到下午两点才上岸喝水吃饭，接下来又奋战到第二天凌晨六点二十分，终于将险情彻底排除。也是第二天，所有报纸无一例外地都只让人从那句"两千多名解放军战士参加了抢险"的语言中，才能感受到曾经存在过一种超越常人的英勇。

今年的雨很大，几个小时前，水文专家从江流中取出的那罐水已变得很清了，罐底沉淀的泥沙清晰可见，说是只有正常年份泥沙含量的十分之一。这样的情境很容易让人忘记一九九八，以及历史上与一九九八相同的许许多多的一九九八。长江会不会忘记？长江当然不会回答，但长江一定会在某个特定的时刻用特定的方式，考验着过去的考验。所以，观音矶前那貌似平静与平安，是不可能无条件信任的。哪怕这江水还会进一步变清，还会进一步乔装打扮成小桥流水人家。长江就是长江，大有大的难处，大有大的变化，大有大的魅力。我崇拜这样的长江，哪怕她会在不经意间给世界带来巨大的麻烦。

二〇一六年六月八日于岳阳

迷恋三峡

再次来到三峡。

这是第几次来到这里，很难记得清楚了，唯一清楚的是每一次与三峡相逢，都是一次情怀与思潮的碰撞。

长江一万里，大岭九千重，能奔涌的自然奔涌而来，会伫立的当然相守相望。还有一万一万又一万，像我这样的人，毫不吝惜从青丝到皓首的光阴，一次又一次乘风而来，看不够满江的桃花汛；一回又一回顺水漂泊，拥抱起漫天红叶而归。

来到三峡的方式越来越快捷，拥抱三峡的方式越来越舒适，以最熟悉的武汉为另一个点，将三峡连接起来的时间，即便是从汽车时代算起，也有了从漫长的两天两夜，到如今的只需三四个小时的巨大变化。在这种改变的过程中，从三峡工程截断亘古江流至今的时间算起来也一点不长，很奇怪曾经冷冰冰的山一样、海一样的钢筋混凝土建筑物，竟然悄无声息地从我这里获得了某种感情。

对三峡的迷恋无外乎那举世无双的山水，以及想看透与这得天独厚的山水密切相关的现代化工程的计划与实施。因为来得太多，因为来得太多生发的深情，因为深情而对天赐山水肯定会消失的惆怅，因为惆怅太多，必须排遣而又无法排遣，所以只能使用天赐的抱怨为出路。可以想象的原因还有一些。这一切原因都还看得见摸得着，哪怕有少数原因淡忘了，也还在记忆的边缘小心翼翼地游走。

我的小猫小狗一样的童年，我的海枯石烂不可改变的日常起居吃喝口感，我的审美趣味，我的思哲基点，我的视野偏好，我的话语体系，我的一切构成生命的非物质元素，早就决定着我会将个人立场建立在纯粹自然一边。比如我是那样讴歌，只生长于老青滩岸边的香也香得醉人、甜也甜得醉人的桃叶橙，本是普通的几株果苗，偏偏遭到雷击，枯了半边，活了半边，然后就变异出世无再有的果中极品。比如我是那样抒情，只生长于老归州外鸭子潭中的桃花鱼，本是昭君出塞前洒在香溪中的一滴泪，年年江水涨起，淹得无踪无影，再大的江水只要退去，那婀娜多姿的桃花之鱼依旧从雷霆袭过、龙蛇滚过、恶浪翻过、洪峰漫过的江底飘然而至。比如我是那样惊叹，年年桃花汛期，那些要去金沙江产卵的鱼群，冲不过江中的急流，便聪明地沿着江边礁石阻击后的细水缓流向上游进，更聪明的三峡儿女，排着队站在细水缓流旁，轮番上前用手里的渔网舀起许多健硕的鱼儿，再用这些鱼儿晒满两岸的江滩。比如我是那样敬畏，江边那被炭火熏得漆黑的老石屋，比老石屋还黑的老船工，至死不肯去儿子在县城的家，只要说起现在的江、现在的船，老船工就会生气地大声嚷嚷，这叫什么江，这叫什么船，一个女人，一边打着毛线，一边飞着媚眼都能开过去，这不是江，也不是船！老船工的船是必须手拿竹竿站在船头的船，老船工的江是船工手中竹竿在礁石上撑错半尺就会船毁人亡的江。比如我是那样赞美，一排排船工逆水拉着纤绳，拖着柏木船不进则退，退则死无葬身之地时，那些被称为滩姐的女子，一边唤起船工的名字，一边迎上前去，挽着某位船工的臂膀，助上一臂之力，等到柏木船终于驶过险滩，那些滩姐又会挽起船工的臂膀，款款地回到自己的家。这些旷世的奇美，早已被钢筋混凝土夺走了，砌在十万吨现代建筑材料的最深处，见过的人还能有些记忆，没见过的人纵使听得倾诉一百遍，也是枉然。

站在我站过多次的神话般世界最大的船闸旁！

站在我站过多次的高高的坛子岭上！

站在我站过多次的巨大得令人震惊的大坝坝顶上！

站在我站过多次的亿万年沉潜江底的岩石旁！

我真的太惊讶了，大江流水，高山流云，一切都在蓝天朗日之下，我居然对用三千亿人民币打造的三峡工程有了一份由衷的感情。

好像只是回眸之间，亲爱的三峡，也许是经历了太多的流言，才使人想为她抱一点不平。循着长江大桥、长江二桥、二七长江大桥、白沙洲长江大桥和天兴洲长江大桥下从未有过的清得可以的江水，再一次来到三峡，是

● 西陵峡口

九天来水驯化了钢筋混凝土的庞然大物，或者是钢筋混凝土的庞然大物习惯了九天来水，年年一二月份，这仿佛天作之合的大坝与水，就会千里奔驰到上海，去挤压从东海涌入的咸潮。三四月份，这温情之水又会加大流量去温暖万里长江的每一朵浪花与漩涡，让每一条怀春的鱼儿早些做那繁衍后代的准备。进入雨季，要做的事谁都知道。防完洪水，就该满负荷发电了。接下来的冬季，当美丽的洞庭湖太过干涸，当鄱阳湖露出湖底石桥，便是最多流言攻讦的时候，殊不知往年这种季节长江过水流量不过两千几百立方米每秒，亲爱的三峡为了保证通航，经过补充调节水量达到五千几百立方米每秒。这比自然还温馨的种种，真个配得上人称亲爱的情感。还要为左岸电站那十四台①国内制造份额达百分之五十以上的七十万千瓦水轮发电机组而感动，不只后来的右岸电站八台同等量级的发电机组完全由中国工厂自己制造，还以此为基础制造出世界上还没有谁能造出来的更大的水轮发电机组。

①三峡工程左岸十四台机组国内制造份额达到百分之五十以上，其中，后四台机组由哈尔滨电机厂和东方电机股份公司为主制造。

　　我对三峡的亲爱的感情，还源于自己十八岁时，受县水利局委派主持修建一座名叫岩河岭水库的小水库所学到的专业知识，当全世界的自媒体都在疯传三峡工程面对战争可怕后果的威胁时，我知道那是不可能的，哪怕是二十万吨级的原子弹直接命中大坝坝身，三峡之水也不可能像自来水那样直接冲击到武汉与上海，亲爱的三峡更准确地告诉我，最坏的结果是，那些溃坝后产生的洪水会在枝江县城以上形成新水库，然后，那水就会沿着长江河道，继续由万里长江第一洲的百里洲分成两股江水，依着千万年来的习惯，流向下游。

　　我曾经发现三峡的可爱，如今再次发现三峡的可爱。

　　人总是如此，一旦发现，就会改变。不是改变山，也不是改变水，而是改变如山水的情怀，还有对山水的新的发现。

二〇一六年六月六日于宜昌

真理三峡

　　对三峡的神往总是每个男子汉的梦想。在许多年里，我和许多人一样，饮着或没有饮着长江水，都要想象上游奇妙的所在。曾经无法意识男人与三峡的相逢，实在是生命中不可回避的毕生缠绕与碰撞，只以为那是一处美丽，一处风景；而不知那是人生中一次至关重要的约会，一次生命的相邀。也曾经许多次错过对三峡的拜访，那是因为自己总在想以后还会有机会的。那些邀我的人都为这种错过一次次地惋惜。我也浑然不觉这一切都是冥冥之中的定数与安排，一如浅薄地对他人说，长白山天池、神农架草甸、青岛海滨可以作为弥补。待到时光终于将我推到三峡面前，我才大悟恍然，明白自己先前的错过是多么幸运,而别人的惋惜马上显出那对命运的无知。感谢上苍!三峡于我现在是一种朝拜,一种洗礼。在往后的人生中,此番朝觐当会受用无穷。

还不到深秋,红叶只是星星点点。半坡枯草,半江冷水,半山风阵,映衬着偶尔跳跃而出的娇艳,愈发让人沉醉难释。

置身船的水上、车的地上和脚的山上,无论是凝固的还是流淌的三峡,都在我可望而不可即的高处。每一次凝眸对视,最终都让人羞愧地低下了头。我似乎才知道,三峡是无人能懂的。人说是刀削斧砍的连绵绝壁,何如对它的轻蔑;人说是牛肝马肺的峡谷怪石,何如对它的糟践;人说是神女的大岭雄峰,何如对它的猥亵。我只读懂了人们的不懂,余下的也是一派迷茫。我猜测过,那林立如织的绝壁会不会是谁家男人摊开了的意志坚强?我也曾揣摩,那银光泛泛的浪滩碧影幽幽深潭会不会是哪个女孩长久蕴含着的情愫绵绵?这些念头一旦萌生,我就发觉自己的无可救药。能及时地对三峡说声对不起,行吗?然后仍要继续往下怀想:三峡是永恒生命的一处波澜,三峡是灵魂流浪的一次垒砌，三峡是用每一个人的血与肉做成的，它不相信思想与智慧，唯一仰仗的是情爱、仁慈与激越。不如此，又怎能千万亿万地年年不老，岁岁春华。

从没感受到山与水如此地交融一体，而不显半点勉强。依恋是依恋，牵挂是牵挂，映衬就是映衬，碰撞就是碰撞。山让人呼喊坦然，呼喊雄奇；水让人吟咏沉静，吟咏纯美。我不好形容这是天作之合。

三峡或许根本就不在意这些，它一直冷冷地看着我和我们，仿佛在心里说这就是那些总在张扬着一得之愚的人吗？三峡就是这么随意地说出一个个世间的真理来，它面对的只是一个个生命，一篇篇爱情。它不面对功名或功业，哪怕它们也能指向千秋。功名也好，功业也好，都是它身上的秋叶，有的红了，有的黄了，有的落了，而经年的已化作泥土了。人世的忙忙碌碌确实很俗气，甚至想到要将一些人的才华镂刻在三峡上。三峡不在意，它不痛苦也不欢喜，就像一只小虫忽然在身上歇了一下脚。倒是后来人一场场地感到汗颜，如同自己在玷污它。用那万劫不灭的岩之躯，三峡对每个人做着生命沧桑的见证。

再用那空谷流云的思的犁，复对我们诉说热爱其实是一座看不见但感觉得到的高山，对她的攀登可能更难更难，因为她没有路，无论什么形式的途径都没有，唯有用心情步步垫起自身。

在险峰与断崖之畔，三峡向我们陈列着昔日山与岭的碎骨遗骸。挺立着的是生命，烟飞烟散陨灭了的弃物也曾是生命，正是因为各种各样的毁灭，才诞生了不得不作为风景的雄伟。不经意的三峡真理，藏在岩缝里。岩猴将它抓起来，塞进嘴里，填起鼓囊囊的腮帮。别处的真理，特别是思想家的真理能够这样吃吗！大山大岭，大江大水，大风大气，浩荡而来的三峡本该是天赐的精神。山有山言，水有水语，问题是我们如何体验、如何学习对它的参悟。

作为人，我们真小气！面对三峡，这是唯一正确的认识。

一九九六年十一月三十日于宜昌

人性的山水

　　夏天带给一个人的最大变化是性情。有冷雨也好，没有冷雨也好，只要是夏天，谁敢说自己的情绪仍旧一如秋天的浪漫、春天的激荡？只有山水如是！在山水面前，人的夏季，如同穿过空谷的清风，用不着躁动的喧嚣，也用不着迷惘的委顿。峰峦上厚厚的绿，是一种难得的沉思，流响中潺潺的清，则是一番久违的行动。正是因为这样的夏季，让我由衷地想到，假如没有那个独立于人类许多遗憾行为之外而延续自然意义的九畹溪，人性的范畴，或许就要缺少一些季节。

　　已经发生的记忆里，长江三峡是不会不存在的。几年前，由于长篇小说《一棵树的爱情史》的写作经历，我曾多次出入于此。这样的写作，总会让我理解许多文字以外的存在与不存在。譬如那座只存在于历史与记忆中的三峡，除了多多少少的传说还能让我们闭目徜徉，扪心向往，所有正在使人亲眼看见、亲临其境的风景，早已成了人与自然共同拥有的一份无奈。在历史中读三峡，是何等伟大，何等雄奇！曾经的水是无羁的，曾经的江是魔幻的，曾经的峭壁敢于蔽日问天，曾经的男女惯于驾风戏浪。真正的三峡是有生命的——只有当我们察觉到这一点时，这种自然风采中的俊杰，才会通过一个个心灵通向永恒。只可惜，昔日一次次咬断船桅的活生生的浪头，在现代化的高坝面前无可救药地变得平淡无奇。只可惜，昔日一场场考验男性胆略女性意志的水道，在迈向平庸的舒适里心甘情愿地消沉了自我。空荡的水天上，只有去那遥远得早已看不见摸不着的境界，才能聆听浩浩荡荡的桡夫们的歌唱。繁茂的世界里，任我们如何深情搂抱那如神迹的纤夫石，也无法感受到所有滩姐都曾留下过的怀抱的温暖。

宽厚的过去文化，孕育了幼小的现在文明。渴望成长食欲过盛的现在文明，反过来鲸吞作为母体的过去文化。历史的老人，为什么总是以这样的方式来教导青春年少的时代？

一直以来，我用我的写作表达着对失去过去文化的三峡的深深痛惜，并试图提醒人们，眼际风平浪静波澜不惊的三峡，在人性的标准中，是深受怀疑的。不管有没有人附和，我都要坚持。这是一种人文操守，也是不可或缺的人文责任，哪怕它何等的不合时宜！我的多年的情绪，直到那条注入西陵峡、名叫九畹溪的河流被发现，才得以平缓。平心而论，这条河流能够完好如初地保留至今就是奇迹。这样的奇迹出现在时时刻刻都有人文的和非人文的景观灭绝的今天，本身就能获得不可磨灭的意义。三十六里长的有情之水，用那三十二滩急速的飞泻，张扬着仿佛已在山水间绝迹的豪迈。还有三十二潭满满的温柔。很显然，如此盈盈荡荡，早已不是一条溪流与生俱来的，那所有的承载更多是从不远处大壑大水中移情而来。

人文情深，天地当会浓缩。若思三峡，当来九畹。乘一瀑清泉，飞流直下，耳畔时时飘来古韵民歌，还有哪里找寻得到？这样的时刻，沉浸其中的人性，才是最有幸的。

直接地，赤裸地，狂放地，在自然界最有魅力的一侧面前，作为人，除此还能做什么呢！虽然有些小巧，虽然有些玲珑，对于早已习惯今日生活的人，怀着对三峡的情思，享受着九畹的仅有，除了感官的满足，还应该不能忘记：这一切全是我们的幸运！

二〇〇二年六月十四日于东湖梨园

九寨重重

有些地方，离开自己的生活无论有多远，从这里到那里又是何等的水复山重不惊也险，一切十分清晰明了的艰难仿佛都是某种虚拟，只要机遇来了，手头上再重要的事情也会暂时丢在一边不顾不管，随他三七二十一地要了一张机票便扑过去。重回九寨沟便是这样。那天从成都上了飞往九寨沟的飞机后，突然发现左舷窗外就是雪山，一时间忍不住扭头告诉靠右边坐着的同行者，想不到他们也在右边舷窗看到了高高的雪山，原来我们搭乘的飞机正在一条长长的雪山峡谷中飞行。结束此次行程返回的那天，在那座建在深山峡谷中的机场里等待时，来接我们的波音客机，只要再飞行十分钟就可以着陆了，大约就在这座山谷里遇上大风，而被生生地吹回成都双流机场。有太多冰雪堆积得比这条航线还高，有太多原始森林生长在这条航线之上，有太多无法攀援的旷岭绝壁将这条航线挤压得如此容不得半点闪失。也只有在明白这些以壮观面目出现其实是万般险恶的东西之后，才会有那种叹为观止的长长一吁。

几年前，曾经有过对九寨山地一天一夜的短暂接触。那一次，从江油古城出发，长途汽车从山尖微亮一直跑到路上漆黑才到达目的地。本以为五月花虽然在成都平原上开得正艳，遥远得都快成为天堂的九寨之上充其量不过是早春。到了之后才发现，在平原与丘陵上开谢了的满山杜鹃，到了深山也是只留下一些残余，没肝没肺地混迹在千百年前的原始森林和次生林中。我看见五月六月的九寨山地里，更为别致的一种花名为裙袂飘飘。我相信七月八月的九寨山地，最为耀眼的一种草会被称为衣冠楚楚。而到了九月十月，九寨山地中长得最为茂密的一定会是男男女女逶迤而成的人的密林。

我明白，这些怪不得谁，就像我也要来一样。天造地设的这一段情景，简直就是对有限生命的一种抚慰。无论是谁，无论用何种方式来使自身显得貌似强大，甚至是伟大，可死亡总是铁面无私地贫贱如一，从不肯使用哪怕仅仅是半点因人而异的小动作。所以，一旦听信了宛如仙境的传闻，谁个不会在心中生出有生之年莅临此地的念头？每一个人对九寨沟生出的每一个渴望，莫不是其对真真切切仙境的退而求其次。谁能证明他人心中的不是呢？这是一个自问问天仍然无法求证的难题。千万里风尘仆仆，用尽满身的惊恐劳累疲惫不堪，只是换来几眼风光，领略几番风情，显然不是这个时代的普遍价值观，以及各种价值之间的换算习惯。以仙境而闻名的九寨山地，有太多难以言说的美妙。九寨山地之所以成为仙境，是因为有着与其实实在在的美妙数量相同、质量相等的理想之虚和渴望之幻。

九寨沟最大的与众不同，是在你还没有离开它时，心里就会生出一种牵挂。这种名为牵挂的感觉，甚至明显比最初希望直抵仙境秘密深处的念头强烈许多。从我行将起程开始，到再次踏上这片曾经让人难以言说的山地，我就在想，有那么多的好去处在等待着自己初探，却要在这么短的时间里重上九寨山地，似这样需要改变自己性情和习惯，仅仅因为牵挂是不够的。人生一世，几乎全靠着各种各样的牵挂来维系。其中最为惊心动魄的当数人们最不想见到，又最想见到的命运。明明晓得它有一定之规，总也把握不住。正如明明晓得在命运运行过程中，绝对真实地存在炼狱，却要学那对九寨山地的想象，一定要做到步步生花寸寸祥云滴滴甘露才合乎心意。

牵挂是一种普遍的命运，命运是一项重要的牵挂。与命运这类牵挂相比，牵挂这片山地的理由在哪里？直到由浅至深从淡到浓，用亲手制作的酥油搽一辈子，才能让脸上生出那份金属颜色的酡红，与玉一样的冰雪同辉时，于心里才有了关于这块山地的与美丽最为接近的概念。

再来时已是冬季。严冬将人们亲近仙境的念头冰封起来，而使九寨沟以最大限度的造化，让一向只在心中了然的仙境接近真实。冬季的九寨沟，让人心生一种并非错觉的感觉：一切的美妙，都已达到离极致只有半步之遥的程度。极目望去，找不见的山地奇花异草，透过尘世最纯洁的冰雪开满心扉。穷尽心机，享不了的空谷天籁灵性，穿越如凝脂的彩池通遍脉络。此时此地与彼时此地，相差之大足以使人瞠目。从前见过的山地风景，一下子变渺小了，小小的，丁点儿，不必双手，有两个指头就够了，欠一欠身子从凝固的山崖上摘下一支长长的冰吊，再借来一缕雪地阳光，便足以装入早先所见到的全部灿烂。

人生在世所做的一切，后果是什么，会因其过程不同而变化万千，唯有其出发点从来都是由自身来做准备，并且是一心只想留给自己细细享受的。正是捧着这很小很小，却灿烂得极大极大的一支冰吊，我才恍然悟出原来天地万物，坚不可摧的一座大山也好，以无形作有形的性情之水也好，也是要听风听雨问寒问暖的。从春到夏再到秋，一片山地无论何等著名，全都与己无关。山地也有山地的命运，只是人所不知罢了。前一次，所见所闻是九寨沟的青春浮华。不管有多少人潮在欢呼涌动，也不管这样的欢呼涌动，会激起多少以算术级数或者几何级数增长的新的人潮。在这里，山地仍然按照既有的轨迹，譬如说，要用冬季的严厉与冷酷，打造与梦幻中的仙境只有一滴水不同、只有一棵草不同、只有一片羽毛不同的人迹可至的真实仙境。

　　人与绝美的远离，是因为人类在其行进过程中越来越亲近平庸。能不能这样想，那些所谓最好的季节，其实就是平庸日子的另一种说法。不见洪流滚滚激荡山川的气概，就将可以嬉戏的涓涓细流当成时尚生活的惊喜。不见冰瀑横空万山空绝的气质，便把使人滋润的习习野风当成茶余饭后的欣然。当然，这些不全是选择之误。天地之分，本来就是太多太多的偶然造成的。正如有人觅得机会，进到了众人以为不宜进去的山地，这才从生命的冬季正是生命最美时刻这一道理中，深深地领悟到，山有绝美，水有绝美，树有绝美，风有绝美，在山地的九寨沟，拥有这种种极致的时刻已经属于了冬季。

　　　　　　　　　　二〇〇七年三月十八日于东湖梨园

铁的白

不管走到哪里，我都不愿改变在离开故土之前就已经刻骨铭心的那些称谓。每年的五月，纸质的、电子的传媒都在那里说，杜鹃花开了，而在口口相传的交谈中，大家还会说映山红开了。而我，不管走到哪里，不管有没有此类一路从南方开到北方的花，一旦必须表达这些意思时，我都会坚决地使用一个在多数人听来极为陌生的名词：燕子红。

我的燕子红盛极而衰时，涪江边的杜鹃花也开过了。

平原的川北，丘陵的川北，高山大壑的川北，地理上的变化万千，映衬着一种奇诡的沉寂与安逸。插秧女子的指尖搅浑了所有的江河，数不清的茶楼茶馆茶社茶摊，天造地设一般沿着左岸席卷而去，又顺着右岸铺陈回来，将沉沦于大水中的清澈清纯清洁清香，丝丝缕缕点点滴滴地品上心头。相比牵在手中的黄牛与水牛，驾犁的男人更愿意默不作声，毫不在意衔泥的燕子一口接一口地抢走耕耘中的沃土，这种季节性失语，其关键元素并非全由时令所决定。多少年前，那个来自北方的大将军邓艾，以三千残兵偷袭江油城，守将要降，守将之妻却主战，流传至今，已不只是一方沧桑碑文。后来的蜀国只活在诸葛亮的传说中，而不属于那个扶不起来的刘阿斗。后来的江油同样不属于那个献城降敌的守将，让人铭记在心的是那嫁了一个渺小男人的高尚女子。男人犁过的田，长出许多杂草的样子，并不鲜见。女子插秧，将生着白色叶茎的稗草，一根根挑出来远远地扔上田埂，是良是莠分得一清二楚。

在川北，我总觉得温情脉脉的女子在性别区分中更为精明强干。

一个男人说：花好月圆。

一个女人答：李白桃红。

男人又说：水冷酒一点两点三点。

女人又答：丁香花百头千头万头。

转回来轮到女人说：三层塔。

不假思索的男人说：七步梯。

这个女人却说：别急，我还没有说完——三层塔数数一层二层三层！

恃才傲物的男人目瞪口呆半天才说：七步梯走走两步一步半步！

惹得旁观的人一齐哄笑起来。

男人叫李白，后来曾让唐朝皇帝的宠臣高力士亲手为其脱靴。

女人是他的妹妹李月圆，后来无声无息，只留下一抔山中荒冢，一片白如细雪的粉竹。

流传在江油一带的故事说，为了安抚时年尚幼的李白，父亲出了一副对联："盘江涪江长江江流平野阔。"李月圆和李白分别对上："匡山圌山岷山山数戴天高。""初月半月满月月是故乡明。"后人都知道，李白将自己的毕生交付了诗，又将诗中精髓交付了月亮。此时此刻，在民间最喜欢用来彰显智慧与才华的对联中，男人李白又一次输给了女人李月圆。

到达成都的那天上午，赫赫有名的四川盆地被五月份少有的大雾笼罩着。出了火车站，等候多时的一辆桑塔纳载着我迅速驶上通往绵阳的高速公路。那一年，也曾走过这条路，去探望在川北崇山峻岭中的某个军事单位里当兵的弟弟。行走在那时候的艰辛完全见不到了，于疲劳中打了个盹，一个梦还没有开头，便在属于江油市的青莲镇上结了尾。"李白就出生在这里！"将一辆桑塔纳开得像波音 737 一样快的师傅伸出右手指了指出现在眼前的小镇青莲。那一瞬间，犹豫的我想到一个愚不可及的问题："哪个李白？"我在心里三番五次地打听。司机与李白的妻子同籍，都是湖北安陆人，所说的每一个字都在乡土与乡情的热潮中浸泡了许久。几天后，一位大学毕业后回江油做了导游的女孩，用一种比历史学家还要坚定的口吻说："李白出生在我们这儿，大百科全书上就是这样记载的，郭沫若的判断是错误的。"差不多从第一次读唐诗时开始，凡是比我有学问的人全都众口一词地说，李白出生在西域小城碎叶。如果用国际上通行的籍贯认定法，李白应该是哈萨克斯坦人，而不是中国人。曾经被称为在此方面最具权威的郭沫若先生并不是唯一者，现今备受学界尊崇的陈寅恪先生，也是此种论断的始祖级人物。江油人非常相信哪怕是学富五车的郭陈二位，面对浩瀚史学典籍，也会有力所不逮之处。他们所列举的古人名篇中，的确不乏自号青莲居士的李白其出生地亦是小镇青莲的白纸黑字。作为后来者，自然法则让我们与生俱来地拥有可以站在前人肩上的巨大优势。所以，面对前人的局限，任何贬损都是不公正的，我们所看到的前人错谬，应该是前人伟业的一部分。没有前几次的探索，江油人也不会有现在的理直气壮，说起那个跟着丈夫来江油避难的西域女子，在江油河边洗衣服，一条鲤鱼无缘无故地跳进她的菜篮，夜里又梦见太白星坠入腹中，随后便生下李白的故事，仿佛是那刚刚发生的邻里家常：还记得鲤鱼是红色的，嘴上有两条须，沾了水后在阳光下白闪闪的，一如后来李白诗中不同长者的白须白发！又记得拖着长尾巴的太白星，初入母亲怀抱时是凉飕飕的，一会儿就转暖了。这种来自天堂的温情，致使李白的生命从受孕的那一刻开始，就注定了自觉自洁的自由之身。

五月是一种季节！五月是一种灿烂！那一块块依山

而建，有清风明月碧树新花相随的青石，因为李白的诗篇而熠熠生辉。阳光下碑刻的影子很小很小，诗魂的覆盖很大很大，弥漫着越过高高的太白楼，锵锵地归落到握在石匠手中的铁钎上。几乎在同一时刻，同行的众人一齐记起，多少年前，那位蹲在溪流之上，立志要将手中铁棒磨成绣花针的老太婆。天边飘来一朵无雨的白云，山上开着无名的白花，水里翻涌清洁的白浪，假如传说无瑕，贪玩逃学的少年李白则是何其幸运，再不发奋，岂不是天理难容！在铁棒一定可以磨成针的真理之下，并非必须将铁棒磨成针。铁越磨越白，铁棒越磨越细，醉翁之意不在酒，一头白发苍苍的老太婆不经意间就将与铁毫不相干的李白，磨成能绣万千锦绣文章的空灵之针。磨成针的李白自江油起一发不可收，去国数千里，忽南忽北，走东往西，足之所至，诗情画意千秋万载仍在人间涌动。那位老太婆，有谁还记得她的模样、她的姓名、她的伟大与不朽？一如隐藏在茫茫川北的小镇青莲——造就了诗词的盛唐，却被盛唐的诗词所埋没；造就了唯一的李白，却被李白的唯一所争议。有一种伟大叫平凡，有一种不朽叫短暂，一个人的笔墨总会是万千乡情的浓缩，一个人的永恒一定是无数关爱的集成。白发三千的老太婆想必是一位熟识人性的老母亲，对她来说，母爱是最容易被记起，也最容易被忘记的，此中道理与阅历一定被她早早经历过了。

又是一个女子！从童年到少年再到青年，一样样的女子每每在生活中所起的作用，当是决定李白一生一世以轻灵飘逸为诗风诗骨的某种关键！

"江油南面三十里处的中坝是川北商业汇集的地方，有小成都之称，从青杠坝出发向江油前进的七十里路程中，尽是平坦地带，种满了一望无际的罂粟，五颜六色的花朵，争芳斗艳，确是美观。这是入川后所看见的最大幅的罂粟地，良田美地上，竟为毒物所占用，不免感慨系之。"这是张国焘在回忆一九三五年率部进攻江油时所写的一段文字。当地人也说，当年川北的富庶完全在于有鸦片的种植与收获。在罂粟妖冶的迷惑面前，我很奇怪自己竟然游离了文学惯有的描写，不再习惯于用罂粟来形容某些女子，显现在思绪里的全是那些坐在茶馆里吸食鸦片，或者宁可扔掉刀枪也不肯放下鸦片烟枪的旧时川地男人。

虽然罂粟与鸦片是外来的，李白那时还没有这类美艳的毒物，却丝毫没有妨碍川北男女在李白诗词之外的人生中分野出高下。阅读李白，满篇不见川北女子，满篇尽是川北女子：眼睛一眨，便会遭遇李月圆的温良；心灵一动，磨针老太婆的恭俭就能扑面而来。

铁因磨白而使成材，路因踏白而被行走。

没有磨白的铁是废铁，没有踏白的路是荒径。

那些没有载入李白诗篇中的川北女子却无损毁，一如既往地生活在以小镇青莲为诗意起点的整个川北大地上。就像李白以画屏相称的窦圌山，我所看重的不在于其诡其异，而是那朗朗如白雪的云。又像行走在当年李白求学匡山的太白古道，亦不在于那峥嵘崎岖，只想重蹈此中特有的于泥泞中自净的洁白山光。

宛如燕子红与杜鹃花、映山红，这样的山，我的乡土中也有，这样的路，我的乡土中也有。这样的山和路，人人都应拥有。

二〇〇四年五月三十一日于东湖梨园

洪　痕

宜昌往上一千公里，万里长江的这一段，有一个受人喜爱的名字：川江。

川江的传说能让人听疯掉。

川江的号子更让人爱死了。

长篇小说《一棵树的爱情史》写作的前前后后，曾经在川江的上水、下水、左岸、右岸，反反复复地走，来来回回地渡，多年以来，每次有机会重新面对这些，除了感怀还是感怀，失去纪念还有更多纪念。

只要来到了，如果是秋天，我就会问一切能够让我问的人，知道桃叶橙吗？或者换一种语气问，听说过桃叶橙吗？对方当然不明白，因为那是川江流进三峡后，在那名叫青滩的去处由上天奉送的宝物，不只是甜蜜可人，女子揣在怀里，那种香气更能引出与世无争的别样娇媚。

此时此刻，春意简直到了浓妆艳抹的地步。站在川江也即是长江和嘉陵江交汇处的江滩上，满河床的浑圆砾石，像牡丹的就像牡丹，像玫瑰的就像玫瑰，像杜鹃的就像杜鹃，像桃红李白的也都敢于在油菜花尽数凋谢的五月里继续像那桃红李白。江水与砾石之上的朝天门本来就是长江叫作川江后，所任性绽开的物我奇葩。

我坚持用纪念的姿态问，江边巨石上站着的那些人，手里拿着蜻蜓网往水里一下接一下地舀是干什么？隔了多少山，隔了多少水，终于有寸滩水文站的人作了回应：那是在舀鱼。川江水流急，每到产卵季，许多的鱼儿就要拼死拼活地去到更上游的地方产卵，中流水更急，鱼儿们只能将水边流速缓慢的地方作为洄游的途径。在三峡那个叫青滩的地方，曾经是川江最著名的舀鱼场所。当年，青滩人在青滩上舀的鱼儿，铺满了整个青滩。寸滩这儿三个小时里舀到三斤鱼儿就是一件乐事，顺水向下五百里就是青滩，那里的人曾经像排队买票与购物那样，拿着舀网，轮流上前，冲鱼儿们的必经水路，每人舀上十网，就这样加上排队的时间，三个小时就能舀上三百斤鱼儿。

因为纪念，这些几乎消失了。

既知道舀鱼传说，也知道舀鱼事实的寸滩，本身就是川江上数不清纪念的纪念。

如果仅仅是传说，寸滩就只能在传说之外。

如果仅仅是事实，寸滩同样只能在事实之外。

八百里川江流了十万个十万年，用来传说的泄滩、青滩、崆岭滩等三大险滩中没有寸滩。那些著名的奇滩：石牌、喜滩、水田角、渣波、马屁股、珍珠滩、白洞子、獭洞滩、上羊背、小崆岭、射洪碛、小青滩、锯齿滩、冰盘碛、下石门、乌牛石滩、方滩、碎石滩、叱滩、真武碛、上石门、螃蟹岬、王保溪、大八斗、牛口滩、晒花碛、青竹标、火焰石、刀背石、屠龙石、下马滩、宝子滩、油榨碛、铁滩、黑石滩、太子角、老关嘴、滟预堆、臭盐碛等，每一座滩都是实实在在的，其中也没有寸滩。

这样一个寸滩，偏偏记录了川江所有的纪念。

水做的川江用水文纪念。

人做的川江用人文纪念。

● 寸滩水文站近处桃花汛到来之前的江底

　　行走在水边，眺望寸滩的高处，那里的山坡上竖着一块石碑，碑面上刻着一道红红的横线，并清楚写上：一九八一年七月十六日，高洪水位一百九十一点四一米。其纪念的是自一九三九年新建水文站后所记录到的最高洪水位。

　　或许正是给历史留下这道洪痕的那一年的那一天，一艘木船停泊在远比寸滩凶险的小青滩上游，等待第二天早上洪水退后继续下行。木船停靠在江湾旁的一片树林里，一夜过去，江水果然退了许多。早起的船工正在船上做饭时，一条江鳗不偏不倚正好跳进锅里。船工正高兴天赐一锅好鱼汤，又有一条江鳗用同样的方式跳进锅里。等到第三条江鳗跳进锅里后，船工才想起来抬头往高处看，骤然发现树梢上挂着一具腐尸，昨夜的涨水虽然退了，随涨水漂到树梢上的腐尸却留下来，那些江鳗正是从腐尸肚子里掉下来的，而不是从江水里跳上来的。川江的传说不全是恩赐，川江的恩赐也不全是传说。川江赐我一部《一棵树的爱情史》，同时也如说与此事的那位老船工所言，这辈子我注定再也吃不下半口江鳗肉，再也喝不下半口江鳗汤。

　　昼夜涨落十几米、最多达二十几米的川江，活脱脱就是为着呈现灵魂的纪念与纪念的灵魂。

　　寸滩之上，横跨江空的钢索用那系在江流最深处的偌大铅鱼儿，纪念那些碗口大小的砾石，如何沉底潜移、随波逐流，将小溪意志，远送到大河，成就天涯气象。川江之上，越是著名的险滩，消失得越是彻底。独自坚守的寸滩，不是为了江上的丰富，也不是为了两岸的秀逸。在江流中的铅鱼儿凭着江底推移的卵石，辨别河道的冲淤变化，并代替历史判断川江的命运。

二〇一七年五月三日于重庆

问　心

　　喜欢虽九死其犹未悔之人。无论是历尽坎坷或者阅尽春色，都矢志不移，不朝三暮四，不朝秦暮楚，不得陇望蜀，将一点理想初恋般怀抱在心不离不弃，这样的人当是极品。

　　喜欢虽九死其犹未悔的人生。不管有多么沉重抑或是旷世艰险，仍探索前行，宁愿为玉碎，不坠青云志，更无折腰时，将一片草叶珍珠般善待在日子里，哪怕饥寒交迫也不屑嗟来之食，如此人生可以颂为经典。

　　天下山水，端坐着看像人，站起来再看就成了人生。

　　天下草木，阳光下看像人，月亮升上来后再看就成了人生。

那些用山水草木千万年堆积起来的地方，各有各的雄奇，各有各的妩媚，唯独被峨眉山挡在身后，被青衣江揽在胸膛的那个去处，令人意外地拥有自己的叫法。

置于山巅的地方，哪怕与云彩相近总是很小。在水一方的偏安，虽然有柳暗花明可咏叹，到底难成气象。

偏偏这世上山与山不一样，水与水难得相同。比如八十一泉眼、七十二飞瀑、二十四溶洞曾令陆游心怡成诗："山横瓦屋破云出，水自祥牁裂地来"的瓦屋山。比如让苏轼感怀"江南春尽水如天，肠断西湖春水船。想见青衣江畔路，白鱼紫笋不论钱"的青衣江。有此恩宠，此山此水也就叫了洪雅。

想一想，用山水砌成的小地方，逢水就有供旅行者与过路人往来的义渡，逢山便有接济采药人和狩猎者充饥御寒的义舍。这洪雅二字实是最好的梦想与写实。

刁窗、飞天、打神、戏仪、杀奢、扫松、拦马、夺棍、归舟、秋江、思凡、情探、访友、追鱼、画皮、药王。这些雅词是流传在洪雅山水田园之间的民间戏曲名目。谁能料到，在被山水遮蔽得严严实实的一处小镇上，那户姓曾的人家，为着这些民间妙曲，居然在自家宅中建了三座戏楼，即便是富甲京城的大观园中也不曾有过这样的讲究。进大门第一座戏楼上的演出是给外人和用人看的，戏楼上有对联：别只唱风花雪月，最好演孝子忠臣。而内宅戏楼专供主人那位名叫红樱桃的爱妻看戏，所以戏楼上的对联变为：没辜负花好月圆歌金缕，且闲将红牙檀板唱太平。虽然内外有别，而且诗联品相与《红楼梦》中最偏院落中的词话相比都有差距，终归属于山野中别样风雅。

做了洪雅之地，最苦之药黄连也有了别致的称谓。《本草纲目》记载：黄连，唯取蜀郡黄肥而坚者为善，今虽吴蜀皆有，唯以雅州、眉州者为良。而后来的《新编药物学》更是记述：黄连产于四川、陕西、云南、广西、湖北等地，以四川洪雅所产最为著名，特称川连或雅连。

万物之苦，莫过黄连。到了洪雅却要另说，万药之雅，莫过黄连。这些被敬称为雅连的黄连生长在悬崖峭壁之上，生长期长达七至十年，依仗自身能力抗病抗寒，弱者枯灭，强者生长。正如尘世中人，唯有修炼出特优品质，才能最负盛名。

在地方，雅是一种风尚。

对于人，雅是一种气节。

盛唐时期的高僧、五百罗汉中排第一百一十七位的悟达国师，五岁时在洪雅家中曾随口吟出咏花诗：花开满树红，花落万枝空，唯余一朵在，明日定随风。对于日后注定要出家随佛的孩童，天生佛性使其能够随遇而安。对于日常中人，不要随风飘逝才是气节根本。

古训有言：文死谏、武死战。换成当下的话，后一句是说，身为武将要敢于战死沙场；前一句则是表示知识分子要坚持独立的批评与批判立场。宋代文学的开拓者和奠基人之一田锡，在政治上以敢言直谏著称，在二十多年的政治生涯中，历太宗和真宗二帝。田锡病逝后范仲淹亲撰墓志铭称其为"天下正人"，苏东坡在《田表圣奏议序》中，称其为"古之遗直"！

与田锡同乡的另一位洪雅乡贤后来写道：三教之中儒称为首，四民之内士列于先；当尊古圣之书，宜重先贤之字。抽断牍而拭桌，拾残纸以挥毫；戏语嘲人假借圣贤之句，淫词败俗偏多赓唱之篇。以废书易物乃为散弃之由；

旧册糊窗，却是飘零之始。颂政刊诗传粘满壁，辄为风雨摧残；招医卖药遍贴沿街，旋补污泥涂抹。百般轻亵，实由文士开先；一意尊崇，还自儒生表率。

拙作《蟠虺》第二十九章有这样一段文字："公元前七〇六年，楚伐随，结盟而返；公元前七〇四年，楚伐随，开濮地而还；公元前七〇一年，楚伐随，夺其盟国而还；公元前六九〇年，楚伐随，旧盟新结而返；公元前六四〇年，楚伐随，随请和而还；公元前五〇六年，吴三万兵伐楚，楚军六十万仍国破，昭王逃随。吴兵临城下，以'汉阳之田，君实有之'为条件，挟随交出昭王，昭王兄子期着王弟衣冠，自请随交给吴，岂知随对吴说：'以随之辟小，而密迩于楚，楚实存之。世有盟誓，至于今未改。若难而弃之，何以事君？执事之患不唯一人，若鸠楚境，敢不听命？'吴词穷理亏，只得引兵而退。随没有计较二百年间屡屡遭楚杀伐，再次歃血为盟，才有了后来楚惠王五十六年作大国之重器以赠随王曾侯乙。"

青铜重器只与君子相伴，青山碧水同样只属于君子之风。随最终还是被楚吞灭，作为诸侯国的随彻底消失不久，楚亦被秦吞灭。就像没有君子相伴，小人得志也走不了太远。没有君子，就没有气节，没有气节，就没有灵魂。诚如民歌所唱：大河涨水小河浑，鲢鱼跳进鲤鱼坑。莫学黄鳝打弯洞，莫学螺蛳起歪心。

楚亡后，楚怀王熊槐之孙熊心曾隐匿民间为人牧羊。在受到反秦将士的拥立为楚义帝之后，眼看大军就要攻克长安，气节全无的熊心，使了个二桃杀三士的小伎俩，订出"先入关中者为王"的"怀王之约"，企图挑起刘邦与项羽两大强豪的内讧。刘邦先入关中，熊心不但没有占到龙虎内斗的便宜，还因为项羽的怨恨，被其弑于长江中。

这时候的熊心所缺的已不是面对吴兵围城的随王那样的气节了，他所缺少的气节是民谣里唱的，明白自己错把树桩当成人，懂得是男人就要会使千斤犁头万斤耙，还有我与情妹山中会，夜来不怕火烧山的博爱情怀。

如果真似洪雅地方史志所记载的那样，最后的楚王室后裔严王，被千里放逐来到万水千山的最深处，将往昔荣誉托付于小小的复兴村，倒是于万般无奈之中找对方向了。从复兴到洪雅，不再是为了权贵权力。从复兴到洪雅，不再是为了皇亲国戚。从复兴到洪雅，不再是为了九鼎八簋的春秋礼制。无论如何，为政第一要务是用经济富裕一方，为文最紧要的是将文化表达成从小雅到大雅，为万物则是视白日青天花繁水绿为无价宝藏。

　　　　　　　　二〇一四年九月二十四日于东湖梨园

涪翁至静

长江沿线数十座城市，上海、南京、武汉、重庆一类的庞然大物，知道的人自然很多，往下稍袖珍一些的城镇，最有名的一定是涪陵。丝毫不是夸张，只要有中国菜的地方，就会知道涪陵。那小小模样实在不起眼的涪陵榨菜，不好说是浓妆淡抹，换一种感觉说在甜酸苦辣涩咸淡一切口味面前总相宜是绝对不会过分的。高兴和不高兴时，疲倦与不疲倦时，饥饿和不饥饿时，一个人和一群人时，任何状态下，但有一碟涪陵榨菜上来，听不见欢呼，看不见欢笑，单单那筷子，有多少双就会伸出多少双，以此表示内在的欢欣。

一九九六年秋天，沿长江从巫山、奉节、万县到丰都，在还没有被水淹的旧码头向上爬了半天，所看到的还是沿江滩摆放着的无穷无尽的榨菜坛子，好不容易到了码头上，所见到的还是榨菜坛子，除此人与车与街巷都是次要的。二十年后，终于来到涪陵，无论是江边码头，还是大街小巷，很难见到闪着釉彩的坛子，好像涪陵这里不再生产榨菜了。

几千里冲着榨菜而来的一定是个吃货。

不想做吃货的来涪陵，通常是为着白鹤梁上那条石刻的大鱼。

● 白鹤梁上雕刻的石鱼

石鱼盛名在外，号称人类历史上最早的水文站，以至于似三峡水库这样举世闻名的伟大工程，都必须专门考虑提供万无一失的保护，甚至有说法，若无良好方法，三峡水库方案就要重新设计。因为石鱼是涪陵的，更是世界的。沿着九十一米长的电梯，走进长江江底，头顶着几十米深的长江水，肆无忌惮地凑近白鹤梁，种种石刻一幅接一幅，看完这里再看那里，好生生的水里石鱼，不知不觉地变成了高蹈于人间之上的某种东西。

涪陵有一种静，从长江江底回到涪陵街上，春夏之交的太阳到了温度最高的节点，也没有影响到涪陵，许许多多的静足够遮蔽街上的轰隆，各种各样的汽车就在眼前，听上去就像没有动静。这样的静，或许与榨菜的出产与流行相交，谁见过吃着榨菜而喧哗震天？或许还与江底的石鱼相关，别说是人众，就是汹涌江涛在石鱼面前又能如何呢，一千多年了，流水哗啦逝去无数，石鱼一声不吭还是石鱼。

静与寂寞无关。

静与孤独也无关。

静与绝望更是风马牛不相及。

唐乾符年间扬州有个叫黄损的秀才，曾经很安静地来到后来叫涪陵的涪州。起因是黄损偶然将一块祖传的用羊脂玉雕成的马儿送给一位无缘无故追着索要的老人。之后年轻未娶的黄秀才，在一条船上与一个叫玉娥的女子一见钟情并私订终身，并且定下三月后的十月初三于涪州再聚。从扬州到涪州，长江之长堪比情长，黄损于良约之日，赶到涪陵，找到系于数株枯柳之下玉娥家的船。有情人还没来得及相拥相抱，船就脱了缆绳，涪陵江水，如银河倒泻，舟逐流水，去若飞电，瞬息之间那船与玉娥就不得寻了。

这是明朝作家冯梦龙的传奇小说的一篇。

传奇小说最不传奇的是其结局。在"三言二拍"中，那些死了几次的人都有个好结局，秀才黄损与美人玉娥自然不会失去团圆机会。身在涪陵，复诵前人佳作，最喜欢的还是行云流水地写到黄损往长安应试时，因为苦苦惦记着玉娥，进考场时只是随例而入，举笔一挥绝不思索，只当应个故事，哪有心情去推敲琢磨。金榜开时，高挂一个黄损名字。黄损最终抱得美人玉娥而归，靠的就是在涪州练习的静的功夫。人都在考场上了，还能不顾功名前程，用思念恋人的情怀写着试卷，真的是静到极处了，将一应世俗置之度外，谁知偏是应故事的文字容易入眼。冯梦龙说的这话，是文学的至理，也是涪陵的前世今生。

武则天当皇帝时，奸臣来俊臣肆意弄权，朝官侧目，上林令侯敏偏事之。也就是说，别人都不理奸臣时，这位叫侯敏的负责皇宫园林的小官却曲意奉承巴结。侯敏很幸运，有一位好妻子董氏，适时苦劝，说来俊臣是国贼，不可能长期得势，一旦正人君子回朝，身边的党羽肯定会遭殃，要丈夫对来俊臣敬而远之。侯敏听了妻子的话，有意与来俊臣保持距离，因而惹怒来俊臣，将他贬到涪州任武龙县令。侯敏不想离开京城，想辞官不做了。妻子劝他，京城已是是非之地，长住不得，赶紧走为上策。侯敏带着妻子来到涪州后，将自己的名帖递到州府，不意写错了格式。州官看后说，连自己的名帖都写不好，如何当县令，便将侯敏上任的公文放置一旁不予处理。侯敏忧闷不已时，董氏又劝丈夫少安毋躁，就当朝廷放假，多闲住些时日。这一住就是五十天，其间有匪寇攻破武龙县城，杀了本该离任的县令，就连其家人也无一幸免。不久，来俊臣在京城被诛，其党羽尽数流放岭南，侯敏再次得以免灾。典籍中这些文字，读来真个是静气安神。

到了清末民初，涪陵仍然叫作涪州，却发生一件静如朗月的事。护国运动期间，滇军总司令顾品珍率队入川，在家乡任团总的表弟王敬文带着顾品珍父亲顾小瑜的亲笔信，前来谋取州县之职。顾品珍让手下将其录为涪州知州。在任职仪式上，王敬文将涪州说成陪州。监誓的民政厅厅长提醒他看看委任状，王敬文看了眼后急忙改口，将涪州说成是倍州。民政厅厅长当即收回委任状，并告知顾品珍。顾品珍当即遣返王敬文回乡，并口占短诗一首相赠："欲作州官不识州，时陪时倍费思筹。家严是你好姑父，莫把小瑜作小偷。"此顾品珍若是没有与众不同的静，能否成为朱德的老师彼顾品珍就有疑问了。

涪陵将这三件事当成经典，是一种了不起的静。

第一件事反过来看，寂寞也可以是真正的静。

第二件事反过来看，孤独也可能是真正的静。

第三件事反过来看，让贪婪的人彻底绝望也是真正的静。

涪陵的静也是得了真传。"白帝晓猿断，黄牛过客迟。遥瞻明月峡，西去益相思。"李白被贬夜郎，经过涪陵，这几句诗写的是自白帝城往上游走，到涪陵附近境况。杜甫写涪陵的诗有，"黄草峡西船不归，赤甲山下行人稀"。元稹在写过"曾经沧海难为水，除却巫山不是云"后，更直接写出了"碧水青山无限思，莫将心道是涪州"，以及"怜君伴我涪州宿，犹有心情彻夜弹"。之前往后还有多少描述，难以说清，只要写到真情处，谁也脱不了与静的干系。非常好作比喻的是陆游写自己"舣船涪州岸，携儿北岩游，摇楫横大江，褰裳蹑高楼"，免不了感时后又写"小人无远略，所怀在私仇。后来其鉴兹，赋诗识岩幽"，即便是前面字字表示对朝政的强烈不满，情韵最后还是归于岩幽之静。

最是黄庭坚晚年被贬谪为涪州别驾，自己给自己取了个别号涪翁，宋元符三年，也即是公元一一〇〇年，黄庭坚游白鹤梁，题下"元符庚辰涪翁来"七字。粗看是屡屡因文惹祸，老来知趣，加上一点心灰意懒，整个人变得谨慎了，细一想恰恰是一身静气与山水天地有了沟通，哪怕再多一个字也是对那样境界的惊扰，更别说多写一句，凑成个对联，或者多写几句，变成一首诗，更是画蛇添足。有了这七个字，再看那石梁上的其他文字，不免会心一笑。放在从前，黄庭坚肯定有许多话要说。人到了这境界，就没必要饶舌了，说得越少，留下静气越多，后人越是能够心领神会。比如今次我来，说了这么多，简直就是全部替他说话了。

二〇一七年五月六日于昭通市委党校1406房

青年独秀

　　离开重庆，先到涪陵，在转往合江的途中，路过江津时，意外遇上一处深幽到配得上独秀的小院。

　　这本不是事先计划的，关于长江的文化认知中并没有这样的贮存。

　　重庆很大，大到能够与上海、武汉一道，自己在自己的名字前面加上一个大字，从长江下游到上游，依次称为大上海、大武汉和大重庆，还能让别人不敢轻易否认。大有大的难处，过日子的难处是开销如流水，男女老少整天在一个屋檐下说话，在一张桌子上吃饭，有事没事都会被弄得找不出头绪来。天地大了，就会连东西南北都找不着。将重庆叫山城也是，叫雾都也成，叫火炉也罢，谁都可以说成是一种了解。这种了解比完全不了解，更令人摸不着边际，真的不如完全不了解。或许我还觉得，对于长江，重庆再大也不过是这一趟所经过的宜昌、秭归、巴东、巫山、奉节、万县、丰都，还有即将经过的涪陵、江津、合江、泸州、宜宾等大大小小沿江名城名镇的集合与丰富。这样的想法也怪重庆突然下暴雨，来后两天，只留半天晴朗让人外出奔走，好在自高向低倾泻的春雨，将从高处往低处修建的新街老巷洗得足以般配连乌云都那么干净的天空。

没有比雨后的早晨更好的时空，重庆也不例外。

早餐后，正要离开下榻的酒店时，忽然来了一群年轻人，是昨天去过的寸滩水文站的各部门才俊。说今天是五四青年节，将我拉了进去，作为青年节活动的一部分，照相合影，题字签名。这番小小的热闹，随着滚滚车轮，先是到涪陵。进那白鹤梁水下博物馆时，一行人中，过半数的记者全是青年，唯有我凭着身份证享受到半价待遇，自然又是一路调笑，青年节对青年没有优惠，反倒是年过六旬的老青年得到垂青。

从置身长江水底的博物馆出来，我们继续赶路。下午三点，高速公路上出现一块咖啡色指示牌，寥寥数字让道路两旁青翠的山野即刻变得像历史一样深沉。指示牌告知的三公里距离能容下两分钟犹豫，车上的人连半秒钟都不曾使用，一声叫喊之后，越野车就在指示牌提示的三公里处，一头扎进历史深处。

一路走来，更多时候在想宁肯被山水抛弃，也不能抛弃山水。

这一刻里，满脑念头全是宁肯被历史碰得头破血流，也不可以遭受历史遗弃。

小院不是刻意藏于历史皱褶中，是历史过于厚重，令人无法一眼望穿。当然，历史也没有睁一只眼闭一只眼，冷对这所小院的半个主人。说是半个主人，是因为小院的私有物权是别人的，只是将小院的历史地位给了一位寄居篱下者。这世俗中的半个主人，曾经影响二十世纪早期太多年轻人，就连毛泽东都会情不自禁地表示，其人是自己等一应热血救中国的青年们的总司令。

小院是江津当地光绪年间贡士杨鲁丞的故居，人称杨家大院，又因四周以条石砌成丈余高的围墙，才有了一个更负盛名的名字石墙院。现如今能够在高速公路沿途挂上指示牌，是因为有了名声更加响亮的名字"陈独秀旧居"。

从中共第一次党代会直到第五次党代会，连续五届当选总书记的陈独秀，于一九三八年流寓江津，几经屈辱，一九三九年五月应杨家后人邀请，住进石墙院，条件是帮忙整理先人遗著。几十年后，当年旧迹难寻，唯有展览于墙壁上的一九四二年五月二十九日的《江津日报》，记着那时的新闻如今还是新闻："一代人杰陈独秀先生于本月二十七日晚九时四十分急性肠胃炎与脑充血并发，医药罔效，溘然长逝于县属鹤山坪乡寓，享年六十四岁。陈氏生于一千八百七十九年，安徽怀宁人，字仲甫……曾任北京大学文科学长，主编青年杂志，后因思想左倾，主持共党，被拘南京模范监狱。抗战军兴，旋即出狱入川，隐居津门，研究小学，贡献颇多，今此不幸逝世，实为学术界之一大损失。先生公子供职于国立九中。先生一生坚贞，身后萧条，亲友学生，将集议救济办法。六月一日发枢于县城西郊之墓地，殆抗战胜利再移运回原籍。"

六十岁上的萧条况遇，迥异于五四时期的呼风唤雨。陈列在玻璃柜中由先生独秀创办的几本《新青年》，与老旧不堪模样正好相反，闭上眼睛也能看到从书中辐射出来的勃勃生机。这样的青年日子才属于真正的青年人，一百年以后的《新青年》也不会岁月迟暮老弱病残。那些岁时纪念文章，说先生以为蚕豆花泡水能治高血压，因而自采了回来泡水常服，没想到这一年雨多，蚕豆花晒不干，发了霉后再喝，不知不觉地有了中毒症状。又逢友人来访，难得吃一回四季豆炒肉，嘴馋了些，便又加上一宗消化不良。此后虽有医师朋友赠药，终不能救治。如此山穷水尽，却是因为对那些送上门来的数百乃至数千、上万大洋的一回回拒绝，不为别的，那些钱虽然多，也来得容易，却不干净，甚至很脏。

小院内早已人去如斯，闻不到当年为主义而斗争的各方名流在此挑灯看剑的气息，也难体会先生独秀月余不知肉味的窘境，倒是拜远方群山所怀抱，近处苍绿青翠所烘托，生生显得了那一身清傲高贵朗朗坦荡。

● 陈独秀旧居纪念馆内雕塑

摆布在墙上的照片中，那些名字耳熟能详、看上去早已如邻里乡亲般熟知的年轻人，有环绕先生独秀的，也有独秀先生所环绕的。明亮的电灯映照在那些旧时身影上，在后来者看来，那些模糊的身影是清楚明白的，头顶上明晃晃的电灯光彩似乎有些穿透力不足。更有先生独秀与两个儿子一同当选中共中央委员的。父亲勉强挣扎到一九四二年病逝，大儿子和二儿子，于一九二八年前后，以中共中央委员的身份双双被杀害于反共分子的监狱。如此至亲，足以悲天下。如此铁血，若能成就，反而是普通百姓的幸事。遥想二十几年后，曾奉先生独秀为热血救国青年总司令的中华人民共和国中央人民政府主席毛泽东，送长子毛岸英奔赴沙场，毛岸英舍身于抗美援朝前线，如此从青年的理想，到理想的青年，才是一个民族的脊梁。

这叫石墙院的小院，值得沿长江而来的久久伫望。

仅仅这一天，从朝阳红起，到星月冷淡，足下踏遍在重庆朝天门旁与长江击浪的嘉陵江，在涪陵与长江合流的乌江，在合江与长江交汇的赤水河，在泸州与长江三合一的岷江和沱江，以及在万里长江零里程地标处的宜宾将我们要继续走下去的长江上游重新命名的金沙江，面对大水长滩惊涛骇浪，抑或浅湾平流轻波画舫，想象山有山的青春，水有水的年华，只是谁敢说，哪条江更年轻，哪条江更活泼？那些叫支流的，各有各的特质，各有各的气韵，发生在长江左岸的就会向南流，成长在长江右岸的当然往北去，将天下人事的殊途同归，演绎得亘古长流，惊世骇俗。

比如离开江津后抵达宜宾得知，高场水文站所测控的长江支流岷江最大流量出现在一九六一年，达到三万四千多立方米每秒，而相隔只有几十里的屏山水文站现更名为向家坝水文站，负责测控作为长江主流的金沙江，历史纪录中流量最大值不过两万九千多立方米每秒。天下万物事理相通，说了的和没说的，说得多的和说得少的，都是长江上的水，总是要汇到一起。也只有汇到一起了，才能奔腾向远。

从来山水仰重独秀。

从来山水有太多独秀。

太多的独秀就不是独秀了，独秀的意义才是无可替代的独秀。

离开重庆，离开涪陵，离开江津，离开合江，这一天太多离开，离不开的永远是青年，无论是新青年，还是老青年。

二〇一七年五月五日于宜宾翠屏山酒店

合江荔枝也好

　　沿着长江行走，所见所闻，与水一样源源不绝的是诗和诗一样的文化。那些与众不同的物产，越是独一无二的，越是无限制接近诗和诗一样的文化。二〇一七年五月六日，从宜宾跨过长江和金沙江抵达云南昭通后，在下榻的市委党校对门那家名叫"闲云野鹤"的小店里吃晚饭，发现菜单上写有藕汤，就以为肯定不行，并笑话他们竟敢在湖北人面前卖弄藕汤。店家则反复推荐，还指着窗外藕塘，说全是自己栽种。看那水面真有荷叶片片，就答应了。待藕汤上来，先看那藕，全是八个眼的，以为更不行。想不到尝了一口后，汤不怎地，那藕竟然还行。湖北人吃藕，一定要挑九个眼的，若是有条件，更要挑那一枝藕有十三节的。只有这样的藕才是好藕，是真正配得自己胃口的藕。一方水土养一方人，一方人最珍爱这一方的文化。作为黄冈人，我必须认定最好的藕是上巴河的，而不管还有人坚守在蔡甸的藕汤罐前，以及仙桃的藕汤锅边。

藕这物什没有荔枝精巧，也不及荔枝甜润。用诗来说，最多也就一句出淤泥而不染，还不完全是说藕的，藕是得了便宜卖乖，沾了替自身抛头露面的莲花的光。

从涪陵开始，直到宜宾，一路惦记着的荔枝就不一样了。仅仅杜牧说上一句"一骑红尘妃子笑，无人知是荔枝来"，就不知惹出多少爱恨情仇。何况苏轼也跟着说："日啖荔枝三百颗，不辞长作岭南人。"都知道，一颗荔枝三把火，荔枝这东西容易使人内火上升。年近六旬的苏轼还没有将死之心，只是用恨不得一天吃三百颗荔枝的想法，将这小小尤物捧到极致，可以将命运的悲欢离合像剥下来的荔枝壳、吃剩下来的荔枝核那样弃为无用之物。看上去是在说荔枝，其实是在与命运争个高下。

十几年前，曾经去到岭南的增城。那地方是苏轼去过的。苏轼第二次遭贬时，在那一带停留一阵，并常有友人以荔枝相赠。那地方，那心情，尝到荔枝，别说苏轼，换了谁都会吃什么都甜，闻什么都香。我去增城时，那地方刚刚为一种名为挂绿的荔枝珍果举行拍卖活动，一颗名为"西园挂绿"的荔枝拍出了五万五千元的高价，成为全球最昂贵的水果。第二年再度举行的相同拍卖会上，一颗重十八点八克的西园挂绿荔枝，更是拍出五十五万五千元的天价。这用钱来表达的疯狂，与苏轼当年用诗写就的疯狂大不一样，更接近汉朝时，不得不由皇帝颁布诏书予以禁止的那些疯狂。《后汉书·和殇帝纪》有明文记载："旧南海献龙眼荔枝，十里一置，五里一堠，奔腾阻险，死者继路，时临武长汝南唐羌，县接南海，乃上书陈状，帝下诏曰：远国珍馐，本以荐奉宗庙。苟有伤害，岂爱民之本。其敕太官，勿复受献。"这件事，苏轼在《荔枝叹》的自注中交代得更清楚，汉和帝时，交州也就是现在的广东、广西、海南等地为进贡荔枝龙眼，十里设一个驿站，五里设一个瞭望台，为赶时间，不顾路途险阻，拼命传送，像传递紧急军事情报一样，人累死了再由别人接着赶路。身为临武长的唐羌，上书说明情况，和帝于是颁下诏书，将进贡荔枝的事免了。明朝万历年间，还有事接着疯狂：由于荔枝名声太大，那些好事者趁着新果上市，纷纷索要。明末王士性所著的《广志绎·西南诸省》有记载："涪州妃子园正德年间尚有荔枝，万历时地方官以献新扰民，始根而绝之。"地方官无计可施到只能将荔枝斩草除根，才能让那些将荔枝当作谋取私利捷径的人断了念想，真是要多疯狂有多疯狂。书中所言涪州，已与岭南无关，而是长江上游的涪陵，就这一带的荔枝产地来说，包括了合江与泸州。

二〇一二年七月，第一次到合江，得知此地盛产荔枝时，眼盯着满树的果实，仍然不敢相信自己所面对的。及至闻听当年杨贵妃所吃荔枝不是来自岭南，而是出自涪陵、合江和泸州一带，更是瞠目结舌。这一次，再来到合江，满地荔枝树只见绿叶，不见花果，没有现成的美味，使人对其美妙凭空想得更多。不受欲望羁绊，我竟然有些相信了，仿佛听见当年红尘一骑，铁蹄声响，从以合江为中心的荔枝产区出发，踏上通往长安的子午官道。

荔枝真的是个尤物，身为尤物最要紧的品质是必须有与众不同的娇贵。

岭南的朋友中几乎人人都说过，当年有快马拖着一捆树枝，上面的荔枝故意暂不采摘，到长安了，才从树枝上摘下来，用此方法保证新鲜。我只说过一次不可能，因为与果实相比，树叶太容易枯萎了，不仅不能保鲜，甚至还有可能倒着从果实中汲取营养，这也是乡村种植行业的基本常识。那些朋友以及朋友所代表的故乡中人，越是听不得杜牧写的荔枝、杨贵妃吃的荔枝不是来自岭南，现实情况越是让他们觉得荒诞不经：岭南荔枝不管怎么好，在唐代的交通条件下，两千多公里的距离，是没有办法在三五天之内运送到长安的。

合江这里，多年来，民间一直流传着一种荔枝保鲜法，传说就是当年为杨贵妃运送荔枝而发明的：把刚摘下来的荔枝放进新砍伐的竹筒内，两侧用湿泥巴封住，用竹子能较长时间保持天然气息，延长荔枝的保鲜期。还有荒谬的，关于杨贵妃是哪里人，共有蒲州永乐（今山西芮城西南）、虢州阌乡（今河南灵宝）、弘农华阴（今陕西华阴）、蜀州（今四川崇州）、容州（今广西容县）五种说法。与籍贯定不下来不同，杨贵妃的父亲杨玄琰曾担任过蜀州司户是板上钉钉的事实。杨贵妃的童年在四川度过，那时风气家里不可能没有产自近处涪陵、合江或泸州的荔枝。正是在四川吃过荔枝，杨贵妃才对荔枝依依不忘，而重温童年美味当然是最令身心愉悦的事情。

　　苏轼想做岭南人时，已是第二次遭贬谪，这一次贬谪比上一次严重。苏轼用自身才华的边角料也能判断，情况大为不妙。前次被贬到黄州，苏轼还怀着朝廷会收回成命的希望，这一次只怕是要做一去不回的绝望打算。都到此种地步了，对日后必须朝夕相处的人说点好话软话，也是人之常情。狂放到曾让唐玄宗身边宠臣高力士脱靴的李白也有放下身段的时候，在长江下游的秋浦河上，为他人写些酬庸句子。也是因为对酬庸的不甘与无奈，加上提起故乡人事，受怀乡之心影响，苏轼才会笔锋一转，情不自禁地写出"欲食林甫肉"的咬牙切齿文字。

　　"永元荔枝来交州，天宝岁贡取之涪"，用此对比同是苏轼的诗句，"日啖荔枝三百颗，不辞长作岭南人"，太能证明诗人性情妙在不太确定，也能证明诗人论事笨在不会精确。这不是苏轼头一次如此说话了，在黄州时，他随口一吟，"人道是三国周郎赤壁"，就将完全有可能是大破曹军之地的黄州赤壁，弄成只是听别人说的，而给后人留下魏蜀吴三国时期最著名的疑案。当然，这也不能真的太怪苏轼了，毕竟他也是后来人，不是亲历者，只要不是亲身经历，那就是道听途说了。如此来看，苏轼也算是真性情。

当然，活在传说中的岭南人，也是在选择性遗忘。

苏轼分明说得很清楚，他是眉山人，从小到大生活在这一带，很清楚永元年的荔枝来自交州，天宝年间，那些进贡给杨贵妃的荔枝，都是取之于涪州等地。等到苏轼想做岭南人时，并没有写具体事实，只是表达嘴馋，天天都想吃荔枝，尽量将自己嘴馋时的样子写得很有诗意，也很传神。这一点，司马光的《资治通鉴·唐纪》有明注："自苏轼诸人，皆云此时荔枝自涪州致之，非岭南也。"

夫有尤物，足以移人。

长江之长，长江之大，足够生产层出不穷的奇珍异宝。比如难得一见的白鱀豚和中华鲟，还有天鹅洲上成群结队的麋鹿等。阮元的《岭南荔枝词》说："岭外书传唐伯游，风枝露叶汉宫秋。如何天宝年间事，欲把涪州换广州。"再珍贵的宝物，也不能落到唐天宝年间担任宰相的李林甫那类人手里，成为谄媚求宠的尤物。如此荔枝才能够在北纬二十九度的合江等地，继续做着万里长江上受人喜爱的尤物。

二〇一七年五月七日于元谋县元谋大酒店 6629 房

山水有情，
天地对饮

　　不是亲身经历，很难想象在川黔滇三省交界处的十万大山中藏着数不胜数的河流。汽车向前进，转眼之间就会跨过一条河流。若是在别的地方，肯定是由于河流的弯曲，而使道路不得不重复跨越。在河流上来回走了十几遍，到黄昏落日，一问当地人，或者一看地标，还是早起清洗过睡梦的那条河。在横断山脉中向着长江源头行走，几乎不可能将同一条河流跨过两次。在一条河流边深深吸上一口富含氧离子的高度新鲜空气，等到如醉如痴般不舍地呼出来时，有可能人已经到了另一条具有另一番景象的河流。

　　在个人的阅读经历中，乌江、嘉陵江、岷江、赤水、沱江和金沙江，每一条都是何等的雄奇，从没料到会有这样的可能，在短短三天之内，能亲手捧起每一条江的江水洗净满脸尘埃，能用每一条江边的激浪做元素强化疲惫已久的筋骨，包括无比景仰地享受每一条江水滋润生长的物产，无限陶醉地聆听每一条江水与四周群山共鸣所产生的仙境里的音响。

江水洗过脸后，一天奔波下来，不太觉得还有再洗一下的必要。

与激浪做伴的时间很短，而身体里总有一种向上的能量。

最能感同身受的是，比如都是江里捞取的鱼儿，都是从没体验到的美味，哪怕是一样的品种，从这一条江到那一条江，再到另一条江，令人不舍从餐桌边离去的感觉总有这样那样的差别。

至于这大水与大山合奏的乐章，或许还能分辨出原因。

在嘉陵江，波涛微微送上来的旋律里，细细密密地编织着绵绵不尽的倾诉。我相信这是由于重庆的缘故，我也相信别人同样会相信我的相信。如果不是由于重庆，嘉陵江就不会千般亲密、万般依恋地将自身流放在无数轻舟画舫、大厦高楼之间。在这样的倾诉中，嘉陵江最令人愁肠寸断的是国之将破，家已半亡，那一群群流亡在这江两边，将"我的家在东北松花江上"唱到泣血的爱国学生和热血青年。

在乌江，曾经用很长时间来犯一种太多人都犯过的错误。这错误很美妙，也很悲壮。几乎从读书识字时开始，一群群的少年都会将课本中西楚霸王项羽最后的乌江，认定为地图上这条唯一的乌江。安徽和县那叫乌江的地方，即便知道了，也亲眼看过了，与以涪陵为长江入口的乌江相比，情感上会有一种不讲道理的蛮横，以为还是上与嘉陵江隔山为伴、下与白帝城依水为邻的乌江，加上四周的峭壁悬崖绝岭，才更般配那位盖世英雄。乌江传说的美妙悲壮，不是项羽，而是那支名为中国工农红军的队伍。那些头戴红星的军人，以血肉之躯强硬地征服这条从未被征服过的河流。从此，乌江的湍急没有变，乌江的狂野没有变，但自湍急与狂野的深处，弥漫起凝重与庄严。

在嘉陵江和乌江上游的岷江，那天在高场水文站，工作人员用五百公斤重的铅鱼儿从几十米深处取回岷江江底的流水。不是亲眼所见，很难相信人所无法看透的江底，那几近清明的水，怀着诗一样朦胧的温情。长江之长，远远超过一个人的命运，江油李白、眉山苏轼，在岷江上是何等英姿勃发，等到成为当涂李太白、黄州苏东坡，水还是长江之水，人却无可奈何花落去了。再加上汨罗江上的屈原、杜甫，即便是这等能让文章千古的人，也不过是阳光侧映下，取水瓶中彩虹一样悄然闪烁的情绪。

那被红军接连四渡的赤水，似乎从此就晕头转向了。曾经写过赤水，那流眉懒画、吟眸半醒、与天同醉的模样，能让似轻薄低浅的云，竟然千万年不离不弃！分明貌合神离的雾，坚守着千万年有情有义！所谓赤水，正是这种醉到骨头，还将一份红颜招摇于市，一步三摇，撞上高入云端的绝壁，再三弯九绕，好不容易找到大岭雄峰的某个断裂之缝，抱头闭眼撞将进去，倾情一泻。有轰鸣，但无浑浊，很清静，却不寂寥。狂放过后是沉潜，激越之下有灵动。一条河，能够成就三大美酒，树已微醺，石也微醺，微醺的还有泉、水、雾、云。

● 宜宾合江门广场三江口

　　山和水的殊途同归，云与雾的天作之合，注定要成就一场人间美妙。舒展如云，神秘像雾，醇厚比山，绵长似水。谁能解得从赤水到沱江，这使人心醉的万种风情？山水有情处，天地对饮时。是说要醉就要醉到沱江那种地步，不管不顾，看到长江了，哪怕眼前乱山堆成了山，巨浪如惊天雷，也要像一棵棵榕树那样，将沧桑青石和岁月老墙揽在怀中。又似美人暗自饮了半盏，碎步上前，将云水般的腰肢，轰轰烈烈地投入爱河，将万种柔情尽情溶化，为着一生一世，波澜壮阔，三生三世，不改初衷。

　　赤水一醉是沱江，沱江一醉就到金沙江了。

　　五月五日上午，在宜宾的合江门广场，站在那块铁制的地标上，上面铭刻着：金沙江、岷江于北纬二十七度五十分—二十九度十六分，东经一百零三度三十六分——百零五度二十分交汇于此，始称长江。地标标记金沙江、岷江从上游来此交汇成长江。我们的行走是从下游长江而来，去理解作为上游的金沙江，还有比金沙江更上游的雪原与冰川。三江分割的三座山上各有一座塔，宜宾人说，从天上看，这三座塔的倒影正好重叠在三江口正中，那是在飞机上才能看到。在合江门广场上,只能看到巴蜀鬼才魏明伦兄所写的《宜宾赋》。五月三日在重庆时,他一早来电话,深谈良久,要改湖北一位作家的长篇小说为川剧。我们约定,如果改编成功,剧本交由《芳草》首发。我们有很多共同的想法,相信这样的想法也是更广泛意义上的我们的共同想法。

合江门广场,面对的只是三江合一。

长江万里,最伟大的业绩是将万水千山化为共同能量。

二〇一七年五月八日于丽江花马酒店 301 房

人的老家

一条路固执地往看似绝境的地方走下去，总会是柳暗花明又一村。

一条河流百折不回地向着崇山峻岭深处钻将而去，一定是由于旷世大美的诱惑。

万里长江在宜宾的三江口变成金沙江后，与绵绵大山较劲的劲头更大了。从江河的意义来说，水流的方向就是流水的全部能量。流水下泻的力量，是地壳表面一切山水奇观的唯一操盘手。这并不表明只要是朝着逆流方向而行，就貌似虚无渺小手无缚鸡之力了。从吴淞口起，理想的江水向东，寻梦的我们朝西，虽然没有被一路狂泻的江水直接砸到脸上，那几乎与迎面扑来的大浪撞个满怀的诧异却是家常便饭。

逆水而行，江上要塞一样的马鞍山和小孤山，分明是水边菩提的金山寺和白帝城，还有人间仙境的天兴洲和百里洲，全在说着无边落木萧萧下，不尽长江滚滚来。

所以，必须坚信，单纯用一种知识来解释滔滔不绝的江水，不仅片面荒谬，更是独断专行。否则，世上所有的逆流而动就会变得毫无意义，而让这个世界人人都是随波逐流者，物物都会见风使舵。

被叫作金沙江的长江，每一段江流上都有一级独一无二的巨大险滩。这一级级的险滩，像台阶一样，让逆流而上者，见山高时随之步步升高，遇水急了能反过来安然渡过。

　　　　左脚踏在白浪上，

　　　　右脚踩在花崖边。

　　　　水不回头山不留，

　　　　半江情长半江短。

　　这四句话是在元谋的土林遥望被叫作金沙江的长江想到的。

　　元谋县的土林与石林县的石林、西双版纳的热带雨林，并称为"云南三林"。石林与热带雨林早就被人所熟知，知道土林的人不多，那魅力更让人不得不反复揉几下自己的眼睛，以证明亲眼所见是实而不是虚。那天，从高海拔的乌蒙山来到金沙江河谷，扑面而来的酷热，正适合与意想不到的激动相伴。土林有很多的好，很多的美，很多的妙，百分之九十九的水蚀加上百分之一的风蚀，造就远远超过魔幻的现实。这样的现实再次验证，人间之事，只有人脑想不到的，而没有自然做不到的。

　　身在土林而不为土林激动，原因就在于这样的激动要留给元谋的山山水水所做的更加匪夷所思的事情。

　　元谋的孩子有一样别处的孩子无法拥有的技艺。

　　元谋的男孩女孩都会用舌头辨别化石。

　　很早的时候，元谋的孩子上山砍柴，累了饿了时，就会掏出随身带着的土豆，放在地上烤熟了吃。要烤土豆就需要火，孩子们上山只带土豆不带火，需要用火来烤时，孩子们就会在地上找一块被称作火石的石头，砸成两半，再用薄的一块去敲击厚的一块。在两块火石之间，会放上一团火棉。火棉也是随手从山上找到的，有几种草，背上长着一层白绒。将白绒一点点地撕下来，揉成团放在那块厚一点的石头上，两块石头敲击时产生的火花会溅到火棉上。见火棉冒出青烟了，孩子们就扔下薄的火石，噘着嘴对着火棉冒烟处不断吹气，直到火棉上冒出火焰来。从一九六五年起，元谋当地人不再将这种石头叫作火石，一致改称为化石。率先将火石叫作化石的那几个人，还教会孩子们将石头放进嘴里，用舌头舔一舔，那种滑滑的，没有任何感觉的是普通石头，如果是涩涩的，舔几下也舔不动的，那就是化石。那一年，成昆铁路元谋段开始修建，从北京来了几位地质工作者，发现元谋境内到处是化石，地质工作者们还有铁路上的本职工作，极少有时间顾及其他，就教孩子们用这种极简方式辨认化石，并将发现的化石报告给他们。

一九七二年二月二十二日，新华社向全世界发布了两项重要新闻。其一，美国总统尼克松访华，从而结束两

● 元谋土林

国几十年敌对状态。其二，中国的地质学家在云南省元谋县发现距今一百七十万年的"元谋人"，并援引《人民日报》报道："这是继中国北方发现的北京猿人和蓝田猿人之后的又一重要发现，对进一步研究古人类和中国西南地区第四纪地质，具有重要的科学价值。"这一重大发现引起了国内外学术界的广泛关注。中国考古学界泰斗贾兰坡先生后来评价说："我国西南部广大地区，根据已有线索来看，位于人类起源地范围之内。云南不仅发现了拉玛猿化石，而且在元谋的上那蚌距今大约一百七十万年的地层中还发现了'元谋人'牙齿和石器，就是有力的证据。"

越是古老的祖宗，对后来人智慧的考验越是严酷，北京人在八十万年前留给后人的还有一只头盖骨，元谋人这些老祖宗，就只留下两枚牙齿，几捧炭灰。

这使人想起同样是老祖宗留下的一个传说，某地苦旱，久不下雨，老父亲临去世前，指着满是焦枯庄稼的土地，自称在那里面埋着宝贝。安葬完父亲后，两个儿子就开始在各自的土地里寻找父亲留下的宝贝。挖了多时仍一无所获，小儿子以为这是骗局，就不再寻找，连旱得寸草不生的土地也不要了。大儿子坚信父亲的话，不辞辛苦地在旱得能冒青烟的土地里，挖了一遍又一遍。宝贝还没找到，天却降下大雨，大儿子赶紧将种子播进土地里，获得一季好收成后，大儿子这才明白，原来父亲说的宝贝是什么。

元谋人不肯留下太多的东西给后人，一定也是不想后人坐享其成，养成饭来张口、衣来伸手的坏毛病，却还怀着对子孙后代的怀柔之心。一九七七年秋天，我在工厂当工人时，受派同厂里的那位因生活作风错误，被开除留用的采购员一起出差，我们先往西北，再往西南，后经东南一带回家。那是我第一次纵情于祖国大地，火车在成昆线上疾驰，隔着车窗户望见过这一带的人间情境，不得不用惨不忍睹四个字来形容。在更早的一九六五年，作为地质工作者的钱方先生等能够长时间待在这一带，这又应了老祖宗留下来的法则：天道酬勤。否则，有那么多专门负责与不再说话的祖宗沟通的考古专家遍寻而不得，老祖宗偏偏将万千宠爱集于一人，将一百七十万年前人类的密码，托付给这位粗通考古的青年地质工作者。

　　一九六五年五月一日，长江上游金沙江畔的元谋县上那蚌村西北小山岗上，协助修建成昆铁路的地质工作者钱方等人，经由当地放牛老人的指点，在发现过化石的地带忙碌了一整天，临近黄昏时，一行人放下工具席地而坐。闲着也是闲着时，钱方先生的目光落在脚下那片黄得发红的黏土上。就在这一刻，太阳魔幻般变回到亚热带的太阳，远处喜马拉雅山的海拔高度也魔幻般变回到一千多米，形不成气候屏障，南坡和北坡都能受着印度洋暖湿季风的滋润，在櫟木、棕榈、雪松、藜科和豆科植物广布的森林草原里，三趾马动物群以及鬣狗和大唇犀等动物，正在安详地觅食。一切久远历史的发现，都只有这恍惚般的一瞬。与早更新世瞬间相遇之后，钱方先生一眼看见，在那四米高的土包下面几颗哺乳动物的牙齿化石，半裸露在地面。在除去云南马的牙齿化石后，剩下来的就是两颗元谋人牙齿化石。这时候的喜马拉雅山是真实的八千多米，印度洋的暖湿气流早已不肯光顾这片以干旱为日常的坝子。

　　两颗元谋人牙齿化石被钱方先生小心翼翼地用地质锤挖出来后，天上忽然下起像一百七十万年前滋润过这座坝子的温柔小雨。

天在小雨中黑下来。

在地下埋藏一百七十万年的人类光辉却再也无法遮掩了。

五月六日我们到元谋，不算年份，恰好是五天前的那一天，在第四纪更新世早期地层中，偶然发现两颗牙齿化石，呈浅灰色，石化程度很深，为左、右中门齿各一枚，属青年男性，形态特征与北京人相似，时代比北京人更早。经科学手段测定，这两颗牙齿化石为距今一百七十万年的原始人类所有，属直立人种中的一个新亚种——直立人元谋新亚种。伴随元谋人牙齿化石出土的，还有十七件石制品，经研究鉴别，属旧石器，其类型包括尖状器、刮削器和砍砸器。在同一地层中还发现了大量的炭屑和一些烧焦的骨头，并且在有炭屑的地方都伴有动物化石，属共生哺乳动物化石，似乎说明，元谋人不仅会使用自己制造的工具从事狩猎及采集活动，而且还学会用火烤食他们所获取的猎物，开始了摆脱茹毛饮血的进化阶段。元谋人的发现，对于揭示人类演化和发展的历史具有重要的意义。贾兰坡先生所言太过谦虚，实际上，元谋人的发现，改变了人类进化研究中的非洲中心学说。即便是如此，贾兰坡先生所说的话，"这个在过去被人们曾称为世界十大问题之一的'人类的起源'，如果能在云南得到证据，则可被称为'人类的老家'"，足以震撼全世界。

元谋的地很苦，一年当中能够收一季，种一季，再收一季，再种一季，只要人愿意，甚至能在这块土地里种上四季、五季。土地苦了，物产则多了，这是原始人类赖以生存的保障。收获季节多了，播种日子多了，元谋人也苦了，然而劳动对于人的创造与进化是第一位的，劳苦多了，进化的概率也就大了。

有的人，对最早使用的工具要求过高，认为人工打制的石片得带有台面、打击点、打击泡等，才能算是人工痕迹，然后再修理成一定的类型才能算作具有第二步加工的石器。其实遥远古代的某种猿类，走到三岔路口和人"相揖别"的时候，也没有谁能看出其中的区别。当你看出其中的区别，彼此分离，已经是遥远的事了。这些话也是贾兰坡先生说的，他指向的是考古思想与学说，连带这些在长江上逆流行走的举动，也在其言所指当中。这并不是说，逆向行走与随波逐流就是某种猿类在三岔路口与人相揖别，诚如人类必须一万遍欢呼，庆幸找到了"北京人""元谋人"，从而将天大的"为什么"，撬开一丝得以窥见真理的缝隙。

二〇一七年五月十日

于昆明玺悦金熙国际精品酒店 8817 房

滇池巴水闻先生

是昆明翠湖附近的一条名叫西仓坡的小巷。

对着一块肃穆的碑石，深深行了三番大礼。

在心里默默诵念闻先生的名字，这个时候，只能说闻先生是下巴河人，不必说自己是上巴河人。季节正值夏日中伏，故乡鄂东巴水两岸的气温达到近年来罕有的四十二摄氏度，高温高湿如同蒸笼，春城昆明翠湖四围的舒适让人敢说天堂也不过如此。有小雨似有似无地落着，常青树枝不经意地遮住头顶。离碑石不到二十米的那家幼儿园大门紧闭，天使或神兽一律放了暑假，否则，让人很难面对一群花蕾般轻盈快活的孩子，在这浸透碧血亡灵的小巷里游乐嬉戏。

小巷幽幽，被故乡亲人珍藏在巴水侧畔那根染着鲜血的藤木手杖，仿佛仍在青石铺成的街面上敲着笃笃声响。若不如此，那几把罪恶的暗枪真有可能混淆在润滑的轻风里，那几个卑鄙的杀手也有可能获得树影的婆娑姿色。

黄昏到来的时间被小雨提早了许多。不是不舍，不是缱绻，不是徘徊，昆明本地两位朋友所说的话，自己多半没有听到心里去，那欲言又止、欲走还留的模样，就如巴水两岸的方言所说，像苕了一样！

终于退回到巷口，对着小巷深处拍照，两位正要从镜头前横穿过路的中年女子停下来谦让，自己赶紧将手机的拍摄键点了几下，同时与对方说，知道这条巷子吗？她们摇了摇头。于是我说，这里叫西仓坡，是闻一多先生遇难的地方。两位女子的神情极像巴水边浣纱女人，被一只掠过水面的翠鸟惊着了，被一条跃出水面的鲤鱼吓着了，被不知何人投掷块石溅起老大的水花打湿了心胸，也像翠湖岸、滇池边，突然飞过来一只江鸥用翅膀划过脸颊眉梢，不由自主地轻轻啊了一声。

昆明我来过多次，来西仓坡则是第一次。尽管内心早已做好准备，真的面对铭记那段暗黑历史的碑石，还是不胜唏嘘，好似漫天雨水透过肌肤洗濯心肝肺腑，滋润那看不见却摸得着的灵魂，唤醒陈列在巴水侧畔纪念馆里的那根藤木手杖。

天下之事，最令人惊讶的总是最熟悉和最普通的。

五百里奔来眼底，披襟岸帻空阔无边的滇池也不例外。

在昆明，当着滇池的面，我问同行的人们，是否相信这片水域属长江水系？在场的几位都是一脸雾水和茫然。第一次听见说滇池属长江水系，自己也曾吃惊不小。日后，一想到滇池与巴水共一条长江，共一个闻先生，不免心生不一样的亲切。

话是家中孩子说的，那天上完地理课，回家的第一件事便是拿滇池是否属于长江水系的问题考长辈们，还进一步出了三道选择题，云南三大湖泊，滇池、洱海、抚仙湖，哪一个是长江水系，哪一个是珠江水系，哪一个是澜沧江水系？在下意识的印象里，滇池绝对是向昆明以南流去的，如何能够向北汇入长江？假使不是地理书上印有黑白分明的文字、色彩斑斓的图案，这种因知识欠缺造成貌似刁钻古怪的问题，一如这些年时兴的黄口小儿屡屡难倒沧桑长辈的种种无厘头的脑筋急转弯。

相比之下，大自然的刁钻古怪不知要将人类甩下多少万年。在人文领域，诗词歌赋都在抒写大江东去，北水南流。当年头一次读到湘江北去的句子，好不费解。等到老师说，这有什么奇怪，咱们鄂东的几条大河全都流向西边，那一张白纸似的脑子里迷糊得像是被诸葛亮设置为阴风惨惨、迷雾层层的八阵图。

放在三万年前，说滇池水往南流并无不对。那时候的滇池，通过一处名叫刺桐关的大峡谷，将一湖碧水倾向南方，如果没有后来的变迁，现今的滇池，也会是哈尼梯田、北回归线以及街道有多长宴席就有多长的长街宴上不请自到的常客。

滇池属地震断层陷落型湖泊，历史上，这一带发生过多次间歇性的不等量上升，后又出现南北向的大断裂。断层线以西，地壳受到抬升，断层线以东则相对下沉，导致古盘龙江南流通路被阻，积水而成为古滇池。所谓成也萧何，败也萧何。刺桐关山地接下来继续抬升，将本是顺着山势呼啸而下的洪流大水，潮头做了浪尾，浪尾做了潮头，一百八十度翻转，之前是进水口的螳螂川不得不颠倒成为出口水，做了性格完全相反的弥漫细流。

那场地质巨型变迁来得很慢，没有留下天塌地陷的机会，情同后来者喜欢挂在嘴边的慢生活，比水滴石穿、积沙成塔还慢，慢到人世间轮回了八百次，也看不出半点蛛丝马迹。一如家中小学生暑期作业上抄录的一段文字——也许，陆地只是温柔地静悄悄地从海里慢慢升起，就像小草从地里长出来一样悄无声息。等到大势已成，滇池还是盘龙江、宝象河等汇成的五百里滇池，还是刺桐关那头雄险，螳螂川这边舒曼，海拔高度被一只大手往下按了一下，不知不觉地拉低了一百多米，使得红河源头的明珠，成了长江久长的契机。

人间处处，万物所在，无不留有密码。

真心领悟的不一定全对，肆意妄想的也不见得都错。

"池，……上源深广，下流浅狭，似如倒流，故曰滇池也"，那滇的意思指的就是"水系颠倒"。这些话是郦道元在《水经注》中说的。爱走山水的郦道元到过大别山，也研究过大别山，只可惜那笔下的大别山，局限于淮河水系的豫南与皖西北一带，再有某个时期也称大别山，实际上是伍子胥领兵伐楚，头一仗大败楚军的当今汉阳一带。郦道元没有到过的鄂东大别山，以巴水为首，邀聚浠水、蕲水、举水、倒水，合称鄂东五水，从江淮分水岭上发一声呐喊，列成队整整齐齐地从东向西流去。

流向逆转的巴水，水系颠倒的滇池，与闻先生缘定今生的两地，山水奇观，大地异象。闻先生此生与众不同，坐下去温婉地研习诗歌，站起来激烈地燃烧自己，难道就此命中注定？

向西平行流淌的五条河像五头巨兽，桃红柳绿之时，温情脉脉如滇池当下的出水口螳螂川，夏日行洪之际，又像滇池古时摧枯拉朽的出水口刺桐关。五条河畔，生活着一些史称"五水蛮"的族群。这些原本生活在楚国西部狂野无羁、性好暴乱的巴人，春秋时期就曾被控制性迁移。东汉建武年间，楚地西边再一次由乱到治后，领头犯事的七千名青壮骨干被强行迁徙到以巴水为中心的鄂东，那入长江处的巴河小镇因此被称为"五蛮城"。事实上，巴水侧畔的这些祖先，在前后数百年间，很少消停过，大大小小的暴乱不计其数，直到杜牧主政黄州府时，才见着消停。这才有在长安有羊肉吃，撵到黄州后只能吃猪肉的杜牧，不胜感慨："古有夷风，今尽华俗。"历经数百年，迁徙者的后裔已被汉地同化得咏诗习文，以优雅为上品，难分彼此，也不需要分什么彼此。汉地的芸芸众生也在不知不觉中，将巴人性剽悍、好斗狠、敢生敢死的风尚潜移默化为文化性格的一部分。再往后，苏东坡遭贬谪来到黄州，二程理学兴起于黄陂，赫赫有名的"五蛮城"改称为巴河镇。那离得最近的人，比如闻一多，既可以好比那巴水细流，浣洗百丈轻纱，连细雀儿也惊动不了。其热血和情怀依然如巴河之水，却可以挟雷暴涌动狂潮惊涛拍岸，面对摆明了要取人头颅的屠夫，也只是挥一挥那根陪伴走过长沙至昆明的千山万水，以及由《诗经》的课堂回到美与爱的家庭的藤木手杖。

　　识时务者为俊杰，不识时务者为圣贤，恰似巴水一

● 图为蒙自至蛮耗（今蔓耗）的古道，一九三八年二月，闻一多先生与西南联大一千多名师生，徒步从长沙迁往昆明时走过的青石路

带的乡风。

巴水之上形容乡风民俗时，用的是"贤良方正"一词，通常来讲，"贤良"的意思接近于"识时务"，"方正"的意义就是那种建立在"识时务"背景上的"不识时务"。

去西仓坡的路是一道迈不动腿的上坡，有违前去者心中的急切。

离开西仓坡的路变成一溜刹不住脚的下坡，有违别离人心中的不舍。

一道西仓坡，这一头散淡地走往翠湖，那一头清高地迈向西南联大，更有一种感同身受的气息不由自主地接通历史与未来。无论通道甲、通道乙，都绕不开那块碑石。既攀不上伟岸，也不够资格称之矗立，然而，在大是大非面前挺身而出，能用我头存气节，敢以我血荐轩辕，实在是西南联大最重要的丰碑。正如缺少"五四"这一环，北京大学就只是越建越大的书斋，又如那些越建越大的大学城，却无法成为青年人心中的圣地。天地翻覆之际，总得有巨人抛头露面，扫却尘埃，顿开茅塞。

识时务者为俊杰，不识时务者为圣贤，恰似滇池侧畔的学界。

"识时务者"眼里的"不识时务",也放大了那种在"不识时务者"眼里的所谓"识时务"。

比如闻先生,从课堂到家室,就那么一点路程,又有那么多好心好意的提醒,熬过几天,就能举家回迁北平,让人打不了黑枪,下不了黑手。更有身边的那些榜样,安安静静地寻一方书桌,雨下得大了,敲在屋顶上,谁谁的学问都听不清楚,那就放下教鞭,与后生们一同专心听雨。将心比心,从武汉、北平,再到长沙和昆明,闻先生的柔肠,何曾比谁短少一寸半寸?一九三八至一九三九年度西南联大浪漫抒情的《诗经》《尔雅》课堂,让滇池侧畔领教过的青年学子谁个不曾倾倒?"也许你真是哭得太累,也许,也许你要睡一睡,那么叫夜鹰不要咳嗽,蛙不要号,蝙蝠不要飞。不许阳光拨你的眼帘,不许清风刷上你的眉,无论谁都不能惊醒你,撑一伞松荫庇护你睡。也许你听这蚯蚓翻泥,听这小草的根须吸水,也许你听这般的音乐,比那咒骂的人声更美。那么你先把眼皮闭紧,我就让你睡,我让你睡,我把黄土轻轻盖着你,我叫纸钱儿缓缓的飞。"

这首写在故乡巴水之上的婉约伤情的《也许》，足以媲美《红烛》的壮怀激烈。

以巴水为中心的那方天地，曾得一句话来褒扬：惟楚有材，鄂东之最。那说惟楚有材，于斯为盛八个字，是前者外溢之后的发挥与变通。研究两种文字的差别，直译其意，后者意指"识时务者为俊杰"，前者意义重在"不识时务者为圣贤"。所谓鄂东之最，所谓于斯为盛，后者只是告知世人，这个地方的人才很多，前者是在陈述另一种事实，鄂东地方的人才是最厉害和顶尖的。在西南联大的旧照片上，闻先生手里的藤木手杖，从长沙到昆明"教育长征"时就出现了，闻先生遇害后，这根藤木手杖一直被亲人保存着，后来才捐赠给故乡的纪念馆。藤木手杖上有一行无人识得的外国文字，直到二〇一九年深秋才有人在偶然间解开这个谜。那些文字是葡萄牙文，意思是"候选人纪念"。那时候的澳门还受葡萄牙殖民统治。或许是哪位因故去过澳门的友人因《七子之歌》而特意以藤木手杖相赠，得到手杖的闻先生则日夜拿在身边，时刻以国破家亡之耻辱自我勉励。"不识时务"的闻先生堪称又一位

"鄂东之最"。

对照痛斥"历史上最卑劣最无耻的事情"的《最后一次讲演》,"候选人纪念"仿佛就是"前脚跨出大门,后脚就不准备再跨进大门"的一语成谶。闻先生见惯了故乡奔腾向西的巴水,又见识了昆明这里水系颠倒的滇池,那血气,那胆识,怎可能逆来顺受,而只能顺应天理的便顺来顺受,反之则逆来逆受!一座滇池,得天地翻转之伟力,当然会潜移默化给予尘世之人。五水奔腾,哪怕只剩向西一条路,也必然要拼到江海,留下阳光雨露茁壮故土乡亲。在"正义是杀不完的"背景里,闻先生硬是将自己排列成天地同悲的"候选人"中头一名。从鄂东"五水蛮"到东坡赤壁和二程理学,从昆明陆军讲武堂到西南联合大学,将孔武与文雅集于一身,那个时代,那些岁月,舍闻先生还有谁?

曾经写过这样的文字,闻先生选择了"候选人纪念",如同他的诗歌还没有写够,就毅然决然地选择"最后一次讲演",此中巧合,更是命定。身为要斗败一切黑暗,打垮所有腐朽,让故乡与祖国走向光明与荣耀的文化志士,将自己确定为红烛一样的"候选人"。这样的选择，在"你不知道故乡有一个可爱的湖，常年总有半边青天浸在湖水里，湖岸上有兔儿在黄昏里觅粮食，还有见了兔儿不要追的狗子，我要看如今还有没有这种事"的诗意中就已经决定了。

是高人韵士哪能不在昆明选胜登临，看苍烟落照，渔火半江，清霜一枕，秋雁两行。倒回来，与其说用"谁道人生无再少，门前流水尚能西"的境界，与巴水为中心的故乡共勉，能对着将数千年往事注到心头的滇池，叹一声断碣残碑，滚滚英雄，才是共一条长江的所有不识时务的贤良方正之人的宿命般的梦想！

二〇二二年八月十三日于斯泰苑

在母亲心里流浪

去丽江，不管是何种年龄，一定要去听一位歌手的歌。即便是与音乐最无缘，也能因为他那个令人奇怪的姓氏，而多一些对这个世界的好奇。

在丽江小住，因为过年，现代情感与传统情绪纠结得格外深，以至于意外得出一种与历史社会无关、纯属个人的结论：这座在文化上只配与茶马古道共存亡的小城，能够在航天时代大张旗鼓地复活，应是无限得益于那些从来不缺少才华，也从来不缺少浪迹天涯情结的知性男女。

那天下午，从客栈里出来，随心所欲地沿着小溪将自己散漫到某条小街。清汪汪的流响若有若无相伴着，水声之外，其余动静亦如此，不到近处，不用心体察，皆不会自动飘来。就这样，我走进一所"音乐小屋"。十几年前我写过一篇也叫《音乐小屋》的小说。眼前的小屋似乎有某种默契，我在小板凳上坐了下来，听着弥漫在四周的歌唱，有一句没一句地与那位开店的彝族姑娘搭着话。最终，我从她手里买走了一大沓歌碟。虽然歌碟有些来历不明，那些歌唱却是真情感人。据此，我晓得了，在这些本地制作的歌碟背后，漂泊着许多比音乐还自由的自由歌手。

小街的青石，光滑得像是从沧桑中溜出来的一页志书。

小街的板房，粗犷得像是垂垂兮长者在守候中打着盹。

小街的空旷，幽幽得像是明眸之于女子越情深越虚无。

这时候，还没想到，再过几小时，就会遇上一位真正的自由歌手。

在这段时间里，首先，天黑了，肚子饿了。接下来，在爬到一所餐馆小院的二楼上看古城灯火时，因为限电，身边一带突然了无光明。不得不离开时，我们还是不想选择灯火通明的四方街等，偏要沿着背街深巷，在青石板成了唯一光源的暗夜中缓缓潜行。当光明重新出现时，正好看到一处可以推门进去的酒吧。坐下后，那位男歌手为着我们这种年纪的人唱了几首老歌。突然间，酒吧里也停电了。

点蜡烛时，聊起来，了解到他叫丑钢。我忍不住问，这是你的艺名吧。丑钢却说是本名，而姓丑的都是满族人，还说自己曾经是银行职员，做歌手已经十几年了。过年的丽江，一限电就是两小时，这一次我们不想刚坐下就走。而丑钢也拿起一把吉他，唱起他自己写的歌——《老爸》。只听他唱了一段，接下来我们就能跟着唱："爸爸，我的老爸爸，那天你突然病倒了。我说爸爸，我的爸爸，你不要离开我和妈妈！"这样的歌唱让人心动，其理由自不待言。

接下来他唱起："老了，真的感觉老了。一切都变化太大，再不说那些狂话。老了，纯真的心灵老了，不过仅仅二十几岁嘛，却真的感觉老了。我真的老了，我已付出太多代价。天真离我越来越远，我却根本留不住它。我真的老了吗，看到打架我好害怕。生存，说白了更像一种挣扎。执着，其实只是没有办法。理想，我已差点忘记了。对不起，我不能再唱。我感到饿了，妈妈……"

听这一曲，恍若在小街拐弯处，与命运撞了一个满怀。

不是能否躲得开，而是这一头撞得有多重。是翻出几个跟斗，或者几个踉跄，再不就是满脑门金星灿烂？老了是一种命运，从年轻到老了是一种命运，刚刚年轻就觉得老了也是一种命运，只有年轻却没有机会老了更是一种命运。谁想反其道而行之，从老了再到年轻，无论如何，都是痴人说梦，而不可能是命运。

曾经听过别人说，丽江必须靠自己去无人的小街上寻找，才能发现。客栈老板亦说过，有美丽女子三年当中十几次投宿门下，所要做的便是满街寻找。不晓得她找到"老了"否？想来能够让人一生中寻找到老的，除了命运，不可能有其他。

与我一同拥有过的小街上的"音乐小屋"，何尝不是某种命运！在找到她之前，丽江小街是别处的一种言说。一旦命运撞将过来，这些便顺理成章地有了事实发生。不仅仅——不仅仅是某种新艳际遇，那些太微不足道了，就像一张小面额纸币，就能在小街上买到扮酷的帽子与秀美披肩。重要的是在哲学辨察、史学明鉴和文学感怀之上，用双手实实在在地抚摸到一生中无所不在的命运，顺便掂一掂其重量。

在丑钢的自由歌唱下，从忧郁到安宁只有一步之遥。

作为一名从长春到北京，再到深圳，最后来丽江并爱上丽江、不肯再走的歌手，他比自己姓氏更奇怪的是从不用流浪一词来形容自己。

到了需要我们离开酒吧时，被限制的电一直没来。

于是非常情不自禁地想：面对黑夜，无法流浪。除非流浪的人和灵魂，揣着一粒烛光。然而，有着烛光一样的理想，就不是传统的流浪了。

离开丽江，回到武汉，收到丑钢的短信。回复时，我形容他是在母亲心里流浪。实际上还想说，能在母亲心里流浪，最轻微的歌唱，也会是最深情的感动。一如普天之下，每个人都曾想到并说过的：我饿了，妈妈……

二〇一〇年二月二十六日于东湖梨园

天地初心

虎跳峡这名字，是通过小学语文种在记忆里。

我一直坚信，最早描写虎跳峡的这篇课文，就在小学四年级或者五年级的语文书里。这种记忆清晰而坚定，只要提及虎跳峡，当年读这课文时教室的情形，甚至同学们摇头晃脑齐声朗读的模样都会浮现出来。同龄人中却没有这种记忆，无论我怎么说，他们就是不肯表示赞同。按道理是不应该出现这种情况，不比现在，在人教版教材之外，还有苏教版、鄂教版等等。那时候全中国的孩子手里拿着的课本全是一样的，既然我读过，别人也就应当读过。出现这种情况的唯一可能是谁的记忆出现差错，如果错的是我，那这将错就错的记忆是如何弄得假作真时真亦假的呢？如果那时的语文课本中真的没有相关虎跳峡的课文，这记忆的来源就只能是某种课外的强大阅读了。

天下的孩子都有去课文描写的那些奇异地方看看的想法。别的书若有相同描写，效果都要差几个量级，远不如课文，一堂课下来，那念头就根深蒂固不可磨灭了。多少年后，成为一个人理想的虎跳峡终于出现在眼际里，尽管早过了遇事容易激动的年纪，心里还是出现强烈震撼，表面上心如止水，内心深处早已回到青春年少，对着山，对着山上的一棵树，对着山上的一蓬荒草，对着山峰与山峰之间的白云发一声呐喊。再对着水，对着水上的一个浪头，对着水上的一处漩涡，对着水流与水流撕裂处的礁石吼一声赞歌。

长江上，一万里的流程里，甘露寺坐落的北固山，金山寺下的金山，李白安息的马鞍山，如锁江铁柱的小孤山，作为马当要塞的马当矶，构成田镇要塞的南山、象山、演武山，文武兼备隔江对峙的东坡赤壁和西塞山，与黄鹤楼齐名的龟蛇二山，从来就是三峡门户的鸦鹊岭，这些是临水的奇险小山。还有赫赫有名的大山，因为山太大而离江水稍远，如黄山、庐山、大别山、武当山、神农架、武陵山、峨眉山和横断山。这些小山和大山，出现在长江水流范围之内，无一不是为着对肆意雄浑的大江大水的制约与阻击，不让其变成汪洋。

唯有虎跳峡与之相反，站在有水雾溅到脸上的峡谷底部，在眼光能及的最高处，是一只鸟飞过就能挡住的玉龙雪山。与玉龙雪山一样高耸、一样峻峭，隔江对峙的哈巴雪山，飞鸟当然也能挡住。再有一片红叶、一朵蒲公英绒花，或者突然自天而降的雪霰，像是特意飘来，将只肯在山石缝隙轻轻闪现的玉龙雪山和哈巴雪山作再一次遮蔽，使得看上去已被万般约束的金沙江水，一泻九千里，畅畅快快地直达崇明岛外的吴淞口。

看了雪山再看虎跳峡，看了虎跳峡再看雪山然后又看虎跳峡，那些最自由的目光，也要受到制约。在虎跳峡里，天空是一种奢侈品，天赋空阔无边的权利被剥夺了，不再属于天空，也不属于比天空空阔的峭壁，更不属于超越天空拥有源源不断来水的流响。天空成了碧玉做的、琥珀做的、铂金做的，成了一枚枚手指上的饰物。

若非手指所指，天空的去向就会成为一种疑问。

若非手指所指，就需要重新发现天空在哪里。

若非手指所指，头顶那片浅薄的景致很难被认定为天空。

只有最自由的手指指向，才能从狭隘成老街古巷的虎跳峡里，探求到我们身心中隐秘的需要、不敢言说的拒绝以及犹犹豫豫的蹉跎。人类的手指纤纤，不单单是一种美妙，还在于十指连心。在虎跳峡，所有手指都在指向那块江心巨石，不用问，那一定就是虎跳石。事实上也没有谁去问，十八公里长的峡谷，正用二十一处仿佛海啸的险滩，再用十座宛如天河的瀑布，一同呼啸，一起怒吼。除非智力失常，谁会问这个不需要答案的问题？一根根伸在江面上的手指都在微微颤抖。是江风吹的！是江涛震的！也是江水太凉冰得哆嗦的！人都明白的同时，人心都在疑团中战栗。那从上游石鼓镇奔腾而来的八千多立方米每秒的大洪水闯过来时，这山水天地是否会一起升华，那样的升华又会是何种形态？联系在手指后方的一颗心，一定还要想，白日隐去，星月当空，远山如漆，如此惊心

● 金沙江虎跳峡

动魄的虎跳峡，或许连老虎都不敢接近，有最圆的月亮辉映，最亮的星星照耀，也会让人怀疑，天塌了，地陷了。

江水过峡之快，只弹指之间。

江水过峡之猛，疑为指天画地。

江水过峡之奇，简直就是指鹿为马。

风驰电掣，雷霆万钧，山呼海啸，天崩地裂，对伟力的形容再多，放到虎跳峡里都嫌不足。由虎跳石率领的大大小小的礁石，由玉龙雪山和哈巴雪山治下的高高低低的群山，如此天地配置，在别处唯一的作用是阻碍，放在虎跳峡中，却是为了给春潮、夏浪、秋涛、冬汛添加额外动能，激发出超常能量。

右岸海拔五千五百九十六米的玉龙雪山只留守最高处的雪，作为芳心，将其他的雪，连同紧挨着雪的泥沙砾石，全部交付给虎跳峡。

左岸海拔五千三百九十六米的哈巴雪山只保存顶峰处的冰，作为初心，将多余的冰，连同混合到一起的永冻土，统统贮备到虎跳峡。

与两侧山顶落差三千多米的虎跳峡是温柔者的芳心。

这是再大的水来，再大的浪来，依旧不偏不倚，更不会见异思迁的香格里拉用一百万次桃花汛所证明的。

江流最窄处仅仅三十多米的虎跳峡是刚猛者的初心。这是最强烈的泥石流来，最狂妄的大雷暴来，仍然我行我素，绝不会偏安一隅的大虎跳石率领一连串的小虎跳石所考验过的。

都当惊世界了，还要再向上游两千里寻求天赐，这样的虎跳峡注定是人间课堂里永远的课文。

二〇一七年五月十一日于 G1378 次列车昆明至南京途中

虎族之花

　　沿金沙江向上走到一个叫石鼓的纳西族小镇。

　　通向水边的石阶下，就是万里长江第一湾。

　　下了车，还没到达江岸，心中忽然生出一种思路，想起下游几十公里处的虎跳峡，之所以如此雄奇，想必是受到这第一湾称号的刺激，也想被冠以万里长江第一峡的美誉。还有容不得任何主观臆想的事实，又因为从青藏高原奔腾而下的怒江、澜沧江、金沙江，在号称世界地质奇观的横断山中，形成地球上找不到第二例的三江并流，到了石鼓这里，伴行多时的金沙江，突然丢下怒江和澜沧江，独自转身，实实在在、丝毫不差地拐了个一百八十度大急弯，从本来的正南方向，变为正北方向。人在跑得最快时突然转弯，也会产生头脑想到了、身体跟不上的剧烈扭曲。一条携带万顷波涛的大江，潮头与潮尾的差异更大，好不容易全部跟将上来，在兔子急了也咬人的真理标准下，借虎跳峡作一次性情的大爆发就是必然的了。

小镇一处街角旁，一位专卖用各种山中猛料制成各种天然猛药的纳西族老人，佩戴着一件不起眼的饰物，上面绣有"虎族之花"四字。我用手机拍下来，发给这一带的几个作家朋友，才知"虎族之花"是纳西语"剌巴"的汉译，而"剌巴"则是当地纳西族人对石鼓小镇的称呼。

所以，石鼓小镇是名副其实的虎族之花。

金沙江将自身转折处选择在虎族之花，也只有虎族之花配得上如此转折。

虎族之花处，金沙江水梦，如此梦想正是为着奔向万里长江。

历史与自然，是这个世界上最默契的一对，相比嫡传父子、百年夫妻、同胞兄弟也是有过之而无不及。自然变迁会让鬼哭神泣，历史转折处也免不了惊天动地，而后留下各自的虎族之花。

　　在乌江畔，就曾遇上历史转折时留下来的如虎族之花般不朽身影。

　　乌江水不算清，也算不上浊，一座山映在江面上，影影绰绰，亦真亦幻。在山连着山的倒影上，分明还有一种身影不是倒映在水中，而是以宛如天造地设的方式出现在所有倒影之上，让本该使人心醉得万物花开的倒影，成为一种与时宜不相合适的突兀。这样的倒影不能称之为倩影，那是万般无知带来的一种轻薄；也不能说成是英姿，那也只是相比无知略好一些的浅俗。幸好后来能在金沙江畔，得到天恩，赐我以虎族之花，否则也会因为找不到合适的词语而无地自容。

　　到达赤水后，能将江河望穿的还是那从乌江开始一路跟随的如虎族之花。

　　这虎族之花般的身影叫中国工农红军，曾经有十万之众，万里征尘尽染，来到乌江与赤水的只有一万余人。热的血为赤，铁的血为乌。用浓的血染透赤水，用铁的血铸就乌江，再伴以熊熊大火与滚滚硝烟，深深铭刻在包括乌江和赤水在内的源流之上。没有强渡乌江的红军也是红军，没有四渡赤水的红军还是红军。乌江强渡了，赤水四渡毕，长江上游的山山水水注定要为历史留下一个个更加伟大、更加不朽的经典。从乌江到赤水是这样，从乌江和赤水再到金沙江又是如此。

中国工农红军铁血将士，将生死存亡的转折托付给乌江、赤水和金沙江，太不像历史的选择，而应当是苍天在上的一种过于残酷的诗意的安排。金沙江在石鼓这里成就万里长江第一湾后，江水从向南流改变为向北流，此后虽然免不了还有这样那样的艰难险阻，却是春水满江越来越浩荡。红军将士在冲破这些天堑以后，心中怀着的理想星火，天天都在向着宏伟目标无限接近。

没有虎族之花的怒江和澜沧江，不曾转弯，也没有掉头，顺着各自习惯了的大峡谷，轻松自如平平淡淡地往滋润的南方去了。金沙江到了石鼓，石鼓之地真有石鼓，是汉白玉雕刻的，上有一道裂纹，战乱年代裂纹久开不合，和平时期裂纹久合不开。金沙江到来时，从不发出声响的石鼓山崩地裂地响了一声，仿佛一声召唤，偌大的江流说掉头就掉头，想转弯就转弯，硬生生地将向南的流水一滴也不落下地改为尽数往北。

　　传说若要石鼓再响，除非金沙江不再逆行向北，重新径直往南，继续与怒江、澜沧江携手并肩，成就事不过三的三江并流。一九三六年四月二十五日，金沙江流水如往常一样该惊涛骇浪处依旧惊涛骇浪，是波澜不惊的照常波澜不惊。没有任何预兆，连白云下最敏感的飞鸟，岩泉边最灵醒的獐子都没能提前知晓，那汉白玉石鼓说响就响，仅仅一声，石鼓小镇就沸腾起来了。

　　一位被誉为金沙江第一船工的老人，曾经在石鼓水文站工作，老人每天早上都会绕着汉白玉雕塑的石鼓走上一圈，再绕着小街纵横的石鼓走上一圈，直到一百零四岁那年才停下脚步。行走的时候，老人会在嘴里含一坨生羊油，不知情的人将此当成老人长寿的秘诀。能有资格称为金沙江第一船工，并非因为老人长年划船在金沙江上测量水文，而是年轻的时候，划着木船，帮助红军渡过金沙江天堑。一九三六年四月二十五日这天，一万八千多名如虎族之花的红军将士来到了万里长江第一湾。石鼓响起来后，他和别的船工一道拿起船桨，用七条木船、二十多只木筏，在沿江六个渡口向东横渡，将红军一船船地送到金沙江对岸。人多船少，当船工的四天三夜没休息，又冷又饿时，老人抓起一坨生羊油塞在嘴里，等到将大队红军全部运送到金沙江对岸后，得空回味生羊油的特殊奥妙，自此形成独一无二的养生方式。

待如虎族之花的大队红军北上去远，虎族之花当地人才想起来，石鼓已响过多时，传说中，金沙江会掉过头来重新与怒江和澜沧江三江并流的预言为何没有兑现？骨子里人人都是虎族之花的中国工农红军与虎族之花不期而遇，万里征程中，每一步都是高韬伟略、大智大勇。金沙江何须再改变！有虎族之花的红军，将会改变比金沙江更加源远流长的历史，在这样的长河里，金沙江再来十次大转弯也是可以忽略不计的。

二〇一七年五月十二日于南京金陵滨江酒店635房

那是铁虹

人死如虎，虎死如花。

这话看着浅显，要说得人人明白，一点也不糊涂，还有些难度。人之既死，无非是一摊腐肉与白骨，与老虎不存在任何关系。老虎死与人死，也是一样的，老虎肉也会腐烂，老虎骨头稍有不同，在变成白骨之前，一定会被人拿去用酒泡上几十年，等到骨头里有用的东西全部流失到酒里，虎骨也会成为白骨一样的废物。到了这一步，最丑陋的牛粪花，也要强过这样的废物，况且这话里的花，一定是如花似玉的花。将这样的花与死老虎连在一起，实在让人费解。

有些字必须放在一起，有些字能够勉强放在一起，还有些字是不能放在一起的。人死如灯灭，人死如虎，虎死如花，这三句话正是这三个层次。

汉语是由一个个字组成的，每一个字都有其特定的意味，都能用独有的文化品格独立传播与传承。就像铁字，让人首先想到坚硬深黑的日常金属，还能用于对各类只可意会不可言传事物的形容。还有，只要虹字一出现，谁都知道那是雨后初晴、天际中最美的风景，在美景背后的虹，是虚幻得没有抓手、短暂不长久、华而不实、只求虚荣的代名词。

汉语的奇妙在于，可以将不同的字创造性地结合在一起，改变这两个字原本的意思。比如将铁字与虹字组合在一起，成为新的词：铁虹！除了一下子读到并在心里自然产生褒扬的理解，任谁都不可能琢磨出相反的意义。

铁虹一词是在石鼓小镇的铁索桥上遇见的。

那条不太起眼的冲江河，宛如斜刺里杀出来的蹊径强人，紧贴着小镇的眉眼插入金沙江。

在金沙江眼里，冲江河除非用最暴烈的方式，才能引起她的注意。毕竟这河这水也是从与玉龙雪山和哈巴雪山纠缠不清的那些大岭深谷里冲出来的，目标也就是到金沙江为止。冲江河确实是如此自我表现的，咫尺之遥的大江大水经常泛着清波，冲江河里的浊浪却是经常横冲直撞。

不是铁索桥，无法横跨这冲江河上。

铁索桥宽一丈，长五丈，连接成铁索的铁环全部由手工打造，上面布满铁锤锻打留下的粗糙痕迹，桥两头有风雨门楼，分别赋予"上下天门""退还庆幸"匾额，而深刻在铁索桥上的"铁虹桥"几个字将当年的才子气韵表露无遗。在传说中，三国时期，诸葛亮为平定南方十八洞蛮，在此"五月渡泸"（金沙江古称泸水），借的就是冲江河水几乎一下就到达金沙江主流的冲击力。公元一二五三年，忽必烈又在此"革囊渡江"，则是沿用诸葛亮的计策，继续借助冲江河之力，将将士送到金沙江对岸。元明两代都曾在此设立巡检司，深深掌握着茶马古道和古丝绸之路。此中英雄辈出，强豪不断，于铁索桥却是晚清当地才子所倡建，至今留下口碑的匾额与桥名，也是才子所为。

也有才子所不能为，小镇从前的名字叫虎族之花，因为虎是纳西人崇拜的图腾，这金沙江边极为奇特的小镇就有了一个灿烂的名字。明嘉靖年间，一个叫木高的土司为纪念其连年征战战果累累，就用汉白玉石材雕塑一面直径为六尺、厚度为一尺八寸的石鼓，竖立在铁索桥头。有人讨好取巧地将小镇叫作石鼓，见土司没有反对，其他人也只得跟着叫起来。

让才子无可奈何的还有二○○八年夏天的大洪水，从上游岗拖、巴塘、奔子栏等地倾泻下来的洪峰，一夜之间就暴涨到海拔一千八百二十七点二米处，将小镇淹得既不像虎族之花，更不像石鼓。面对流量高达八千多立方米每秒的洪水，铁索桥上的粗大铁索，只能在水底暗暗地做点绊马索与绊脚石那样的事，虽然不遗余力，到底还是无法羁绊。那汉白玉石鼓占了较高位置也无法避免与鱼虾为伴、被青苔所蒙，波浪击打着石鼓的所有部位，石鼓不响波浪能代替它响，涛声如鼓，鼓如涛声，向前漫卷金沙江大转弯，往后漫卷石鼓，漫卷铁虹，漫卷虎族之花。

上下天门，退还庆幸。怀如此境界的才子也是才子。

将钢铁与彩虹联系到一起称为铁虹的才子也是才子。

这小镇存在了好多个八百年，从下往上走有七条街，从上往下走有八条巷，从东往西走有许多爬满青藤的小院，从西往东走有许多老木料做成门窗的小楼。那些用彩衣彩裤打扮的青春岁月，那些用青衫黑褂披挂的沧桑日子，一摊子黑色金属打制的生产用具，两摊子用塑料制作的家常用品，三摊子老式胶鞋新式皮鞋不老不新的布鞋，四摊子山里产的吃货山外来的零食，此外的摊子全是花花绿绿五彩缤纷的女人裙衩间或还有几样男人衣裳。

那开满街巷的三角梅似有十倍的鲜艳，那环绕小镇的桂树相比别处平添了许多娇媚，那在外围将桂树与小镇一起环绕起来的柳树，居然不见了柔弱尽显求之不得的娇贵。还有冷不防高出万物的蓝花楹，一片叶子也不曾生长，就将千朵万朵的紫色花奉献给宽阔适度的山谷。

这些都是为了印证那句话：石门对石鼓，金银万万庹，有人猜得出，买下丽江府。小镇到兵家必争之地的石门关没多远，溯江而上过石门关，再到丽江城也没有多远。对小镇来说，买下丽江又怎么办，路程再近也不能搬到小镇这里来吧？这才有小镇更看重的"山连云岭几千叠，家在长江第一湾"。也是因为有了这句话，街巷里那卖铁制生产工具的敲响一下铁铧，一声尖锐的金属声里，满街挂着等待主人的衣衫一齐飘扬起来。将这样的情景说成是铁虹，是不是有些勉强。那再敲一下铁锹，让满山的杜鹃花一齐飞舞起来，至少与铁虹有关。那真的铁虹桥掩映在浓郁的绿荫中，只要桥下还有浅水，铁虹的意义就会长在。

人死为什么如虎？为什么虎死如花？

那意思或许是说，人死了，人都敬畏，老虎死了，人都喜欢。

我不得不佩服将铁虹二字组到一起的那位纳西族才子，铁的意思也是为了让人害怕，虹的意思也是让人喜欢。

二〇一七年五月十三日于 G1735 次列车南京至武汉途中

任性到玉树

终于踏上万里长江人文行走的最后一程了。最近一阵一直在创作新的长篇小说，按过去的习惯，这样的时候自己是断断不会三心二意地再去做别的事，然而，一想到终于有机会拜谒到那日日夜夜从我们生活中流过的滚滚大江的本源，就觉得再重要的事情也值得往后推一推。

记不得上次任性是什么时间了。这一次，我是下定决心了，而且还是一次做出三个任性的决定。第一个决定是要乘高铁，由武汉到兰州再转西宁，飞机再快捷也不选择。第二个决定是必须到玉树，衔接第三阶段走过的金沙江和第四阶段将要率先行走的通天河，再横穿可可西里抵达沱沱河，而放弃经德令哈与格尔木也能抵达通天河上游的经典旅游线路。第三个决定也是不得坐飞机，只能乘汽车在高原上长驱八百二十公里到达第四阶段的起点玉树。

有人说，任性首先要有本钱。其实不然，关键是必须承担任性所带来的各种效应。二〇一七年七月十九日从武汉出发的高铁，像是患了冷热病，过郑州、西安、天水等地，虽然车厢内空调质量够可以的，但还是扛不住车外不断变化的气温，一会儿需要加上外套，一会儿又恨不能将衬衣脱了只留下文明人从来不会裸穿的背心。还有兰州转往西宁的动车上，那些持站票站在车厢过道上的乘客，将三分之一个身子凑在我的肩膀上，隐隐约约地唤起二十世纪九十年代在南下广州的火车上被挤成人肉干的记忆。

让人尴尬的还有，武汉在发高温预警，西安在发高温预警，兰州在发高温预警，都到了号称凉都的西宁，手机上跳出的也是高温预警。西宁当地从来不用空调，住处的房间里连电扇都没有，赶上许多年来最热的一天，即便是从火炉武汉来的人，一旦缺少降温的设施，面对老天爷的任性只能是无计可施。好在有当地的朋友用热情作空调，一边说全西宁找不到一台空调，谁要是装了空调，那就等于是在嘲讽凉都，一边请我等于夜里十一点半开始喝青稞酒。都要到凌晨一点了，天亮之后就要开始翻越九道大山的我等发现，青稞酒真的如朋友们所说，是最好的空调，喝着喝着，天气就转凉了。开始喝青稞酒时，心里还在想，要不要知会老省长，都来这儿了，而且未来的活动肯定要见诸当地媒体，真个一声不响，在情商上总会有点小折扣。一杯接一杯地喝多了，就只记得称赞盛夏时节的青稞酒，是一道解忧的良药，再也不管其他。

第二天早上，按照事先安排，在《青海日报》社的一楼大堂，我与三江源国家公园管理局的负责人就三江源地区行政区划的历史遗留问题谈得很火热。从开始规划长江源之行开始，我就对作为长江之源的格拉丹东冰川，为何落入两省之间行政管理的某种尴尬有了疑问。没想到此时此刻提及此番话题，竟然颇为沉重。我也没有想到，当自己为因应这个话题，摊开那本预备此番行走而购得的几十年前的油印小册子，而引起管理局负责同志的极大兴趣，因为是早期相关地区的土地资源调查综合报告，对方甚至有种如获至宝的感觉，连连称道太有缘分了。

在漫长的行走计划中，长江源这一段被放在七月中旬，也是巧了，适逢作为国内第一座国家公园的三江源国家公园体制试点，接下来宝鸡到兰州的高铁于七月九日正式通车，使得像我这样患有飞机恐惧症，因而对山水大地格外亲近的人，在前往西宁时，也有了时时刻刻与大地不离不弃的现代性选择，同时也能拥有现代化带给人类的高质量的生活方式。

与三江源国家公园管理局负责同志的谈话还在进行时，手机铃声响了，一接听，竟是老省长打来的。我赶紧说，昨天到得晚，又被文化界的朋友拉去喝酒，没有及时报告。老省长既往在湖北多有口碑，后来调任青海，听说我们十一点到后才开始喝酒，就开玩笑说，怎么不叫上我，那时我还没睡。老省长仔细问过我们的行程后，很遗憾地表示来不及见面。交谈中，我心中忽然一动，便对老省长说，对于历时四十天的万里长江人文行走活动，老省长是我们这次活动的前导者。老省长从江苏到湖北工作，再从湖北前来青海，毕生与长江结缘，我们的行走也是从长江下游到中游，再到上游，最后到长江源头。老省长听后轻轻一笑，随口说了一句在湖北时，他最爱说的那句话：我们只是在做些实事。

放下电话，举行过简捷的出发式，踏上八百公里行程，过日月山、河卡山、鄂拉山。临近姜路岭时，熟悉当地情况的司机，发现还没有正式通车的高速公路上不断有跑长途的大货车迎面驶来，便试着也将车开上高速公路，接下来翻越大野马岭、小野马岭就变得容易多了。心里一放松，想法也就多起来。这两年，高铁和高速公路都在快速向着西部高原延伸，既是一种经济上的溯源，也是一种政治上的溯源。

天下事情，莫不是殊途同归，那些看上去风马牛不相及的事，并非真的互不相干，只不过是我们的意识没有到位，我们的思想也没有进入正确轨道。修筑在永冻土上的高速公路两旁，可见到一排排造型奇异又不失优雅的金属杆。这些金属杆具有与电冰箱类似的制冷功能。中国的高速公路建设者，独具匠心地将这巨大的土木工程，按最简单的家用电冰箱的方式进行处理，这想法何尝不是殊途同归？一个简简单单的构思，就解决了世界高速公路建设史中曾经无法解决的难题。

翻过前面的巴颜喀拉山就是玉树时，青海省作家协会主席、藏族才女梅卓突然来电话。有昨夜那一顿酒，她自然知道我来青海了，我也知道她当时正在远离西宁的果洛，断断没有想到，我正前往玉树，她也在前往玉树。

我本有多次机会早几年来到通天河边的玉树，却因特殊原因而没有如愿。这一次不请自来，前两次受邀需要我做的事情，像是仍旧摆放在那里等着我前来完成任务。

终于来到通天河边的玉树，高原的阳光格外明亮，高原的树荫格外清凉。在这座从地震废墟中新建起来的城市里，聚集着一大群散发着浓烈艺术气质的玉树人，作为不速之客，我受邀请参加他们的"'玉树篇章'系列文学作品集首发式"，这一次不请自来，虽然晚了些，玉树用这样一种出乎意料的方式表达对我的欢迎，让我依旧可以任性地说，来得正是时候啊！我还任性地说，尽管在都市里，各种欲望碰撞得电光四射时，肯定会产生瑰丽的文学灵感，那些巨大的文学元素，注定只会蕴藏在山的最沉重处，水的最清纯中。

● 玉树城外的通天河

　　站在玉树，第一眼望见通天河，那清一半，浊一半，激扬左岸，温情右岸，可以迎着高山一头撞过去，可以梦想天外迷离洒出去，如此任性正是长江源起的福地。为了长江的任性实在是一种主观与本能的美妙结合。

　　踏上高原的人是需要一点任性的。

　　没有了任性，高原上的诗意就会躲藏在雪山的另一边。

　　　　　　　　二〇一七年七月二十一日于玉树宾馆 8506 房

麝乡之香

　　几个月前，离开金沙江时，就曾订下这个七月来通天河。

　　这中间，在南京遇上一位在青海待了多年的诗人，也不知如何说起来的，那个饭局，我与他谈及的唯一话题，肯定是那个夜晚，全世界唯有我与他会谈论的。话题的重点是麝香，所涉及的地区是玉树。

　　来到玉树，与随行的当地人说起玉树的别名，除了歌舞之乡等等，竟然没有人知道，玉树还有一个神秘而美艳的别名：麝香之乡。

　　因为麝香，玉树与我面对面时，还是顽强想着香艳所在的远方，还有通天河水命中注定要抵达的前方。

离开金沙江上的小镇石鼓，一直忘不了。

能与一个诗人在南京议论麝香，也是由于如此远方和如此前方。

忘不了的更有那些卖生猛山货的生猛但纯粹的石鼓人。

大地震后重新建立的玉树，大街上的人不多也不少，留下来的空间，正好给那些老少卓玛，用于卖藏红花、藏贝母，以及大小扎西，手里提着小袋子，交易那藏着掖着的虫草一类山珍。再过几天就是赛马节，那时候玉树街上的人一定多得风都吹不进去。眼前的玉树，比通天河水流入金沙江后，遇上的第一座小镇石鼓的街巷多，街上往来的人员却没有石鼓那儿多。

当然，我们在石鼓时正碰上当地逢一五七赶街的日子，小街中间全是人，两边也全是人。中间的人要么慢悠悠地走着，要么是欲走还留地站着。两边的人则半蹲姿势待在小街边，守着自己的篮子或者地摊，卖着自家出产的手工制品，或是从山上收获的各种山货。一位少妇，看模样是见过世面的，姣好的面容上丝毫没有这一带连满脸沧桑的女人都会不时闪现的羞怯，见我们对她面前摆的稀奇古怪东西感兴趣，不待询问就主动说，这叫树花。被她称为树花的东西，既可以说是深灰色，也能够称为浅黑色，除颜色特殊之外，更特殊的是那东西摊开来，展现在小竹架子上，大小如一张普通 A4 打印纸，又像画水墨画的，已经在上面用满水墨了，因觉得不满意揉皱后丢弃在一旁，后又因故捡起来，小心翼翼地打开，平摊在那里重新端详的一小张宣纸。叫树花的并无任何花的特征，看不到花蕊、花瓣、花蕾，更没有花香。我以为这是自己在大别山中待过的童年时经常见到的一种苔藓。这种苔藓如果长在岩石上，倒是被我们叫作石花，毕竟这苔藓的模样与石头相比，有幸称为花，并非对苔藓形态的美誉，而是对丑模丑样石头的贬抑。我曾问这东西会不会长在石头上，少妇回答说，长在石头上的也叫树花。晒干的树花在旁边的布袋里一层层码放好，可见树花在这里很有市场。卖树花的少妇旁边，还有一位少妇，卖的东西更奇特，一只黑不溜秋的东西，像是某种植物的块茎，大得像一只南瓜，旁边还放着一袋从山上挖掘的腐殖土，说是将南瓜一样的东西埋在这土里会生长成很漂亮的藤，是藤草还是藤花听不太清楚，这少妇说话的语气，明显带着清泉一样的清纯与羞涩。

通天河边的玉树，雪山冰川化成水，金沙江畔的石鼓同样是雪山冰川化成水。通天河两岸开着比薰衣草还迷人的紫色碎花，却无人采摘，更无人将其挑上街头。也许是在玉树待的时间不算长，在有限的时间里，只是在玉树州博物馆门前的街口，望见几个穿着藏袍的男人，围着一副从自然死亡的雄鹿头上取下来的巨大鹿角，时而激越时而诡秘地说着话。我有意从他们身边路过，很想也像在小镇石鼓时那样，听见他们的话语中冒出麝香二字。

在石鼓的时候，赶街的人带到小镇的东西多到无数，在太多无法识得的山货中，自己意外遇上了麝香。

玉树这儿，人人手里摇着转经筒，嘴里喃喃诵读向佛的话语，那样很像是告诉别人自己来街上干什么。实际情况也是如此，哪怕他们穿着粗犷繁琐的藏式服装，背着或者拿着同样奇异的物什，也能一眼看出其买卖内容。

曾经的小镇石鼓，男人们背来赶街的东西明显不同。

男人不会蹲在街边卖那些居家过日子的东西，男人卖的东西以粮食等为底线，能看到的上限是卖些生猛山货做成的生猛物品。小镇似乎有着某种默契，将小街小巷拐角或者较高的石阶等处留给这样的男人。那条布满日用百货摊位的小街应当是小镇的中央大道，与之垂直并且通向金沙江边的那条小巷口子上就蹲着一个男人，面前的篮子里盛着的东西，有的似曾相识，有的闻所未闻。似曾相识的是那长着刺的刺猬皮一样的东西，闻所未闻的是那巴掌大小的圆乎乎像只小布袋一样的东西。我也蹲下来，与那男人聊。男人长得生猛，说起话来，除了不太好懂，语气中找不到丁点不与生猛配套的强硬。那似曾相识的果然是刺猬，我不明白为何要将整张的刺猬皮，切割成小块小块的。再问，那圆乎乎像小布袋一样的东西，居然是刺猬的胃，男人说二者都需要研磨成粉后用于治病，不过前者是活血化瘀，后者用于治疗胃疾，从胃炎、胃出血、胃溃疡到胃癌都能治，也都有效。我粗读过《本草纲目》，不记得那本包罗医药万象的书中有此记载。那些赶街的人，大约是对我的少见多怪觉得好笑，虽然没有言语，偶尔停下来看我们几眼，目光里流露出一种浅浅的自豪。

与卖生猛山货的生猛男人多说了几句，那男人眼里的蕴藏开始往外浮现，有种神秘的光彩在闪烁，仿佛是在引诱我追问，他手里还有没有别的好东西。他看我一眼先说没有，还伸手指了指地上，说都在这里。话刚说完，他马上又说，有麝香要不要？听我说要看看时，他又有些犹豫，忸怩一阵才变戏法一样，从身边的什么地方拿出一只小塑料袋，取出一只鸡蛋大小、还留着部分灰黄皮毛的东西。我接过来只看了不到十秒，后来才知道，这东西叫麝香腺囊。小小的鸡蛋大小的东西，一半留着公獐的皮毛，一半露着剥去皮毛的公獐的麝香腺囊，那些神奇的麝香就包在一层薄薄的皮膜之中，从街口照过的阳光照在皮膜上，呈现出斑斓的油画一样的彩色。由于风干了，外面有一层薄薄的天生的膜。我轻轻捏了一下，又放到鼻尖闻了一下，也许刚好十秒，也许还不到十秒，这辈子最美妙的时间就流逝了。那生猛男人从我手中拿回麝香，小心翼翼地攥在自己手心里。

从早期的《大别山之谜》到后来的《圣天门口》横

跨二十年的写作日子，不知有多少次在自己的作品中，情不自禁地提及麝香及公獐。这之前从没见过麝香与公獐，只是在少年时期，无数次听大人们说着大别山中獐子的故事。其中最神奇的是，公獐一旦察觉自己已不可避免地成为人类的猎物，就会倒在地上，将自己的麝香腺囊咬掉、嚼烂，不使人类得到唯一想得到的宝物。这寓言一样的故事，玉树当地的作家朋友也是这样说的，只有一个细节略有不同，他说公獐倒在地上后，是用两只前蹄将自己的麝香腺囊抠下来捣碎，而不是大别山区传说的那样，是用嘴咬撕碎的。客观效果是相同的，都是不想让贪婪的人类以夺取其他动物生命为代价得到人类视为极品的物什。从麝香腺囊外面摸去，里面都是小豆豆。当公獐的麝香腺囊分泌充盈时，公獐会用蹄子踢自己的腺囊，或者以爬挤摩擦树干的方式，使小豆豆一样的麝香颗粒从腺囊里溢出来，遗留在树干与地上，形成罕有的遗香现象。这种遗香如同瓜熟蒂落，一粒遗香就能换来一颗夜明珠。在国内外公认的四大动物香料：麝香、灵猫香、河狸香、龙涎香中，麝香居冠。许多名贵的香水都会添加麝香，这样才能使香水馥郁芬芳，而且香味持久。麝香品质最好的，其产地就有从金沙江上游直到通天河全境一带。

古代将麝香供为神品，用其去恶压邪。东汉名医华佗，曾将麝香、丁香、檀香等置于香袋，悬于屋中，据说可以辟邪，治疗肺痨吐血。民间五月端午做香袋的习俗便源于此。杜甫在安史之乱后流落天水，在《山寺》一诗中写道："麝香眠石竹。"落于乱世之中，还惦念着吟唱麝香，可见其珍奇。唐代就有将麝香掺和到制墨原料中，做成的优质墨叫麝煤，故有后来韩偓说，蜀纸麝煤沾笔兴；苏轼说，金炉犹暖麝煤残；许有壬说，麝煤闲杀春风手；沈德符说，眉史前头贮麝煤；金农说，翠蛾一一画麝煤……唐宋元明清各代文人都将此种不常见的极品墨，作为闲情爱意以及各种愁绪的寄托之物。在摩洛哥古城马拉喀什，矗立着一座建于公元一一九五年、高达六十七米的清真寺尖塔。按那时摩洛哥统治者的旨意，在黏合石块的浆液中捣拌和进大量包括麝香在内的各种名贵香料。八百年后，这座塔依旧香气袭人。

麝香之所以珍贵，在于上苍让物竞天择的公獐拥有一套独特的密制方法，高山之上的密林深处，阳光难得照透的时候，公獐仰卧草地，四蹄朝天，享受阳光的温暖，曝晒脐部之际，蚊、蚋、蝇、蚁等虫类为香脂所诱而集于麝香腺囊吮吸并向囊内钻入，当公獐感到痛痒，猛地收缩麝香腺囊，虫类便被裹进，逐步积脂浓厚，形成的麝香为"蚂蚁香"，品质较次。若麝香腺囊裹进蜂蝎、蜈蚣而形成的麝香称为"红头香"，其品质较佳。当毒蛇吮吸香眼时，公獐因惊痛猛地用力将腺囊缩进并且狂奔，而将蛇头纳入腺囊，蛇被荆棘、灌木乱刺激杀而头身断离，头被碾烂裹进腺囊所形成的麝香叫"蛇头香"，品质最佳，用其医治毒症，疗效奇佳。将千奇百怪的毒素，贮藏在离五脏六腑最近处，加上毕生精血蕴涵而成的麝香，是世间罕有的能治多种危重疾病的灵丹妙药。在此秘方之外，公獐的食谱中，有较多防治疾病的植物，如蒲公英、鸭跖草、千里光、桑叶、贯众、穿心莲、山莴苣、金银花、鱼腥草、紫花地丁、车前草和松萝，如此等等，俨然就是一所专事中药配伍的小型药店。

卖生猛天然药物的生猛男人肯定窥见我内心复杂的

想法，收起麝香不再搭理我。我本来有些不舍，却发现气氛有些不对，只好赶紧离开。

从金沙江上游回到武汉的第二天，有新闻称，已"功能性灭绝"十年的白鱀豚在长江中游重现。新闻说，五月十四日上午五点五十八分，科考队员发现有长江江豚跃出江面，随后江豚两三个、四五个一群的情景多次出现。至六点十几分，在经度：118.0751180，纬度：31.2167990，先后三次目睹白鱀豚拱形跃出水面并露出鳍背。白鱀豚体色青白，有背鳍，有一个长长的吻，受阳光反射或逆光影响，背部颜色看上去不一定是白的或者灰色的，也可能是黑的、棕色的。白鱀豚个头明显大于长江江豚，出水时长吻先出水，接下来是背部、背鳍，每次出水，背鳍必定会露一下。

这是与遇见麝香同样美妙的时刻。

獐子在峡谷山峰上奔跑的英姿，与长江中的白鱀豚出水动作一样非常优雅，非常潇洒，非常柔美。万里长江水中若是真的没有了白鱀豚，将是一种天大的遗憾，山中丛里见不着獐子也会是人类的悲剧。

　　回武汉时在昆明转车，与几个朋友相聚时情不自禁地说起头一回见到麝香的情景。一位朋友说，很多年前，还没有出台动植物保护法时，父亲的工资只有六十多元，却每每拿出其中一半，买上一颗麝香，几年下来竟然积攒到二十三颗。父亲将其密封好收藏起来，不意后来患上阿尔茨海默病，那些麝香就变成谁也无法知之的一种存在了。这故事与公獐遇绝境时会将麝香自我毁掉的传说异曲同工，已无限接近警世寓言了。

　　这寓言是在说，我们脚下从通天河到金沙江到川江再到扬子江的万里长江，或许正是如此麝香。谁想伤害她，她就会以自己伤害自己的方式回敬对方，最终受到伤害的就成了整个世界。在这个世界里，人类是不可能独善其身的，更不可能以掠夺万物的方式换取唯一一种生物的进化与存在。

　　通天河这里獐子更多，麝香也更多。玉树的朋友说，这些年经他的手卖出去的麝香有几百颗。在我几乎吓倒的时候，他坦率地说，其中真的麝香不会超过二十分之一。聚成几百颗麝香，少说要几百只公獐，加上那些临死之前将麝香亲自毁掉的公獐，岂不接近上千只，那是多么大的一个群体，即便是在通天河畔广袤的高原上，一起奔跑起来也会惊天动地。很显然，用二十分之一相乘，得到的数字也代表着一个不小的獐子群体的消失。玉树的朋友还说，这几年经常见到麝，他们所说的麝，是公獐与马麝合并到一起的称呼，只是马麝的麝香相比公獐略有差逊。

那位开车载我们的驾驶员，听我们说麝香时，忍不住指着前方的一片草地插话说，自己去年开车经过时，看到两头麝，那体形漂亮极了。驾驶员还说，这一带还有野马。这话让我们听来吃惊不小，除了新疆的普氏野马，再没有听说其他。驾驶员坚持不认为自己错将野驴当成野马，就他所知道的，有不少人见过野马。在青藏高原跑这么多年，如果连野马、野驴都分不清，会是一种耻辱，他说，野驴有明显的白屁股，野马没有，体形也大许多。我选择了相信他的话，毕竟一路走来，他一边开车，一边随便看上一眼，对路边的野生动植物，都比另几位当地人说来正确。

在玉树州博物馆，陈列着太多珍稀动物的标本，比如雪豹、野牦牛、藏野驴、藏羚羊、白唇鹿、棕熊、猞猁、兔狲、豺、石貂、岩羊、盘羊、藏原羚、金雕、黑颈鹤、秃鹫等，却没有本该出现的獐。对于麝香之乡的玉树，这该作何考虑。假如玉树自己从不以麝香之乡为骄傲，也不将麝香当成维系自身的某种名堂，那将是此类名贵资源的一大幸事，也会成就另一种更加名贵的麝乡之香。

二〇一七年七月二十二日于曲麻莱县母亲河宾馆402房

岩石上的公主

历史的某些篇章在不同时期出现不谋而合，有针对天翻地覆的大事，也有关于鸡毛蒜皮的琐事。越是靠近主流越是难逃如此宿命。这就像做了长江的支流，哪怕只是支流的支流，哪怕只是源流的源流，纵然藏在青藏高原深处做了网状河源也难以独善其身。长江上掀起大风大浪，长江上吹拂和风细雨，不管是对大境界的崇尚，还是对小玲珑的怀想，都会受到影响。

出西宁城，穿过湟源，翻越日月山，横跨倒淌河，在海拔四千七百米的玛多县城深刻领受高原带来的强烈窒息，人无法不对高原做出强烈反应时，不由得想起一千四百年前文成公主在此与松赞干布第一次见面，种种反应,定会更加强烈。再沿温泉、花石峡,站上巴颜喀拉山,蹚过清水河,来到当地人习惯称为结古巴塘的玉树。

也是读书多了的缘故,每每听人提及文成公主,感觉上那频率是有些高,心里并没有真的在意。待见到有研究者著述称道,霍地一下心动后深以为然。无论是作为玉树地区政治经济文化中心的结古老镇,还是在花草无边无际、牛羊无边无际的巴塘草原,但凡是用声音作为媒介的,谈吐也好,歌唱也罢,不出三句,必然会出现文成公主四个字。

到玉树第一站自然是通天河。

通天河边,让人不能不伫立怅望的地方叫勒巴沟。

站在勒巴沟口,用那一路风尘、半生荒唐的双眼,注视被远远近近的冰川雪山之水冲刷得足够深邃的通天河。如果没有那细软白沙与粗犷岩石勾勒出来的水渍线,通天河一定会将清波之上直至高到天边的峡谷全部当成河床。站在通天河边,很容易将那迷离的紫色花和黄色花当成水中游弋的一群群小鱼儿,生长在山坡上的一丛丛沙枣灌木在白云下面晃荡,简直就是雪花波浪之下的青苔,至于白云,不仅仅与雪浪异曲同工,还似那最显万里长江魅力的碧空孤帆远影。

　　站在通天河边，手把当今，心怀千古，勒巴沟前的通天河水，看样子是做不到清纯见底的，不是不清洁，也不是清洁得不够，无论怎么看，河水都是清洁的，有足够的品质，惹得人想趴在水边喝他个三下五除二。反过来，无论怎么看，河水又是无法令人完全放心，有足够的理由，使得人不敢将掬在手中的河水一滴不漏地送进口腹之中。

　　勒巴沟与通天河连通处，天生一副渡口模样，其最重要的时刻是自大唐都城长安远道而来的文成公主登临。文成公主原本是大唐皇室远支宗室女，贞观十四年（公元六四〇年），太宗李世民封其为文成公主。此前的贞观八年，唐蕃正式建立联系后，吐蕃赞普松赞干布向大唐提出了迎娶公主的请求，被唐皇太宗婉拒。再往前，大唐为了与西北友邻亲和，几乎有求必应，不惜嫁出去好几个公主，独独嫌弃吐蕃，这让松赞干布有些气急败坏。松赞干布一方面错误估计形势，想趁机蚕食大唐疆土，另一方面也有向唐皇炫耀实力的意思，一时间举兵二十万进攻松州，虽然被大唐军队一击而溃，第一个目标没有实现，第二个愿望却顺利达到。贞观十四年,松赞干布再次遣使来到长安,向唐太宗谢罪,携五千两黄金和大批珍宝,重新提出请婚要求。这一次唐皇太宗慷慨应允了,将文成公主远嫁吐蕃,成为吐蕃赞普松赞干布的王后。

天下渡口,一半用于送别,一半用于盼望。

送别的送到情深处,人人注定要成为落花流水。

盼归的盼到绝望时,个个免不了会化为孤山独崖。

万里长江,从吴淞口开始,水流两岸,留有多少望夫石和望郎崖,最著名的神女峰,也即是对夫君与情郎最著名的相思守望。

文成公主辞别家人,离开长安的日子有人记得,长途跋涉多久,何时到达通天河,只知道还是贞观年间,却不知是哪一年、哪一月和哪一日,更不知道是高原反应,还是旅途劳顿,从这渡口起岸登陆的文成公主,同样久久伫立,长长回望。时间长久了,就和天下痴心女子一样,将自己变成了只有用石头才能表达的纪念。

不同之处在于,文成公主将自己画成画,雕刻在身后岩石上。

● 通天河边勒巴沟口传说文成公主石刻雕像

不同之处还在于文成公主痴心相望时，夫君就在身边，她将自己画成画像，雕刻在身后岩石上，仍旧有夫君依依相伴。

一个贵为明珠的大唐皇家女子，将自己的容貌，勒石留下，有的是向佛之心。

身为大唐皇家公主，远嫁他乡，将自己的容貌与夫君同时雕刻在通天河边，是否还有不便言说的其他深意？比如让水中倒影托寄通天河向东，到金沙江，再到长江，或是由乌江起水，沿着几十年后，为应对李家那位著名媳妇的著名馋嘴，而快马加鞭运送荔枝的子午官道，翻过秦岭重回长安。也可以继续顺流而下，穿过瞿塘、巫峡和西陵三峡，再过洞庭湖口，望见龟蛇二山之后，半拥左岸，转入汉水，跟随去往长安的官船民舫，逆水漂流回到长安。女子貌美倾国倾城也还是女子，心性柔情似水也非真水，却这般担起国家和亲重责，若是日日思家、夜夜想娘，非要用比风霜更摧残人的泪水将自己洗成一块瘦削的石头，更加于事无补。

几十年后，同为大唐公主的金城公主，在通天河边仁立时，一定凝望过岩石上的自家先辈姑奶奶。再到勒巴沟深处，膜拜在大日如来佛像前，更是由惦记自家先辈姑奶奶，引申到深深惦念自身命运。金城公主如是下令加盖大殿，护着神似自家先辈姑奶奶的大日如来摩崖佛像，同样是在护着自己的前程与命运。

与文成公主一样，金城公主也是宗室出身。金城公主是在吐蕃赞普赤德祖赞于神龙三年（公元七〇七年）三月向大唐请求联姻之后的一个月，被唐皇中宗下旨封为公主的。不同的是，金城公主老早就是唐皇中宗的养女，景龙四年（公元七一〇年）正月，唐皇中宗命左骁卫大将军杨矩护送金城公主入吐蕃。中宗亲自渡过渭河到始平县设宴百官，命随从大臣赋诗为公主饯行。席间中宗谈及公主年幼即要远嫁时，不禁唏嘘涕泣。同年二月，中宗将始平县改名为金城县，将百顷泊改名为凤池乡怆别里，并赦免当地死刑以下囚犯，免百姓赋税一年，由此可见中宗对金城公主的不舍之情有多深。

在通天河边站得再久也要离开，有文成公主在前，后来的金城公主显然明白，画在岩石上的女子是天下命运相同的女子，雕刻在岩石上的公主足以概括诸如此类的公主。沿着勒巴沟往巴塘草原深处走，现在的路可以让汽车飞驰而过，当年能骑马前行就十分了得了。文成公主在巴塘草原学会了十分了得的骑马技术，也教吐蕃人纺织、建筑、耕种，还有饮食、礼佛、服饰和歌舞。学会骑马的文成公主，可以骑马进藏时，就让手下画匠在崖壁上画一幅自己的肖像作为纪念。几十年后，同样沿着唐蕃古道走进勒巴沟的金城公主，命人依着自家先辈姑奶奶的画像，雕刻在崖壁上，再修盖庙宇加以保护。这时候的金城公主从自家先辈姑奶奶那里参透了公主和亲的大义，在庙堂内的山崖上，雕凿出九尊彩色佛像，正中的大日如来佛身着唐时盛装,透视的也是唐代女性风韵。多少年来，从吐蕃人到藏传佛教徒，嘴里念着六字真言，心里赞美的是文成公主。相比通天河边，勒巴沟口，文成公主自己对自己的雕刻，又令人有一种前所未有的喟叹。

春秋五霸，战国七雄，两汉共二十七帝，享国四百二十二年，大唐共历二十二帝，享国二百九十年，北宋南宋上承五代十国下启元朝，共历十八帝，享国三百二十年。

明朝共传十六帝，享国二百七十七年，不算其他积弱朝代，仅仅上述强权雄治时期，一群群嫔妃，为一代代帝王养育不计其数的女儿。那些著名王宫，如咸阳宫、阿房宫、长乐宫、未央宫、洛阳宫、大明宫等，其间居住了多少公主，即便是专事此类管理的宦官太监也心中无数，再者就算册簿上记着公主名字，排除书写优良、装帧精美，本质上与无名小卒默默无闻的家谱没有两样。一本本典籍，一朝朝史记，如若提及公主，多是后宫倾轧、偏殿血腥，除此之外，再难得见公主名声。一幕幕乡戏，一道道传闻，多是借公主之名，普及珍奇异宝，说些风土人性。唯独和亲公主，人人青史留名。

据《唐蕃古道志》记载，文成公主与之后的金城公主进藏和亲后，也即唐贞观八年（公元六三四年）至唐武宗会昌六年（公元八四六年）的二百一十三年间，唐蕃互遣使臣一百九十一次。唐朝出使吐蕃六十六次，其中一年中遣使两次的有八年；吐蕃出使唐朝一百二十五次，其中一年中遣使两次的有十四年，遣使三次的有六年，遣使四次的有三年。使臣们的任务是通好、和亲、献物、会盟、报捷、朝贺、报聘、报丧、吊祭、请互市、迎送僧、求诗书、求医、求匠等。来往的使臣从几十人至百余人不等。那段时间也是汉藏两地历史上少有的和平光景。

通天河边的勒石画像简洁无繁，看不出香腮凝怨不等于芳心无愁。

勒巴沟深处摩崖石刻仪态大方，清清楚楚的高贵并不表明没有人性卑微。

再好的女人也不是人间力量的全部，人间力量是为了让女人变得更好。

再好的公主也替代不了国家的实力，国家实力绝不是为了使公主更加养尊处优。

王昭君若不通好胡人，杨玉环若无长恨之歌，西施若没有以身许国，貂蝉若没有连环大计，古来四大美女谁也成不了千载美人。所以，做美女容易，只需笑也可人、愁也可人、病也可人就行；做美人却难，在美女素质之外，还要求识大体、懂大局、留大德才有机会。青史留名的公主，可以不是美女，也可以不是美人，但必须是身为公主做了公主本该做的、绝大多数公主又不愿做的事。公主之事，事事在朝廷与国家。

达官显贵的儿女，也当如此，若能比其他人更明了民众疾苦大于自身疾苦，民众利益高于自身利益，长江两岸，每一条河流，每一座山沟，就会拥有自己的文成公主。

　　二〇一〇年四月十四日的大地震，导致玉树的土地上没有一所完整的房屋，没有一座不受损坏的寺庙。紧挨着文成公主庙的勒古寺，更是损坏到没有一面站立着的墙。同在一座山上的文成公主庙却是玉树土地上仅有的奇迹，所依靠的山崖没有掉一块石头，没有出现一道裂缝，文成公主庙的里里外外上上下下，不要说没有任何损坏，那插在佛像前纤细的藏香只是像往常一样落下一些本该落下的灰烬，供奉在佛前的酥油灯，仅仅如同有风吹来那样，闪烁两下火苗后，便归于平静。

　　勒巴沟翻译为汉语是为"美丽沟"，文成公主被吐蕃人尊称为甲木萨，意思是汉地来的女神仙，不是神仙又怎么能千百年来一直活在通天河边的岩石上？

　　天地有灵，当会如此善待这位活在岩石上的公主。

二〇一七年七月二十四日于格尔木玲珑湾大酒店 401 房

吉祥是一匹狼

实在没有料到，这一次会遇上狼。

小心遇上狼这句话，小时候经常听到。长辈们这么说话，完全是出于一种习惯。他们所说的狼，是一切危险的代名词，甚至包括跌倒与摔跤，是否真的遇上狼并不重要。所以，小时候听长辈说狼时，整个就是著名故事《狼来了》的家庭生活版，如果将小时候觉得害怕的动物排出名次，狼的位置肯定排在老鼠后面。

在抵达曲麻莱之前，也曾走过各种各样荒僻野险的地方。偶尔想到狼，几乎全是对某些人事的感觉，鄙视其人其事，或狼狈为奸，或狼心狗肺，或狼子野心。真的是如此，用不着脑子想，随便用脚后跟想一下，就能得出与真理相差无几的结论。狼很稀少，狼事也很稀少，多的是那些如狼似虎者做的如狼似虎事。

曲麻莱是县名，去往长江源头的计划行程里，原本没有这一站。

到玉树后，先是在当地作家的活动上，介绍玉树州的文联主席时，提起这个地名。我有些没记住，过后问别人，说那个县名有三个字，对方说那就是曲麻莱了。玉树州所辖五县一市，其余称多、杂多、治多、囊谦、玉树等名称都是两个字，只有曲麻莱的县名是三个字。关键因素还在于，长江北源楚玛尔河，在曲麻莱县境内汇入通天河，对方还说，已安排好让我们去在通天河边放牧的牧民家看看。从长江入海的吴淞口一路走来，多是以各地水文站为重要节点，在青藏高原上，能与靠水居住的牧民有所交往，这机会并不是说找就能找到的。

治多县的人也插进来，也要我们去，说治多县才是长江北源的最源头。我们都路过治多县城了，终归没有停下，不只是时间问题，还有或许涉及某些大政方针的问题。比如他们迫不及待地告诉我们，自己的一位县长曾在本县县域之内被外来的警察扣留了三十六个小时，最后还是由省政府出面与相关方面沟通才得以放人。说起来县长还是在做本分工作，上面来了专业人员要考察长江北源，县长带着客人过去，被也是在工作岗位上值守的以唐古拉山山脊为省界的邻省派驻的警察拦截下来。县长大吼大叫，掏出工作证，证明自己是治多县的县长，说我在治多县管辖范围内履行宪法职责，行使行政职权！县长带人硬闯时，同样是在执行公务的警察毫不客气地将其扣下了。说起来，这也是在西宁时三江源国家公园管理局负责人痛心疾首提及的那份尴尬。当年唐古拉山南坡的那曲地区闹雪灾，为了支援兄弟省份，唐古拉山北坡这边的玉树地区，允许山那边那曲地区的牧民越过山脊，到玉树这边来放牧。多少年下来，那些受邀过来的客人倒过来变成了主人，毫不客气地将真的主人拒之门外。

　　都说狼的领地意识极强，狼对领地的拼死捍卫，完全建立在生存必须得到保障的基础之上。人的领地意识看上去没有狼那么明显，骨子里比狼有过之而无不及。狼只在自己的领地里，维系着生殖权和生存权，没有其他欲望。

人就不同了，只要能想到的东西，就会想着法子希望弄到自己手里，而不管这东西是不是自己的。欲望虽然是人类发展的最大动力，可也是妨碍人类发展的最大破坏力。

在三江源地区，狼的任何欲望都要受到尊重。

相反，任何人为的欲望都会给三江源地区造成万劫不复的灾难性后果。

离开玉树，沿着通天河一路往前走。玉树在通天河下游，曲麻莱在通天河上游，我们的行走理所当然必须是逆流而上。越接近曲麻莱，越接近可可西里，情况越不同寻常，汽车一如既往地向前奔驰，不时地，通天河也会抓住什么机会似的，哗哗流淌着并驾齐驱。同一条通天河，有时很蹊跷地变得很纤细，转眼之间便又恢复到汤汤模样。通天河终于在河中心创造出一座铺满高原沙棘的小岛，远远看去，就像是藏羚羊那黑黑的秀目。过了这小岛，就不怕治多县的朋友追着要我们回去了，因为路旁赫然立着曲麻莱县的标示牌。

曲麻莱之辽阔，来过以后才知道，汽车在可可西里长驱直入大半天，路边的指示牌，手机的导航图，都显示仍在其境内。在玉树时就知道再过两天的七月二十五日就是当地赛马节，等我们到了曲麻莱，才明白其盛况，后悔何不将行程往后推迟两天。整个县城除了从内地来的建筑工人，街面很难见到当地人。问过县委宣传部的副部长，说是都到玉树看赛马节去了。宣传部共有三个人，只留下他在家值班，部长带着仅有的科长去了玉树。我们说笑，行走长江以来，从未有当地宣传部全体人员都出面迎接的，这也算是受到最隆重的欢迎了。

这一刻的曲麻莱是如此，不是赛马节时的曲麻莱想来也差不多。去到通天河边牧民家的路上，天上飞翔的黑鹰，地面掠过的红隼，远远多过人。如果与那些或奔走或觅食的珍稀黄羊和藏野驴相比，此时此刻出现在草原上的人简直要反过来被当成珍稀动物了。

是太阳西下的时候了，高原上飘起了牛粪燃烧的特殊酽香。

从县城出发，车行六十公里才到达父亲的名字意为英雄、儿子的名字意为金刚的牧民家中。

我一点也没有瞧不起他们家那一千多只美人般的羊

儿的意思，相反，当比英雄更胜一筹的金刚骑着摩托车像越野赛车手一样冲上屋后高高的山坡草场，赶起铺天盖地的羊群，让那毛茸茸的整面山坡在偏西的太阳下浪漫地飘动起来时，着实令人诗兴高涨。我也不会不对金刚的美丽妻子挤牛奶的风韵没有兴趣，那身美丽到极致的藏族服饰，配在标致的身材上，还有脸上迷人的高原红，足以影响一个人往后的审美。我更不会不满那片面积达数

万亩的草场略显沙化与贫瘠，在连年少雨的自然条件下，英雄与金刚坚持让他们家的羊群数目保持在一千头上下，一有多出，便行宰杀，使得草场生态有所好转。

我是迫不及待地想要知道通天河在哪里。

在他们家门口，有一条干涸的草原小溪，如果这就是通天河，那就太恐怖了。幸好，当我终于有机会发问时，叫英雄的父亲扬起手中的抛石绳，指着太阳底下的远方

● 牧民金刚和他的羊群

说，在那里。

在辽阔的草原上，这一指至少有好几公里。

说他们家在通天河边，是因为在他们家和通天河之间，再无其他人家。

在长江源头，不要说雪山边、草原边，就是一只羊的尾巴边、一头牛的犄角边，那距离与空间，就足够令人感叹。汽车翻过几道沙岗，驶过几道沟坎，前车扬起的沙尘落下后，一片宽阔的水面终于出现了。

这中间有羊也是英雄与金刚家的，有牦牛也是英雄与金刚家的，有草地有沙岗也是英雄与金刚家的。那些总在这一带盘旋觅食的鹰和隼，那些总在这一带来回踱步的狐狸与黄羊，不是英雄与金刚家里的，反而是将英雄与金刚当成狐狸或黄羊自己家里的。

在山上，英雄用抛石绳抛出的石子，可以从一面山坡抛到另一面山坡。在草地，英雄用抛石绳抛出的石子，可以从羊群的这边抛到羊群的那边。在通天河，英雄一连三次抛出的石子，都只能勉强到达离水线不远的水边。英雄既没有说自己是英雄无用武之地，也没有说自己是英雄迟暮，英雄一次次地盯着石子落下时溅起的水花，终于不再作新的尝试。往上游去不远就是长江北源楚玛尔河入通天河的河口。过了那河口，再往上就是万里长江的正源沱沱河了，大概是草原宽阔的缘故，作为上游的通天河反而比快要流成金沙江的通天河宽阔许多。也不知那水底都有些什么，本该平静的宽阔水面一点也不平静，看不出有何必要，也分不清什么原因，除了我们，再无任何打扰的河水，却生生地涌起各种各样的浪花。

曲麻莱当地的一位诗人写过这样的话：坚硬的冰／封冻了河水吟唱的季节／／藏家人用通天河边的细沙／在冰面上／写下一行行诵文／／当春风来临／一声声信念的祈祷／化成流动的经声／漂向天涯和海角。

此刻，我们的手机上不断响着长江中下游各地面临四十摄氏度高温天气的预警铃声。通天河水终归要流经武汉，最终由上海汇入大海，到了那些地方的通天河水，将山作嘛呢石，以水当转经筒，有了夏天的体会，也只能等待转世。真的转世了，回到通天河了，面对雪山冰川，火焰山一样的经历，同样会转世成为一种幽默笑谈。都七月中旬了，最低气温才六摄氏度、最高气温不会超过十六摄氏度的通天河，从不给诗人抒写夏天的体会。前几天，这里还飘着雪花，过几天说不定还会落下雪雹，外面的牛羊从来不曾换下绒装，屋里的火炉从来不曾断过柴火，还要夏天干什么呢？能用细沙在通天河的冰面上写诵文，拥有这样一个冬天，足以胜过拥有一百个无法写成诗的夏天。如此浪费，如此奢侈，如此不珍惜，如此没才华，还不如让冰雪的冬天多来一些。

我将手机上的天气预警消息摁出来，递给英雄看，又递给金刚看。

像是受到某种惊吓，他们提议是时候该返回了。

我以为这中间隐瞒着某种忌讳，试着问过几位陪同者，对方都坚决地摇了摇头。

汽车车头一转，我们就离开了通天河，翻过一道沙岗，又翻过一道沙岗，曾被我痛苦地误以为是通天河的那条小溪又出现了。就在这时，一只狗一样的动物出现在沙石道路的右边。由于沙尘太大，我们乘坐的越野车一直与当地的前导车保持着五十米左右的距离。那狗一样的动物从容不迫地从右往左越过我们的车头时，我突然想起来，不由自主地大叫两声：狼！狼！车上的人也像是猛醒过来，司机也下意识地踩下了刹车，大家一齐叫起来：是狼！是狼！

毫无疑问，一匹大灰狼就在我们眼前，不紧不慢地穿过沙石路，轻轻跃过道路旁那浅得不好意思称为排水沟的水沟，又毫不费力地蹿上水沟边的陡坡。陡坡上面是很绵延也很曼妙的沙丘，以及沙丘最高处的沙岗。那些沙粒全是由唐古拉劲风从通天河中吹上来的，那匹狼在上面似走又似跑，看看离沙岗岗顶不远了，那匹狼回过头来看了我们几眼。离沙岗岗顶更近一些时，我以为狼会再次回头看我们几眼，哪知道那匹狼再也没有做任何表示，用在我们看来是为绝对均匀的速度，越过沙岗岗顶，将那灰色的身影掩映到正对着我们的霞光里。

我们在通天河边逗留了四十分钟。那匹狼要么是在我们前往通天河边时，站在高高的沙岗上观察过，要么是在我们的车队从那地段经过时，正躲在道路下方深深的小溪里，悄悄地喝自己的水。总而言之，我们这一行无疑受到了那匹狼的蔑视。所以，那匹狼连一分钟都不愿意多等，坚持按照自己的行走节奏，该穿越我们的车队时，能踏出花来的四蹄，一点也不拖泥带水。

这时候，第三辆和第四辆越野车从后面追上来，车上的人探出头来问怎么停车了。听说遇见狼了，他们还不相信，第一个人问了，第二个人还要问，接下来的第三个人依旧重复问，是真的吗？真的是狼吗？回到英雄父亲与金刚儿子的家，那父子俩都在前导车上，他们先于我们发现那匹狼，不仅确认了我们的发现，还说他们家牧场周围有好几匹狼，这是其中的一匹。这一次轮到我发问了。这个疑问从一开始就有了，我不明白凡是藏区的牧民，家家都会养上几只藏獒，为什么他们家连一只狗也没有。当父亲的英雄笑一笑，什么也没有说。父亲不作声，哪怕儿子是金刚也会学着不肯回答。好在有别人告诉我，藏区牧民特别相信，遇见狼是一件很吉祥的事。养了藏獒，不到万不得已，狼就懒得来了。不养藏獒，是为了给狼的出现提供方便，也为自己能经常看见狼提供方便。理所当然，吉祥想来光顾他们家也就方便多了。

当天晚上，依然是从当地诗人的诗作中读到的：前方有几匹狼出现／走走停停消失在山间／传说／途中遇狼是平安的吉兆／我们为此兴奋无比／高诵祈福颂词／感念神灵庇护。诗人没有在诗中说起，如果狼从一个人的右前方往左前方走过去，那就更加吉祥了。

我完全不用细想也清楚，这是自己第一次遇见狼，而且只是在可可西里最边缘，只是在长江源头的咫尺处。那匹狼用当地藏家人最喜欢的方式，从我们的右前方走向我们的左前方。我没去问别人，只是回忆自己，回想自己，这样的吉祥对自己意味着什么？这一想，我心里一惊，赶紧掏出手机，拨打自己最熟悉的那个号码。电话拨通后，我对着那边说，如果不是刚刚遇到狼，我险些忘记今天的日子。吉祥的狼让我想起二十年前的前两天，自己在大连遇上的那场空难，也想起二十年前的今天，因为那场空难而出现最吉祥的遇见。

我还清清楚楚地记得一句俗话：狼若回头，必有缘由，不是报恩，就是寻仇。到目前为止，那匹狼是这辈子我在野外环境中见过的唯一的狼。那匹狼原本可以从前导车前

● 通天河边遇见狼的地方，再往上就是沱沱河了

走过去，狼没有那么做，因为车上的英雄与金刚，与那匹狼相遇的机会如同左邻与右舍。那匹狼还可从临时车队的第三辆车前，或者第四辆车前由右向左走过，也会成为需要纪念的吉祥。偏偏那匹灰狼要从第二辆车前走过，偏偏要让我第一个发现那匹灰狼走过。在充满转世与轮回的可可西里，或许上辈子曾经有过让狼们一代代不曾忘记的善举，而使那匹灰狼必须与我发生这样的交集。

从通天河边回到曲麻莱县城，夜里我吸上了此前数次上青藏高原从未吸过的纯氧。只是几下子，昏昏沉沉的脑子就彻底清白起来。长江中游的大别山区很久以前就没有狼了，狼的故事一直没有间断，最有名的是说，夜里走山路，如果有什么东西突然从后面拍一下自己的肩膀，千万不要贸然回头。因为有可能是狼，只要人一回头，狼就会一口咬住人的喉咙。如此，我为自己和狼虚构了一个与吉祥有关的故事。很显然，狼要袭击一个人时，最好的方法是从身后发起。狼从谁的身前经过，意味着狼对谁没有企图攻击的恶意。至于从右往左，也是大大有利于人。狼从右边来，右手拿着武器刀具的人自然更加方便应对。

除去人与狼对垒中的种种不利因素，剩下来的当然是对人有利的吉祥了。

这些年，说狼事的人越来越多，信仰狼性的人也越来越多，将狼性在人性中的缺乏当成人性最大缺陷的人同样越来越多。时下人文，盲目的自由与盲目的自我，确实有如狼似虎的极大改变。说狼事，讲狼性，目的只是让生命过程变得凶猛一些，让人间意义变得残酷一些，那绝不是真正的狼。真正的狼,应当是保持住狼性的吉祥一样的存在。

从唐古拉山到通天河边，人世间的俗事并没有太多。三江源一带成为国家公园是一件大好事，如果以为三江源国家公园是第一个真正的国家公园，接下来就会有太多利益可供争抢，那就等于回到了视狼为恶狼的原始，要做到真的将遇见狼认为是吉祥，只有那样才是三江之源源远流长的国家民族大义之所在。

再好的事只要错过了，就什么好也不是。

吉祥原来是某种几乎错过。

二〇一七年七月二十七日于广东仁化

上上长江

终于来到从一开始就想来到的地方。

终于将这处叫沱沱河的地方尽收眼底。

然而，面对长江之源所在，我想不起来需要说些什么。

我感觉不到兴奋，反而觉得十分忧伤，是真的达到十分级的忧伤。事实上，遇见那匹狼的一刹那，藏在内心深处的这种滋味就彻底暴露出来。

从二〇一六年六月六日开始，沿着长江行走，前后四个阶段，那匹狼的出现，标志着此番行走已到终极。曾经设想，在长江源头，如果有一朵雪莲花，那就将雪莲花作为长江上自己走得最远处的美丽记号。也曾预感，在长江源头，如果有一块冰碛石，那就将冰碛石作为长江上自己脚步最高端的坚硬存在。还曾想到，在长江源头，哪怕只是一根草，也要将其珍藏起来，种在心里，成为矢志不移、生生不息的力量。

沿着通天河，以及顺便横穿长江北源楚玛尔河，再沿着沱沱河，长江源就在那里，我们这样的万里奔走到底想看什么，并且最终看见了什么？如果不问，那就没有问题。如果问了，也会有问题永在。如果问了又问不出答案，那才是我所坚持的必须走上一万里，直抵长江源头的意义所在。

所以，长江之源可以是地理源头。

所以，长江之源可以是科学源头。

所以，长江之源可以是文化源头。

多得看不过来的黄羊，离得不远不近。有一次，终于有一只雄性黄羊就在公路旁边站着，我们都将汽车停了下来，黄羊才像慢跑的女人那样优雅地走下路基，回到公路旁边的草原。黄羊看着我们，我们也看着黄羊，黄羊肯定没有从我们的眼神里看出狼的什么，我们却从黄羊的目光中看出一种狼的存在。

还有那离得有点远的地方，那对黑颈鹤。黑颈鹤从来都是两两成双地出现，这世界若有人敢说自己看见一只黑颈鹤，任何人都可以放开胆子指责其为骗子。这人间法则与自然法则在可可西里也不例外，高原草场宽阔得让人不好意思称之为宽阔，哪怕在此复活一万只霸王龙也没有领地之争的问题。两只黑颈鹤宁肯视广阔草原为无物，非要像先天性连体那样紧紧挨在一起，虽然看不见它们的眼睛，从只要一只低头，另一只必然抬头的身姿里可以感觉到狼的存在。

那些体形傲骄的藏野驴，是这块土地上难得被其他动物超越的长跑冠军。这家伙的后肠发酵效率较低，必须吃掉很多草料才能维持庞大的身躯，一天内吃掉的青草，相当于三只山羊的食量。遇到有事时，藏野驴极其善于假装很高贵，假装好温驯，引诱那些无心者或者别有用心者毫无戒心地靠近后，突然用身体冲撞，用四蹄猛踢。那从高贵到无赖的变化，也是与狼一样的存在。

在长江源地区，百灵鸟一类的小型鸟类居然学会躲在鼠兔的洞里避开超强紫外线的照射，避免冰雹、暴雨的袭击，鼠兔则依靠鸟类的机敏作为警报。如此生存技能，也是拜狼所赐予。

曾经听说青藏线大堵车是世界上最著名的堵车，亲眼所见加亲身经历，仅仅限于堵车的程度，已不足以形容其雄伟壮观，一百公里长的公路上，蜿蜒着不计其数的大型货车，只要将它们换成砖石，毫无疑问，那就成了可可西里荒原上的一道新的长城；若是换成流水，何尝不是由沱沱河而来，抑或向着沱沱河而去的新的支流。而我们的小小车队，仗着人熟路也熟，用四个小时换来在高原荒野中奔突二十公里的行为，抵达以保护藏羚羊著名的可可西里自然保护区索南达杰保护站，无异于一群可可西里狼在自己的领地里肆意妄为。

关于藏羚羊，虽然全世界都在传颂其美名，长江源头的藏家人并无好的言语。藏羚羊的脸非常黑，被认为是魔鬼养的动物。既然主人是魔鬼，藏羚羊的品行自然好不到哪里去。每到发情期，那统领十几只母藏羚羊的公藏羚羊，就会百倍警惕地防范其他公藏羚羊对所属母藏羚羊的骚扰。然而，这并不代表公藏羚羊真的愿意付出与牺牲，不定在什么时候，公藏羚羊就会突然以肛门冲着母藏羚羊们，并且用蹄击地，曲尾低头，发出轻蔑的叫声，意思是自己不再愿意统领母藏羚羊了，母藏羚羊们可以自动解散，去投奔其他的公藏羚羊。公藏羚羊如此，母藏羚羊也好不到哪里去，在自由狩猎时期，无论何种性别的藏羚羊，一旦发现猎人瞄着别的藏羚羊，非但不会发出警报，还会悄悄躲在别的藏羚羊身后，让它们替自己当炮灰，直到猎人的子弹打光了，才撒腿狂奔。藏家人最讨厌藏羚羊的懦弱与阴险，别的动物，两相争斗赢者通吃。藏羚羊是截然相反，两只公羊决斗，通常死的总是赢家。输的一方打输之后会撒腿跑开，赢的一方不肯罢休地追将上去，而那本来输了的藏羚羊会瞅准时机突然回头，用尖锐的长角一击致命地将本是赢家的藏羚羊刺死。拥有如此奇葩本领的藏羚羊，十匹老狼加在一起苦思冥想，到头来也只能满面羞愧自叹不如。

在索南达杰保护站休整的过客很多，不过大家都很礼貌，就在外面的小院里站一站，照相，上卫生间，偶尔也会有人进到走廊上探头探脑张望几眼。忽然间，这种与可可西里荒原相匹配的宁静被打破。几乎没有任何客套，两位中年男子架着一个小伙子闯进来，身后跟着的几个妈妈级的女人，嘴里不停地嚷嚷着，哪里有氧气！多看了两眼，就能读懂那些人还有一句话没说出来：这小伙子快不行了！那间屋子里只有我一个人，我不能不告诉他们，到目前为止，自己也只见到几个志愿者。说话时，先前见过的几个志愿者轮番过来了，应该是他们见得多了，不是有人说今天没有供氧，就是有人说站里没有医生，只有口服葡萄糖。望着那小伙子几乎失去意识的惨状时，一位跟随进来自行坐在角落的女士模样也越来越不行了。我不能不告诉他们，我们有医生。随队的医生这时正好进来了。我朝他说的话没完，医生就转身回到车上，拿出血氧仪，夹着手指一测，小伙子的血氧只剩下非常危险的百分之五十，心率却达到在这种海拔高度上同样非常危险的每分钟一百二十次。一番紧急处置之后，小伙子的血氧上升到百分之七十，心率下降到每分钟一百一十次。医生松了一口气，并嘱咐旁边的中年男人，马上掉转车头回格尔木，就不要有任何其他想法了，说着又去处置角落里的那位中年女子。这时，一直在旁边淘气的小男孩忽然说，爸爸，你不是说自己喘不过气来吗？那父亲模样的男子，看着小男孩什么也没有说，眼圈就红了起来，隔了一会儿，才犹豫地请医生也帮他检测一下。医生用血氧仪刚一触碰中年男子的手指就几乎叫起来，说你是不是喘不过气来？中年男子轻轻点一下头时，眼睛里分明挂着一颗泪珠。医生也顾不上别的，直截了当地表示，现在什么也不要想了，赶紧下高原，回格尔木去。三江源的高度与景观，无不展示自然世界伟大的脆弱，在这里行走的人所展现的却是渺小的脆弱。不知道情况正在好转的小伙子，有没有看见父亲的这颗眼泪。按医生的说法，父亲当时的处境远比儿子的情况危急，做父亲的却坚强到可以搀扶着儿子四处找人急救，自己还能不做任何应急反应。这也是藏羚羊那难得一见的又一种品质：迁徙时，遇到较大的河，大藏羚羊就会在流水下方排成一行，用长角扶着当年生的弱小藏羚羊安全涉水。

这一次，我见识了，在高原上，人与人之间的扶助不需要任何感谢。医生要离开，我们这支小小队伍里有两个人出现严重高原反应，需要他来处置。那两车从北京来的旅友也忙着准备返回格尔木，顾不上多说一句其他的话。当然，这也像索南达杰站所救护的那些小藏羚羊，等到八九月份，它们长大到能随大队藏羚羊回到过冬草场时，在放归的那一刻，小藏羚羊们同样只记得远方的自然，撒开四蹄欢腾而去。应该相信，并赞美人们将爱护藏羚羊作为职业素养，如果人们对自己所做的关于藏羚羊的一切不求回报，人就应该更加善待人自己。

不知其他人有没有懂得这可可西里、这长江源头上发生的悄然一幕。

无论保护长江源自然资源有多重要，都不应当成为漠视个人生命的理由。

我们的心若不净，即便是长江之源的格拉丹东冰川也难称为净土。

在通天河畔听见过一件真事，那户牧民也许就是英雄与金刚的邻居，就因为有一回发现一窝狼崽，就将它们给杀了，自此以后，这户牧民不管是迁到冬季草场，还是迁到夏季草场，总会有一匹母狼如影相随。直到某天早上，这户牧民发现自家的羊被狼咬死了一百多只，一百多只死羊中，只有一只羊身上的肉被吃掉，其余的只是被咬死，并没有掉一块肉。这之后，那匹母狼就再也没有露面。这样一个关于狼与人的故事，仅仅作为复仇的范例，将是对生命禁区中人文资源的视而不见外加滥用。那匹母狼给人类上了一堂什么是存在的哲学课。在海拔四千五百米以上的地区，那种以血偿血、以牙还牙、一报还一报的逻辑是行不通的，想要狼活得精彩，就得让一窝狼崽的价值相当于一百只羊。这就如同我们想要获得长江源头的一滴水，就必须珍惜从金沙江到吴淞口的所有长江之水。

我们若是不懂长江源头为何不肯开放最艳丽的红花，就会误以为那开在永冻土上的紫花绿绒蒿真的是在学习薰衣草的审美。

若我们的欲念过于贪婪，将万里长江之水当作上苍慷慨的礼物，长江源头的第一滴水，就将是肃杀的警示。

还有这对第一滴水命题的争吵与纷扰，既真有如此一滴最早的水，那滴水也从来就不属于我们！

在长江源，最初的那滴水是献给太阳的。

最远的那滴水是献给月亮的。

最高的那滴水留给了带头飞过唐古拉的斑头雁。

最重的那滴水已经被野牦牛踩进格拉丹东冰峰。

最快的那滴水属于海拔六千六百二十一米处的雪雹。

最慢的那滴水属于海拔五千三百九十五米处的雪花。

最清的水是冰舌上融了三次的那一滴，除了冰舌谁也得不到。

最纯的水是雪窝里冻了三次的那一滴，除了雪窝谁也不属于。

最香的那滴水不是公獐腺囊中的分泌物，而是公獐吃后化为分泌物的草叶上的一滴露。

最美的那滴水不是琥珀形成时的亮树脂，而是亮树脂能够渗出的相关树木上的一点汗。

最红的那滴水是藏羚羊分娩时留下的胎血。

最雄浑的那滴水是雪豹为延续生命的精魄。

最诗意的那滴水全用于卓乃湖。

最历史的那滴水离不开库赛湖。

最玉洁冰清的那滴水是所有雪山冰川上的每一滴水。

最曼妙婀娜的那滴水是所有河流水泊中的每一滴水。

最柔情蜜意的那滴水在确保黑颈鹤的至死不渝。

最铁石心肠的那滴水变成血滴挂在刚刚结束打斗的

野牦牛犄角上。

还是在长江源，一个女孩出生后的第三年，家里人给她过三周岁生日，别的人送金银首饰珍珠玛瑙作礼物，说是留给她将来出嫁时用，老祖母只送她一只出生才三天的小羊羔，也说是作为将来的嫁妆。十几年后，当年其他人送的金银首饰珍珠玛瑙是多少还是多少，是多大还是多大。老祖母送的那只小羊羔长大后，不断生出新的小羊羔，新的小羊羔长大后又生出更新的小羊羔，诸如此类地一年年生长，等到女孩真出嫁时，家里请了十几个小伙子，才将老大一群羊替她赶到婆家去。而那些别人送的金银首饰珍珠玛瑙还是先前样子。

长江源头著名的主人没有在我们面前露面的就剩下那位雪豹了。

或许雪豹就是那个三岁女孩，或许雪豹就是那只出生才三天的小羊羔。或许雪豹同时既是那小女孩，也是那小羊羔，这要到小女孩长成大美人，小羊羔变成大羊群，雪豹才会出面将长江源的意义呼啸于天下。这一刻，我们只能想象，长江源不是别人送给我们的金银首饰珍珠玛瑙，长江源是老祖母送给我们的出生才三天的小羊羔。小羊羔命定可以成长为偌大羊群，须知出生才三天的生灵是不可能没有风险的。

　　吉祥如狼！

　　灾难如狼！

　　狼最懂得狼！羊最懂得羊！

　　一滴水最懂得一滴水，一条江最懂得一条江！

　　一切的源都是一样的，我们真的懂得我们的源，那时候我们也将真的发现并永远拥有长江之源！

　　　　二〇一七年七月二十九日于少儿出版社宿舍家中

后　　记

一九九九年初秋，因为一项受邀写作计划，前往正在兴建的浦东机场工地，踩着深深的泥浆来来回回奔波一个星期。相比要采写的浦东机场，我对机场之外茫茫江海之上隐约可见的九段沙有着更多的想象。那个九段沙，名副其实由一二三四五六七八排序而来，是长江入海带来的泥沙日积月累的杰作。那时候，我特别想上九段沙看一眼，东道方坚决不肯安排。那时的九段沙，只有一小片露出水面的滩涂，上面盖着一间高脚屋般的小棚子作为候鸟观察站，专业人员也得穿上橡胶连体裤，蹚过泥水才能上去。对一般人来说，这太危险了。二〇一六年十月二十九日黄昏，我们一行人站在崇明岛最东端，面对水天，目送长江不动声色地汇入东海时，身旁赫然竖着一块广告牌，告知去九段沙旅游如何走。这还不到二十年，长江之水就在东海龙王头上造出一块风水宝地，怎不令人叹为观止！

面对母亲河，每个中国人，都会心潮澎湃。试想长江源头清澈的一滴水，从格拉丹东冰川开始流动，穿过崇山峻岭、水乡平原，直至汇入汪洋大海，其情其景何止妙不可言？

所以，当有一个可以亲眼验证的机会摆放在面前，任谁都不会舍弃。二〇一六年年初，《楚天都市报》社刘我风女士联系我，邀请我领头，带上其他几个人，来一趟"万里长江人文行走"时，我连一秒钟都没有迟疑就答应下来。答应之后再细想，这往后的时间，哪里够用，家里上下四代人的事都得操心，自己既定的写作计划，还有杂志社那不能不管的没完没了的日常事务。好在《楚天都市报》社方面善解人意，四十天的行走，分成四个阶段，正好每个阶段十天。说实话，如果不是这样的安排，也许真的很难坚持下来。二十世纪九十年代，曾因欠下稿债，尝够了被人催逼的滋味，相比之下，给报纸干活，才是真正要人命。出发的第二天起，早起坐车跑、乘船漂，或者迈开大步走，黄昏时一住下，先打开电脑，再去洗手泡茶，为的是省下哪怕电脑开机的这点时间，用来写作这一天自己认为最应当写一写的那些。如此，常常顾不上与大家一起吃晚饭，让同行的人捎一碗面条到房间边吃边干活。相比之下，报社随行的几位更惨，报社的夜班编辑在等米下锅，我这里文章写到什么程度了，她们不敢打扰，不好催问，每每只能待在自己的房间里搓手跺脚来回乱窜。最惨的一次，都零点了才交稿，整个报社因此处于暂停状态。多数情况还算正常，能够保证在夜里十一点之前交稿。如果哪一天，因为报社的财神来了整版广告，将"行走长江"的版面压后一天，随行的记者编辑自然喜不自禁，我这里却没有一点快乐，毕竟今天的文章今天没有写，明天又有新的文章要写，容不得哪一天有空隙。我也因此得到一个"新闻民工"的别号。别号是太太取的，她没对我说，而是对在报社工作的大学同学发牢骚带发火时脱口说出来的。

四个阶段走向是这样的，二〇一六年六月的第一阶段，从三峡顺流往下，直到九江。二〇一六年十月的第二阶段，从安徽池州向下抵达崇明岛。回武汉后，感觉不能漏掉黄梅戏和小孤山，又回头专门跑了一趟。二〇一七年五月的第三阶段自重庆开始，溯流到达金沙江上游万里长江第一湾的石鼓镇。二〇一七年七月的第四阶段沿青海玉树的通天河向上直到长江正源沱沱河。全部行程都很令人满意，唯一的遗憾是，由于季节差错，可可西里荒原表层冻土融化，车和人都不能通行，无法深入到长江最源头的格拉丹东冰川。

边走边写的好处是，无须提前为写什么操心，整个人很放松，直到打开电脑了，也还是这种随遇而安的心态。这样的行走，根本不知道前方会遇见什么，看到什么。提前做的功课，基本没有用，那些隐藏在大山大水之中的人文天章，不费吹灰之力就将预先谋划的心绪弄得毫无用处。

比如，知道杜甫墓在汨罗江上游的平江就是个天大的意外。去汨罗江，本是奔着屈原去的。端午节在汨罗江下游祭完屈原，忽然听说，杜甫就安葬在一山之隔的平江。我特地问家在平江的朋友，人家都没有听说过，我哪敢轻易相信。虽然难以置信，但也不想错过。当我在杜甫墓前稍一伫立，墓前三尺见方的一池洗笔泉水，那种专属于原野的清静，清贫里蕴藏的高贵，联想到杜甫的为人为文，忍不住感叹，这地方只能安葬杜甫。文学有一种神圣的魔力，让人感同身受，将心比心。文学讲情怀，不是看指标，或者是否榜上有名。杜甫一生留下了那么多的作品，可恨历史不可捉摸，李林甫一句野无遗贤，就造成他一生的窘境，晚境更加潦倒和落寞，千年诗圣落得举家投亲靠友，船行湖南耒阳，遇上大风大浪，无法靠岸，五天没吃到东西，幸亏县令聂某派人拿竹竿送点吃的，上岸后还要写文章，对他人的施舍表示千恩万谢，让人情何以堪。

在醉翁亭遇王黄州也是如此。去滁州琅琊山，原本是为欧阳修，去了之后反而被王黄州的名字所吸引。那种瞬间的引爆，让其千年之后的黄州老乡顿生身世之感。王黄州本名叫王禹偁，在欧阳修之前许多年就写了名篇《黄州竹楼记》。之前从未想过此中关联，身临其境了，就不能不多一个心眼，有此比对，倒也能在不经意间，看透历史与文学某种不可告人的奥秘。

　　行走之时，最是如信了王黄州那样信赖地方志。每到一地，先读地方志。早年的方志，客观真实，没有炒作之嫌，编纂者也还讲究风骨，不像现在的互联网，看似方便各类查找，非常便捷，真的涉及史实，不靠谱的甚多。为了吸睛，拼命放大传说和传奇，最终变成了谬说与离奇，当一时的玩笑听听就好，却当不得真。

　　读地方志的最大好处，是能对当地的人文背景，有个坚定的判断，而不是道听途说。苏轼也算性情中人，自己先前写诗说得清楚不过，杨贵妃吃的荔枝是现今合江一带的。等到被贬谪至岭南，不得不在朝夕相处的人面前极度称颂当地荔枝，让后人以为他和杨贵妃喜好的是同一宝物，也是人之常情。身为文人，难免会有应酬之作。我去过皖南泾县桃花潭，方知李白当年也免不了流俗。这样的事自己也有遇到，人家好生款待，总不能不说点什么吧，既要自己不肉麻，别人也不觉得阿谀，最好办法就是写山水人文，像李白，因为看到岸上的人在跳着踏歌舞，所以写上几句，总是说得过去的。这次行走长江，一路上衣食住行都是自己掏腰包，所以，到了醉翁亭，心有不满，就可以毫无顾忌地随笔写上一段。到黄石看相关遗址，听到对方将一座水塔硬说成是小日本的砖比中国的好，也能当场指其荒唐。

面对一条大河，情怀会变得大气。弄些小确幸、小清新，对不住长江。在九江浔阳楼现场，再读宋江题的"反诗"，更觉得简直俗不可耐。反过来，那些捕风捉影写匿名信告状的人，便是其俗到骨了。而将几句牢骚话当成动摇朝廷统治的大罪，足见这个朝廷的无可救药。相比乌江不渡的悲剧色彩，项羽身上的贵族精神，更深得我心。鸿门宴之败，我宁愿相信他是举不起那把阴险的丑陋之刀。我可以死，但我心不死。我的身子可以被你们分成几块拿去刘邦那里领赏，我的灵魂将会让后世永远铭记谁是英雄，谁是小人。这是项羽不渡乌江的原因，也是结论。

所以，长江万里长，我们的行走弯弯曲曲远不止一万里，走了那么多地方，我只在屈子祠和杜甫墓前鞠过躬。这也是没办法的事，他们的品格文章太令人肃然起敬了。

沿着长江水线，越走越感动，越走越亲切，越走到最后，越觉得长江就是家门口的那条小河，长江上那些特别的物产，比如水里的长江江豚、中华鲟，岸上的雪豹和藏羚羊，就是小时候在河里追逐的那种不知道名称，但被我们叫作马口或者花翅的小鱼，就是被我们当成宠物养过的小野兔和小刺猬。肉眼所见越是亲切，灵魂所到达的源头越是丰富，除了地理源头，还有科学源头和文化源头。

日子分一年四季，这场行走，跨越一年，季节上却只有春夏秋三种，实际上，还是在可可西里补全了大雪纷飞的冬季。

在整个行程中，印象最深刻最震撼的是从川江到金沙江这一段。万里长江的这一部分，蕴含了太多东西，内涵之丰富，也只有长江浩荡方能赐予。古代史和近代史，自然的和历史的，人类起源和人类的现代化，都可以在这一带的山水中见识。震撼人类考古学的元谋人是在这里发现的，近代史上，红军在这一带宛如神助般四渡赤水，飞越乌江和金沙江，安然渡过万里长征中最危险的区域。最意外的是从四川涪陵转往合江，路过江津，遇上一处深幽独秀的小院，那是晚年陈独秀旧居。这样的小院和斯人风范，值得每个沿长江而来者久久伫望。

文学当然有自己的天命。

我欣赏阿斯塔菲耶夫的《鱼王》那样的行走。唯有那样，行走才是一个大词。只有怀着大词行走，才能在和县突然遇上项羽，在江津突然遇上陈独秀，在曲麻莱县的通天河畔突然遇上狼，在玉树遇上一群藏族作家，又在玉珠峰雪山下遇上一群来自西宁和德令哈的诗人。能将一条江走透，将浩如烟海的江面，走成美人秀目一样的极小水汪，还能够不时地与古往今来的人事撞个满怀，至今想来仍觉得难以置信。真的行走起来，才能体察人生何处不相逢，行走到最陌生处，往往才是最熟悉的开始。不只是对新见的东西开始熟悉，还能发现自己身上隐藏着那些不曾认知的东西。对长江来说，一次行走都不敢妄言已经熟识，更遑论以一座三峡来说万里水流，也不可以用一条乌江，点睛长江精神。如果与谁有所相似，我宁肯相信，走透一条江，最相似的是对没有一滴水的撒哈拉沙漠的穿越。

此番行走，得到三峡枢纽管理局，宜昌市旅游局，长江水利委员会长江水文局下属的江苏徐六泾水文站，安徽大通水文站，江西湖口水文站，湖南城陵矶水文站，湖北沙市水文站、宜昌水文站，重庆寸滩水文站，四川宜宾李庄水文站、攀枝花水文站，云南石鼓水文站和虎跳峡水文站的倾情协助，在水的事情上解开许多疑问，并且通过在水一方的他们，让水做的长江显现出与普通人类似、却又绝对不可能普通的情怀。

在万里长江人文行走团队中，从头到尾走完的，只有我一个人。二〇一七年七月二十二日，在海拔四千五百米的曲麻莱县，早上起床后，头一天在通天河畔遇见狼的吉祥，仍在感叹这二十年来，一直让我特别感谢的日子。大家聚在一起测心率和血氧，没想到年龄最大的我状况最好，心率才每分钟八十七次，血氧却有百分之九十六。二十年前，我第一次上高原，其后又有过多次，还去过珠峰大本营。但医生还是很惊讶，很多小伙子的身体状况都不如我。我告诉大家，自己每天早上游一千米，坚持了十年，现在是第十一个年头。体能的事，临时抱佛脚也能对付一阵，健康之事就不一样了。体能如同现在段子手们写的段子，偶尔为之也可以；健康却是长篇小说，必须具有文学的专业精神，要像大江大河那样源远流长才行。关于"万里长江人文行走"活动，我愿在此后记中，衷心祝福团队的成员：《楚天都市报》的资深编辑刘我风，青年记者张屏、萧颢、黄士峰、魏铼、吴质、曲严，能够将越野车开得像高铁一样平稳舒适的岳磊师傅，《西海都市报》的首席文化记者李皓和青年记者郑思哲，《湖北日报》大学生记者团的宋志辉、马骁、蒋晓雨和马青青，百威英博亚太区副总裁王仁荣先生及助手王楚楚，还有才华横溢的湖北美术学院水彩系副主任、青年画家李宁教授。愿他们像崇明岛外的长江一样浩荡，像在通天河畔遇见的那匹狼一样吉祥！

上述这些于二〇一七年十月二十四日在东湖梨园家中写成的文字，曾作为初版《上上长江》后记。这一次长江少年儿童出版社出版的"地理笔记系列"的《上上长江》，比初版的体量扩大许多。实际上，初版时就曾犹豫：这些年，自己为长江一衣带水的地方写过不少篇章，要不要一起收集成书？事情就是如此，只要有所犹豫，做起来就会打折扣。当时没有想好，过后便遗憾不已。所以，这一次再也不想留下遗憾。新补入的这些篇章，虽然不是写于二〇一六到二〇一七年间有计划地走完长江全线过程中，却也是一次次深入到长江干流或者支流流经的某地，同样是有了现场经历后才写下的。弥补了一口气走完长江全线，由于时空限制留下的那些无可奈何的空白。如此，这本以长江命名的笔记散文，才显出其意味。

二〇二三年三月一日于斯泰苑